태양의 여자
달의 남자

태양의 여자
달의 남자

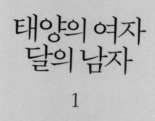

1

—————— 재호 장편소설

고즈넉 GOZEKNOCK ENT 이엔티

태양의 여자
달의 남자 1

초판 1쇄 발행 2018년 3월 10일

지은이 재호
펴낸이 배선아
펴낸곳 (주)고즈넉이엔티

출판등록 2017년 3월 13일 제2017-000022호
주소 서울시 강서구 공항대로 649 제성빌딩 303호
대표전화 02-6269-8166 **팩스** 02-6166-9199
이메일 gozknock@naver.com

ⓒ 재호, 2018
ISBN 979-11-88504-55-8   04810
      979-11-88504-54-1   (세트)

차례

"태초에 천제께서 두 큰 빛을 만드시고, 둘 가운데서 큰 빛으로는 낮을 다스리게 하시고, 작은 빛으로는 밤을 다스리게 하셨다. 낮이 다스리는 '태국(太國)'은 따뜻하고 평화로웠으며 곡식이 곳간에 넘쳤지만, 밤이 다스리는 '월국(月國)'의 영원한 어둠은 사람들을 음울하게 만들었고, 매서운 추위와 줄곧 출몰하는 야생늑대들의 습격으로 공포에 떨었다."

— 「천문사기」제1장

해와 달의 나라

달이 뜨는 밤만이 영원히 지속되는 월국(月國).

흑산의 안개가 더욱 짙어졌다. 산의 꼭대기가 붓 끝처럼 뾰족한 모양을 한 흑산은 월국에서 가장 악명 높은 산으로, 야생늑대들의 주요 본거지였다.

흑산의 수풀 사이로 희미한 불빛 하나가 다가왔다.

온몸을 누추한 옷으로 가렸지만 남자에게서는 숨길 수 없는 귀태가 흘렀다. 그는 흑산의 장벽에 다다르자 들고 있던 작은 등불을 후, 불어 기척을 감췄다. 칠흑 같은 어둠 속에서 장벽을 더듬는 그의 손은 스스로 빛을 발하기라도 하는 듯 희고, 투명한 얼음처럼 차가웠다.

그의 손이 장벽의 어느 지점에 닿자 장벽이 황금빛으로 금이 가며 갈라졌다. 그 틈이 사람 하나 지나갈 정도로 벌어지자 남자는 그 안으로 들어갔다.

　지지 않는 해가 떠 있어 영원히 밤이 오지 않는 태국(太國).

　하늘 끝까지 솟아 있는 장벽을 통과해 나오는 이는 흑산의 남자, 월국의 왕 지국천이었다.

　수없이 건너왔던 장벽이건만, 태국의 햇살은 언제 보아도 미간을 잔뜩 찌푸리게 할 만큼 눈이 부셨다. 만약 이곳이 월국이었다면, 국천이 눈썹 한 올만 까딱했어도 수백의 신료들이 납작 엎드려 죽여 달라 여쭈었으리라. 그 어떤 상황에서도 눈 하나 깜짝 하는 법 없는 냉혈의 제왕에게 잔뜩 찡그린 표정이라니. 국천은 자기도 모르게 웃음이 났다.

　'태양이란 것은 참으로 신묘한 것이군. 작은 마음조차도 숨길 수가 없으니 말이야.'

　태국에만 오면 딱딱하게 얼어붙은 심장도 따스한 햇살에 녹는 것 같다는, 참으로 실없는 생각이 드는 국천이었다.

　국천이 쏟아지는 햇빛에 적응하려 장벽에 기대 주위를 살피고 있던 그때였다.

　장벽 일각에선 건강하게 그을린 피부와 동그랗고 맑은 눈매를 가진 여인, 아련이 푸르게 우거진 나무 위에서 주위를 정탐하듯 두리번거리고 있었다.

　위장이라도 하려 했던 것인지 곱게 입은 치마가 무색하게 머리엔 꽃가지를 서너 개 꽂고, 한 손엔 과실이 주렁주렁 달린 나뭇가지까지 들었다. 모양새가 사정 모르는 이가 봤다면 딱 이 구역 미친년이라고 했을 것이다.

"분명히 여기 어딘데… 근자에 유행하는 광증에 걸린 자들이 나타난단 곳이…."

예민하게 주변을 살피던 아련의 시야에 나무 아래로 걸어오는 국천이 들어왔다.

아련은 몸을 더 바짝 웅크리며 국천의 움직임을 주시했다. 행색은 누추했지만 그에게서 풍기는 분위기는 예사롭지 않았다. 가장 이상한 것은, 그녀가 태어나 딱 두 번째로 보는 흰 살결과 얼음장 같이 차가운 눈매였다. 그리고 도저히 눈을 뗄 수 없는… 그녀가 아는 한 태국 백성의 것이라고는 여겨지지 않는….

맞다. 그는 너무도 아름다웠다!

아련의 머릿속이 어지러워지고, 심장은 물색없이 쿵쿵거렸다. 그때였다. 그녀는 저도 모르게 손에 들고 있던 과실 달린 나뭇가지를 놓치고 말았다. 떨어지는 나뭇가지를 잡으려 온몸으로 발버둥 치던 아련은 되려 본인의 몸뚱어리마저 땅을 향해 내던지는 꼴이 되고 말았다.

"악!"

"윽!"

아련은 차라리 눈을 질끈 감아버렸다. 분명 팔다리 중 하나 쯤은 톡 부러지겠지. 이 외중에 부러진 팔다리가 중요한가. 이대로 궁으로 돌아간다면 지엄한 여왕께 남은 팔다리도 꽁꽁 묶여 석 달 열흘은 감금 될 것이 뻔한데. 그래, 차라리 제대로 다치리라. 불쌍하게라도 보여야지.

그런데….

아프지가 않다? 왜? 마치 폭신한 침상이 자신을 받쳐주기라도 하는 듯… 한 것이 아니라!

"이… 런 미친…! 태국의 여인이여!"

떨어지는 아련을 본능적으로 받으려던 국천이, 생각처럼 그녀를 멋있게 받아 안지 못하고, 아련의 엉덩이 아래 깔려 누운 채로 십이 년 만에 처음 큰 소리를 냈다.

아련은 몸을 일으키며 순식간에 그를 향해 경계의 몸짓을 취했다. 이래봬도 그녀는 궁궐 수비군 서넛은 맨손으로도 때려눕힐 수 있는 무공의 소유자였다.

어떤 놈인지는 몰라도 수상했다. 아무리 광자라 해도 한 놈뿐. 혼쭐을 내주리라.

아련은 국천을 노려봤다. 국천 또한 아련의 눈빛을 피하지 않았다.

허나 국천의 얼굴을 바라보던 아련의 입에서는 진정 광녀가 아닌가 싶은 말이 튀어나왔다.

심지어 그녀의 머리에 꽂아둔 가지에선 꽃잎이 펄펄 휘날리기까지!

"아니 어떤 미친 자가… 이렇게 생긴 것인가? 어찌… 이리도 잘… 생…."

"미친 건 내가 아니라 그쪽인 듯싶소만."

"아니 아니 아니, 내 말은 그게 아니라! 백성의 출입이 금지된

이 장벽을 헤매는 이라곤 광증에 걸린 죄인들뿐이거늘! 누구냐!"

"…그러는 그쪽은… 태국의 백성이 아니란 말인가? 나 또한 묻겠다. 뭐하는 자인가!"

아련은 할 말을 잃었다.

이 남자의 상태를 보아하니 광증에 걸린 백성은 아닌 듯했고, 그녀의 정체는 더더욱 밝힐 수 없었기에, 이상망측한 이 상황이 아련은 감당이 안 되었다.

국천 또한 큰소리를 치긴 했지만 불안함이 밀려오긴 마찬가지였다. 지금껏 장벽에서 태국인을 마주친 일이 없었던 것이다.

적어도 장벽을 조금이라도 벗어난 저자에서 마주쳤어야 했는데, 여기서 왕방울 같은 눈을 터질 듯 뜬 미친 태국 여자를 마주칠줄이야.

지척의 거리에서 서로를 노려보기만 하던 두 사람은 마치 맞춘 듯 동시에 소리쳤다.

"못 본 걸로 합시다!"

피식, 국천은 웃음이 났다. 이번 태국행은 참으로 기이하구나. 벌써 두 번째 웃음이었다.

겁이 나는 것인지, 여인의 떨리는 주먹을 눈치 챈 국천은 먼저 뒷걸음질로 그녀에게서 조금씩 멀어졌다. 국천이 물러서자 아련 또한 한 걸음, 두 걸음 그에게서 멀어졌다.

등을 보이지 않은 채 조금씩 멀어지는… 두 사람의 미묘한 적막이 이어지던 그때였다.

"크아앙!"

아련의 등 뒤에서 누군가가 수풀을 헤치며 튀어나왔다.

평범한 태국인의 모습이었다. 허나 그의 행동은 인간의 것이라 보기엔 어려울 만치 광폭했고, 두 눈은 벌겋게 충혈 된 채 초점이 없었다.

앞 뒤 없이 물어뜯기라도 할 것처럼 달려드는 남자를 가까스로 밀어낸 아련은 지금껏 경험하지 못했던 살기를 느꼈다. 남자는 아련을 '죽이기 위해' 덤벼들고 있었다.

남자가 다시 아련을 향해 덤벼드는 그 순간, 국천이 아련을 밀쳐내며 남자의 가슴에 검을 박아 넣었다. 마치 이 상황을 예상하기라도 한 것처럼…. 국천의 칼은 망설임 없이 심장을 겨누었다.

수풀 속에서 그르렁거리는 소리가 들려왔다. 한둘이 아닌 것이 분명했다. 아련은 아무 방책도 없이 그저 호기심에 이끌려 이 사지에 스스로 발을 들인 자신을 탓해야 했다.

사람의 형상을 했지만 짐승의 울음을 내는 '그것'들 다섯이 숲에서 모습을 드러냈다.

그들은 쓰러진 동료를 보고는 섣불리 덤비지 못하고 국천과 아련의 주위를 슬슬 돌기만 했다.

마치, 늑대들이 사냥을 하기 전 먹잇감을 구석으로 몰듯이….

국천은 이제야 만날 것을 만났다는 듯 자신의 검을 제대로 잡았다. 죽여선 안 됐다.

이놈들을 반드시 살려서 추국을 해야 할 일이었다. 국천의 머릿속이 온통 '그것들'로 가득 차 있던 때, 그의 눈에 아련이 들어왔다.

아니, 두 사람의 시선이 마주쳤다고 해야 맞는 말일 것이다. 아련은 다부진 표정으로 국천을 향해 말했다.

"내 걱정은 말아요. 누군지도 모르는 사람한테 목숨 구걸할 맘 없으니까. 알아서 살죠, 우리."

"진정 미친 여자로군. 내 눈앞에서 '사람'이 죽는 일은 없어. 내 허락 없인 그 누구도."

"같이 죽잔 얘길 참 어렵게 하시네. 내가 여자라고 우습게 보이는가 본데."

국천과 아련의 말다툼 사이로 허점을 본 그들 중 하나가 아련을 향해 덤벼들었다.

하지만 이번엔 등 뒤의 기습이 아니었으니, 아련은 그를 발로 차고 팔을 비틀어 꺾어버렸다.

"어때요. 그쪽 허락이고 뭐고 나는 여기서 죽을 맘은 아니라."

"그쪽은 진짜 죽음을 만난 적이 없군. 그런 연약한 발길질로 피할 수 있는 놈들이 아니라니까."

"뭘 안다고 그딴 소리를…."

아련에 의해 완전히 팔이 비틀렸던 남자가 아무렇지 않게 다시 덤벼들었다.

그제야 아련의 눈에 비정상적인 이들의 행동이 들어오기 시작했다. 짐승과도 같은 낮은 울음소리, 완전히 풀려버린 동공, 입가에 흐르는 침까지….

아련은 오래도록 잊고 있었던, 아니 잊고자 애쓰고 애썼던 '그날'의 기운을 느꼈다.

손끝으로 모든 힘이 다 빠져 나가는 듯했다. 세상이 멈춘 듯 모든 소리가 사라졌다. 조금 전까지 생기 넘치는 눈빛이 아닌, 모든 것을 잃은 슬픔만이 남은 눈망울이었다. 그녀의 눈에서 눈물이 툭, 떨어졌다.

아련의 눈물을 본 국천은 갑작스레 왼쪽 가슴을 쥐어짜는 듯한 통증을 느꼈다. 저 눈물, 언젠가 보았다. 기억은 나지 않지만, 절대, 절대 다신 보고 싶지 않았던 것만은 분명한… 오직 느낌뿐인 기억이다. 국천은 결단을 내리기로 했다.

"흑산의 늑대들이여… 월국의 도망자들이여…. 지금이라도 늦지 않았다. 투항하고 내 앞에 무릎을 꿇는다면 목숨만은 살려주도록 하겠다."

그들 중 우두머리처럼 보이는 사내가 국천을 향해 그르렁거렸다.

"그르르… 월국의… 인간이더냐…. 크크크… 그렇다면 더욱 죽어줘야겠다."

"안타깝도다. 기어이 볕에 나와 죽고자 함이로구나."

국천은 있는 힘껏 아련을 끌어당겨 품에 안았다.

"정신 차리고 살고 싶으면 내 말 들어!"

거짓말처럼, 국천의 일갈에 세상의 모든 소리가, 모든 움직임이 다시 돌아왔다.

"내 허락 없이는 어떤 인간도 내 눈 앞에서 죽을 수 없다. 그러니 내 등을 보고 서. 절대 저 놈들의 눈을 보지 말고. 내 등 뒤에 바짝 붙어 있어! 그건 할 수 있겠지?"

아련이 고개를 끄덕이는 것으로 대답을 대신하자, 국천의 전투가 시작되었다.

국천은 마치 하늘 끝까지 솟은 저 장벽처럼, 아련의 앞을 단단히 지키고 선 채로 '그들'의 공격을 막아내며, 정확하게 심장만을 노리고 검을 휘둘렀다.

벽처럼 선 그의 움직임은 몇 걸음이 채 되지도 않았지만, 조금의 흔들림도 없이 적들을 쓰러트려 갔다. 찰나의 자비도 허락되지 않는 싸움이었다. 한 놈도 빠짐없이 죽여야 했다.

마지막 남은 남자가 궁지에 몰린 짐승의 살기로 국천에게 공격을 퍼부었다.

단 한 합이라도 밀렸다간 국천과 아련 모두가 죽임을 당할 판이었다.

남자가 국천 뒤에 숨은 아련을 공격하기 시작했다. 국천의 허점을 만들려는 것이었다.

아련의 목덜미를 잡아채는 남자를 막으려다 국천이 실수로 검을 놓쳤다.

남자는 검을 집어 국천의 목을 노렸다. 국천이 미처 피하지도 못한 순간이었다. 그리고 그때….

아련이 벼락처럼 몸을 날려 남자의 심장에 자신의 단검을 꽂아 넣었다.

아련과 국천이 동시에 서로를 바라보았다.

아련은 눈앞에 펼쳐진 처참한 전투의 광경보다, 살아있다는 것에 안도감을 느꼈다.

"살았… 어요…. 나… 살아있어요….."

"당연하지. 내가 분명히 말하지 않았나. 내 허락 없인 그 누구도…."

국천의 말이 끝나기도 전에, 아련은 국천의 품으로 정신을 잃고 쓰러지고 말았다.

싸움 도중엔 그리도 박력 있게 아련을 끌어당겨 안던 국천이었지만, 제정신이 돌아온 후 자신의 품에 안긴 아련을 보는 그의 눈빛은 처음으로 여체를 마주한 소년의 그것과도 같았다.

사실, 일찍이 돌아가신 어머니를 제외하곤 여인이라고는 궁 안의 시녀들만 보았던 국천이었다. 궁 안의 여인들은 모두 왕의 여인들이 아니냐 하면 그 또한 틀린 말은 아니지만, 굴곡지고 치열했던 그의 삶 속에, 마음속에, 여인이 들어올 자리가 없었다고 하면 우스운 변명일까.

월국의 백성들이 그네들의 왕을 '모태홀로'라고 수군거리는 것 또한 어쩔 수 없는 일이었다.

국천은 조심스레 아련의 맥을 잡아보곤 한숨을 크게 쉬었다.

죽은 것은 아니었다. 새근거리며 숨을 내쉬는 그녀의 얼굴을 가만히 보고 있자니 국천마저 잠이 오는 기분이었다. 이 여인이 누구인지, 미친 여자인지 아닌지도 모르겠지만 품 안에서 모든 긴장이 풀린 채 잠이 든 모습을 보니, 또 웃음이 나왔다.

십년 치 웃음을 다 웃고 가는구나. 그런 생각마저 들었다.

국천은 그녀를 조심스레 안아 그녀를 뉘일 곳을 찾았다. 그가 일어나 돌아서는 순간, 쓰러져 있던 남자들의 몸이 구겨지듯이 마구 일그러지더니, 축 늘어진 늑대들이 되었다가 먼지처럼 스르륵 사라져버렸다. 국천은 그들의 모습을 서늘한 눈빛으로 바라만 보았다.

오늘은 어쩔 수 없었다. 다음을 기약해야 할 일이었다.

국천은 커다란 나무 아래로 아련을 잠시 기대 눕혀놓고, 땅바닥에 아무렇게나 내팽개쳐진 제 검과 아련의 단검을 주워들었다. 그의 눈빛이 마구 요동치기 시작했다.

"어찌된 일인가. 이 단검이… 왜… 여기에."

국천의 눈빛에 살기가 어렸다. 정신을 차리려는 듯 움찔거리는 아련에게 국천은 주위의 모든 것을 얼려버릴 듯한 냉기를 뿜으며 다가갔다. 단검을 부수기라도 할 듯이 움켜쥔 국천이 그제야 어렴풋 눈을 뜬 아련을 노려보았다.

서로의 얼굴이 닿을 듯한 거리였다.

비몽사몽한 아련이 그의 뺨에 손을 얹으며 맑게도 웃었다.

"진짜 살았네."

데일 듯한 손의 열기에 놀란 국천이 이내 이를 꽉 깨물며 물었다.

단검으로 그녀의 목을 베기라도 할 것처럼, 그녀의 턱 아래 검을 들이대고서….

"네 정체가 뭐냐. 이 검을, 어찌 네가 가지고 있는 것이냐? 말하라. 아니면 나는 너를 죽일 수밖에 없다."

"…이게 대체 무슨 짓이에요?"

"말하라지 않느냐, 당장!"

아련의 목에 검을 겨눈 국천의 눈빛은 더 없이 진지했다.

아련이 국천의 목숨을 구한 그 단검은 국천의 아버지이자, 월국의 선왕을 죽게 한 검이기도 했다.

사라진 늑대의 왕 '이귀'가 국천의 아비를 찔러 죽이고 전리품처럼 가지고 가버린 월국 왕실의 단검…. 그것이 어찌 태국 여인의 품 안에서 나왔단 말인가.

검을 쥔 국천의 손이 떨려왔다. 혹시 이 여인이…?

국천은 자신의 검날을 아련의 목을 벨 듯이 가져다 대었다. 아련의 목에 작은 생채기가 생겼고, 아무 일도… 벌어지지 않았다. 빛이 서린 검날에 반응하지 않는 것을 보니, 늑대의 변신은 아니었다.

"이 단검, 어디서 났느냔 말이다."

"대체 왜 이러는 거예요? 이 단검이 뭐가 어때서…. 이건… 이건…!"

아련이 몰래 훔친 물건이었다. 단검은 여왕의 서고 구석에 전시되어 있던 수많은 보물들 중 하나였다. 보물들 중 단연 이국적이고, 신비하게 보여 잠깐만 빌려 구경한단 것이 다시 가져다 놓을 틈을 놓친 것일 뿐이었다. 여왕은 단검이 사라진 것도 모르지 싶었다.

호기심 많은 성정이 죄라면 죄였다. 결국 그 호기심이 목덜미에 시퍼렇게 날이 선 검을 들였으니 아련은 눈앞이 캄캄했다. 궁에서 훔쳤다고 하기에는 뒷일을 감당하기 어려울 성싶었고, 이대로 입을 다문다면 이 얼음장 같은 사내가 아련의 목을 댕그랑 베어버릴 것 같았다.

"사실… 훔… 친 물건이에요… 살려주세요."

"훔쳐? 어디서!"

"저자에 가끔…. 지나는 도붓장수(돌아다니며 물건을 파는 사람)에게요. 진짜예요. 검이 너무 좋아 보여서…"

당장이라도 눈물이 왈칵 쏟아질 듯 그렁거리는 아련의 눈빛을 보고 있자니 허투루 하는 말은 아닌 것 같았다. 물론, 국천은 아련이 송장도 벌떡 일으켜 가슴 치게 만드는 '눈물 연기'의 장인이라는 것을 알지 못했다. 국천의 머릿속은 갈수록 더 복잡해졌다.

국천이 아련에 대한 의심과 혼란 속에 어찌 할 바를 모르고 있던 그때였다.

"왕자님을 찾아야 한다. 여시종과 함께 나가셨다 하니 샅샅이 수색하라!"

태궁 수비군들의 고함이 멀리서 들려왔다.

순식간에 사색이 된 아련보다 더 놀란 것은 국천이었다. 난데없는 소동으로 장벽에서 시간을 너무 지체했기 때문이었다. 월국의 왕이 태국의 수비군에게 발각되는 일은 결코 없어야 했다. 국천은 아련에게 검을 거두고 단검을 품에 챙기며 물었다.

"이 단검을 가지고 있었다는 도붓장수는 어디로 가면 만날 수 있나."

"정처 없이 떠도는 자들이라… 도둑이 주인 얼굴 보고 훔치는 것도 아니고."

"애초에 도움이 될 여인 같진 않았어. 되었으니 이쯤하지."

국천이 아련을 버려두고 수비군을 피해 몸을 숨기려 했다.

사실 국천보다 더 마음이 급한 것은 아련이었다. 몰래 궁을 빠져나온 것도 경을 칠 일인데, 지금의 몰골로는 절대! 잡혀갈 수 없었다. 그런데 긴장을 한 탓인지 아련의 두 다리가 말을 듣질 않았다. 아련은 에라 모르겠단 심정으로 국천의 바짓가랑이를 잡고 늘어졌다. 마음 떠난 연인을 붙들어 잡기라도 하듯이 애처롭고 처절한 눈빛도 덤으로 발사하면서.

"이 무슨 해괴한 짓거리인가!"

"나 좀, 나 좀 살려줘요. 뭐 막 아까처럼 그렇게 칼질까진 말고. 아주 잠깐만 숨을 수 있게. 제발요. 내가 진짜 급해서 그래요. 힘들게 살려줬는데 이대로 내가 꽥 죽으면 그쪽도 얼마나 기운 빠지겠어요, 네?"

"당최 무슨 소릴 하는 건지…. 정녕 군사에 쫓기는 죄인이라도 되는 것인가?"

수비군들의 기척이 점점 가까워져 왔다. 아련은 급한 마음에 비틀거리며 달리려 했지만, 나무에서 추락한 데다 늑대들과 싸운 후유증이 컸다.

아련이 휘청거리며 넘어질 것 같던 그 순간, 국천이 그녀의 허리를 휘어감아 안았다. 아련을 노려보는 눈빛이 매서웠다.

"도저히 이해가 되지 않는 여인이군. 어찌 하는 말마다 하는 짓마다 이리도 엉망진창인 것인가. 그만! 그 눈빛! 어찌 그런 눈으로 나를 보는 것이냐! 신경 쓰여 버리지도 못하게!"

"내가 뭘 어쨌다고… 딱 일각만 숨어 있을게요. 도와줘요."

"휴… 일단 지금은 그대나 나나 여길 피하는 게 우선인 듯하니."

국천은 가볍게 아련을 들어 안고 나무 사이를 달리기 시작했다. 아련의 체구가 작기도 작았지만 그녀의 몸이 쏙 들어 갈 만큼 국천의 품은 넓었다.

아련은 국천의 품에 안긴 채로 그의 벌떡거리는 심장 소리를 들었다. 달려서 그런 것인지, 다른 이유라도 있는지 국천의 심장은 쉴 새 없이 두들기는 북처럼 시끄러웠다. 수비군을 피해 달아나는 그 와중에도 아련은 규칙적으로 둥둥거리며 울리는 그의 심장 소리에 정체 모를 안정감을 느꼈다.

"저기요! 저 나무 아래 작은 구덩이가 있어요!"

"이곳에 대해 참 잘 아는 여인이군. 장벽 근처에 일반의 백성들은 얼씬도 못 한다더니."

"그냥 가끔 왔다갔다… 뭐! 난 도둑질도 하고 그러는데, 흉악한 도둑이 어딘들 못 가."

"죄인을 구하는 왕이라니… 무월신(월국에서 숭상하는 달의 신)께서 벼락을 내리시겠군."

"뭐라고요? 크게 좀 말해봐요. 사내가 쩨쩨하게 꿍얼거리기는."

국천은 아련을 구덩이 안으로 밀어 넣듯 내려놓았다. 잠시 숨어 있기에 적절한 장소이기는 했다. 아련은 자신을 짐짝처럼 내려놓는 국천이 얄미웠지만 제 목숨을 구해준 이에게 품을 마음은 아닌 듯싶어 그저 입술만 삐죽거렸다.

"이쪽이다! 이쪽으로 사람의 발자국이 보인다!"

"왕자마마를 찾는 것이 우선이고, 아니면 여시종이라도! 어서!"

아련을 두고 다른 곳으로 가려던 국천의 귀에 바로 지척까지 다가온 수비군들의 음성이 들려 왔다.

국천이 딱히 도망갈 곳도, 숨을 곳도 찾지 못한 그때, 아련이 그의 멱살을 붙들어 구덩이 안으로 잡아 당겼다. 그리고는 순식간에 구덩이의 덮개를 끌어당겨 닫아버렸다.

'쉿!'

아련이 당황한 국천의 입을 막아버렸다.

국천이 당황한 데는 그만한 이유가 있었다. 자신의 몸이 아련 위로 올라타듯 바짝 붙은 미묘한 자세였다. 작은 체구의 여인 둘이 들어가기도 좁은 구덩이 안에 아련보다 반 곱절은 큰 사내가 끼어 있으려니 도무지 자세가 나오질 않았다.

두 사람의 머리 위로 지나가는 군사들의 발소리가 느껴졌다. 주위를 살피는 듯 나무 주변을 빙빙 도는 군사들 때문에 국천과 아련은 구덩이 안에 갇히는 신세가 되었다.

국천은 그제야 자신의 한 손이 아련의 허리춤에, 나머지 한 손은 그녀의 엉덩이 아래 있다는 사실을 깨닫고 얼굴이 붉어지기 시작했다.

당황스럽기는 아련 또한 마찬가지였다. 순간의 기지로 국천을 끌어당기긴 했지만 처음 보는 사내와 날숨이 닿을 거리에서 꼼짝 못하는 상황이라니….

게다가 아련의 양 팔은 그의 목을 감싸 안은 모양새가 되었지 않았는가.

행여 누가 보기라도 한다면 사람들 눈을 피해 정을 통하는 남녀의 모습으로 보일 것이 분명했다.

아련은 살살 자신의 팔을 빼며 속삭였다.

"군사들은 지나간 듯하나 혹시 모르니 잠시 더 있어야 할 것 같아요. 그러려면 우리 자세를 좀….”

"오늘 들은 중에 유일하게 옳은 말이로군.”

국천과 아련은 최대한 기척을 내지 않으려 온몸을 꿀렁거리며 움직이기 시작했다.

머리끝부터 발끝까지 신경이 곤두서는 느낌이었다. 국천은 가까스로 몸을 돌려 아련과 나란히 누울 수 있었고, 아련은 졸지에 국천의 어깨에 머리를 기대는 자세가 되어버렸다.

완벽하진 않아도, 나름의 최선이라 생각한 두 사람 사이에 어색한 침묵이 흘렀다. 차라리 서로에게 툭툭거리기라도 하면 덜 어색할 것을, 말도 없이 붙어 있으려니 더 미칠 노릇이었다.

괴로운 침묵을 먼저 깬 것은 아련의 작은 웃음소리였다.

"신이시여, 잠시라도 좋으니 이 여인의 정신을 돌려주십시오….”

"아, 미안해요. 웃으려고 웃은 건 아닌데 이 상황이 너무 어이가 없기도 하고, 다신 없을 모험인 것 같기도 해서.”

"그쪽 목숨이 천지를 오갔는데 모험이라니. 흉악한 도적은 배포가 다르긴 다르군.”

"지겨운 평화가 지속되는 이 나라 태국에선, 도적도 그저 백성일 뿐이죠.”

"평화가 지겹다라…. 부른 자들은 고픈 자의 절망을 모르는 법이지."

"그쪽… 혹시…. 태국의 사람이 아닌가요?"

"…나 또한 떠도는 도붓장수와 다르지 않다고 여기면 어떻겠소? 얼굴도 기억나지 않고, 다시 만날 일도 없는."

"이름, 물어도 돼요? 나도 내 사정 이야기 하진 않을 참이라, 그냥 서로 이름만이라도."

국천은 자신만큼이나 말할 수 없는 사정을 가진 것이 분명한 여인의 또렷한 눈빛을 가만히 바라보았다.

이름이라…. 월국의 백성들조차 알지 못하는 것이 왕의 이름이었다. 그저 '흑왕'이라 불리우는 높은 곳의 사람에게 '그냥 이름만' 말하라는 당돌한 여인의 청을 어찌 받아들여야 할까.

"그러는 그쪽의 이름은 무엇이오? 청을 할 때는 먼저 내어놓는 것이 있어야지."

아련은 그제야 자신이 던진 질문의 무게가 얼마나 무거운지 깨달았다. 이 태국에서 아련의 이름을 아는 자가 몇이나 있던가. 생각해보니 우스웠다. 이름은 알아 무얼 하겠다고. 게다가 자신의 이름을 알려준들 부르지도 못할 텐데.

모든 것은 어제가 오늘 같고, 오늘이 내일 같을 것이 분명한 지루한 삶 속에 갑작스레 나타난 이 사내 때문이었다. 살기 위해 뛰고, 구르고, 몸부림 친 한나절의 모험 때문이었다.

그녀의 입에서, 멋대로 말이 튀어나왔다.

"아련… 이에요. 내 이름."

"지… 국천이오."

그때, 두 사람은 몰랐다. 서로가 서로에게 '진짜 이름'을 나눈 유일한 사람이라는 것을.

세상이 그들을 부르는 이름이 아닌, 그들의 진짜 이름을 부르는 유일한 존재라는 것을.

또 다시 적막이 찾아왔다.

더는 할 말이 없는 듯, 두 사람은 희미하게 새어 들어오는 햇살을 바라보며 비좁은 구덩이 안에 누워 있었다. 아련은 자신의 머리 위로 국천의 머리가 서서히 기대지는 것을 느꼈다.

키도 크고, 얼굴은 희고, 손은 단단하며, 어깨가 넓은, 하지만 차가운 기운을 내뿜는 사내였다. 그래서 아련이 살면서 한 번도 생각지 않았던 자신의 체온을 자각하게끔 한 남자, 지국천은 낮은 숨소리를 내며 아련의 머리에 자신의 머리를 기댄 채 잠이 들었다.

아까와는 다르게 천천히 쿵쿵거리는 국천의 심장소리가 그녀의 몸으로 온전히 전달되었다. 마치 땅 전체가 울리는 것처럼….

아련은 잠이 든 국천을 깨울까 싶어 조금도 움직이지 않은 채로 눈을 감았다. 태국에선 흔히 볼 수 없는 적당한 어둠 속에서, 두 사람은 서로에게 기대 각자의 꿈을 꾸었다.

얼마나 시간이 흘렀을까. 국천은 깜짝 놀라 깨어났다. 대체 무슨 일이 벌어진 것인가.

누군가 그의 목을 조르고 있었다! 놀란 국천이 자신의 목을 짓누르는 것의 정체를 파악했다.

자신의 목을 뱀처럼 휘감은 아련의 가느다란 팔이었다. 피식, 또 웃음이 났다.

정신 온전치 않은 여인과 있다 보니 국천의 정신도 제자리에 있을 리 없는 거란 생각이 들었다. 기이한 일이기는 했다. 고질적인 불면으로 잠이 든다는 것 자체가 기적 같은 국천이 세상 뒤집히는 줄도 모르게 잠이 들다니. 그것도 여인의 팔을 휘감고 말이다.

말로만 듣던 꿀잠이었다.

국천은 아련을 흔들어 깨우기 시작했다.

아련도 자신이 이렇게 깊이 잠이 들었단 사실에 적잖이 놀란 눈치였다. 군사들도 모두 사라지고, 사방에 아무도 없단 것을 확인한 두 사람은 후다닥 구덩이 밖으로 나왔다.

아련은 생각보다 시간이 지체된 듯하여 초조한 마음을 감출 수가 없었다.

"가봐야 해요. 생각했던 것보다 일이 커질 수도 있어서."

"그 일이란 것, 물어봐야 의미는 없겠지?"

"알아봐야 해로워요."

"나도 그리 한가로운 몸은 아니라. 그럼 여기서 제 갈 길 가도록 하지."

"그럼 이만…."

서로에게 등을 보이며 돌아서는 두 사람의 발걸음과 마음이 어쩐지 가볍지 않았다. 그저 한나절의 소동이었을 뿐이라며 마음을 다독여야 했다.

하지만 참지 못한 아련이 국천을 향해 소리쳤다.

"지국천… 공이라고 불러도 돼요?"

"부를 일 없을 거요. 다시는."

"혹시 있으면요. 지공, 지공이라고 부를게요."

국천은 대꾸하지 않고 아련을 바라만 보다가, 품에서 아련에게서 빼앗은 단검을 꺼내 휙 던져 주었다.

"귀한 물건이나, 나의 물건은 아니오. 그 검을 휘둘렀던 과거의 인물은 남은 흔적도 없을 듯하고. 허나 정신없이 장벽을 쏘다니는 흉악한 도적에게는 필요할 수 있겠지. 오늘 마주친 것들을 행여 또 마주친다면, 오직 그 검으로 상대해야 하오. 도망칠 시간 정도는 벌 수 있을 거요."

검을 받아 든 아련이 고맙다는 인사도 채 하기 전에, 국천은 휘리릭 장벽을 따라 멀어져 갔다. 아련은 멀어지는 국천과 손에 쥔 단검을 번갈아 보며 묘한 기분에 사로잡혔다.

***

같은 시각, 태궁의 왕자 처소에서는 수십의 시종들이 부복하여 엎드린 채 여왕의 추국을 받고 있었다. 몸을 부풀린 공작새처럼, 화려하고 우아한 옷과 기품을 가진 태국의 여왕은 당장이라도 시종 모두를 죽일 기세였다. 감출 수 없는 분노가 느껴졌다.

"왕자를 틈 없이 모시는 것만이 유일한 책무이거늘. 너희들의 하찮은 목숨 따위 살리고 말고 알 바조차 없다."

여왕이 엎드린 이들에게서 눈빛을 거두자, 수비군들이 시종들을 끌고 가려 했다. 모두가 바닥에 코를 박고 떨기만 하던 그때, 왕자궁의 후원에서 쩌렁거리는 목소리가 들려왔다.

"폐하, 소자를 찾으시옵니까?"

모두의 시선이 목소리가 나는 곳으로 몰렸다.

나무 뒤에서 나타난 목소리의 주인공은 바로 아련이었다.

단정하게 올려 묶은 흑발의 머리칼, 급하게 갈아입고 온 듯 보여도 빼어난 옷태를 감출 수 없는 미남자의 모습이었다. 왕위 서열 1위의 단 하나 남은 태국의 왕족 아련, 아니 왕자 '아우라'가 모두를 향해 당당히 서 있었다.

"왕자 아우라, 여왕 폐하의 부름에 답합니다. 하명하시옵소서."

맑고 동그란 눈을 가진 여인 아련이 아닌, 단단하고 뜨거운 눈매를 가진 왕자 아우라였다.

아련이 왕자의 모습을 하고 여왕 앞에 나타났던 그때, 왕자궁 담벼락 일각에 숨어 이를 지켜보고 있는 사람이 있었다. 믿을 수 없는 상황에 입조차 다물지 못하는 남자는 바로 지국천이었다.

그가 이 위험천만한 상황을 무릅쓰고 태궁의 왕자궁까지 그녀를 쫓은 것은 국천이 아련에게 단검을 주었기 때문이었다. 단검은 저자의 도붓장수 따위가 가질 수 있는 물건이 아니었다. 그녀가 거짓말을 하고 있단 것쯤은 이미 알고 있었다.

하지만 그 거짓말이 이리 깊을 줄이야….

단검의 출처를 알고 있는 도적단의 심부름꾼이나 되는 줄 알았다. 그 우두머리를 찾아 추국을 해야겠다, 생각했을 뿐이었는데….

태국과 정식으로 소통을 할 수 있는 유일한 창구인 신수(신령이 깃든 나무)의 서신을 통해 왕자 아우라의 존재를 알고는 있었다. 태국의 여왕과 월국의 왕만이 서신을 매달 수 있는 신수의 전언에 따르면 왕자 아우라는 태국의 유일신인 진양신의 가호를 받는 '태양의 아이'라고 했다.

국천이 알고 있는 한 태양의 아이는 장벽을 허물고 태국과 월국을 하나로 만들기 위한 과정의 가장 강력한 비밀을 품은 존재였다. 게다가 '아우라'라고 불리는 이자의 행태는 왕자의 행세를 하고 있는 여인이 아니던가.

빠드득, 국천의 이가 갈렸다. 제 목숨을 걸어 살린 여인에 대한 배신감이었다. 잠시나마 까닭 모를 마음의 평화를 얻었던 자신에 대한 자괴감도 들었다. 국천은 이 상황을 어찌 이용해야 하나 고민에 빠졌다. 그가 이런저런 생각에 빠져 있는 동안, 왕자궁의 후원이 조용해졌다.

왕자의 안전을 확인한 여왕이 더는 화를 내지 않고 돌아갔고, 후원에는 왕자와 호위병 몇 명만이 남아 있었다. 그때 왕자 아우라가 소리쳤다.

"숨어 있지 말고 그만 나오시지!"

국천의 뒷덜미가 서늘해졌다. 발각되고 만 것인가. 기척을 숨기고 다니는 데 도가 텄다 자부했건만, 태양의 아이에겐 모두 소용없는 일인가 싶었다.

이렇게 된 것 먼저 모습을 드러내야 하나 말아야 하나 국천이 고민하고 있을 때, 후원 구석의 잘 정돈된 덤불 속에서 불쑥 머리 하나가 올라왔다.

"왕자니이이임! 저 오늘은 진짜 죽는 줄 알았다고요. 여왕님께 서 나타나셨을 때 얼굴 비추었다간 명줄 싹둑 잘릴 것이 분명해 나오지도 못하고… 엉엉. 엄한 궁 식솔들만 경칠 뻔했지 뭐예요. 어찌 이러셔요. 딱 한 식경이라고 하셔놓고는!"

"미안하게 됐다. 사정이 좀 있었어. 내가 오늘… 장벽…."

"왕자님! 쉿! 저 좀 살려주세요! 네?"

아련이 실수로 장벽에 대한 이야기를 꺼내려 하자 여시종 단심 이 아련의 입을 막았다.

아무리 보이는 것 없고, 들리는 것 없이 돌처럼 서 있기만 하는 호위병들이라도 그 앞에서 할 이야기는 아니었다. 몰래 궁을 나가 장벽을 갔다고 하면 그 화가 어디까지 미칠지 모를 일이었다.

"모두들 잠시 물러나 있거라. 내 곧 침소에 들 것이니 걱정할 것 없다."

아련의 눈빛과 말투가 전에 없이 근엄하고 단호했다.

호위병들은 아련에게 대거리를 해봐야 아무 소용없음을 잘 알 기라도 하는 듯 왕자궁 곳곳으로 사라졌다. 호위병들마저 사라진 후원에는 아련과 시종 단심, 숨어서 모든 것을 지켜보고 있는 국 천만이 남았다.

시종 단심이 아련의 발 앞에 엎드려 분을 삼키며 청하기 시작 했다.

"이제 그만 소인을 내쳐주셔요. 이렇게 사느니 차라리 죽지요.

이미 소인은 다 죽은 것이나 다름없습니다. 하루가 멀다 하고 담을 넘으시는 왕자님 때문에 오장육부가 다 썩어 문드러졌을 것이 분명합니다요!"

"단심이 네 일이 고되다는 것은 잘 알고 또 잘 알지. 그래도 어쩌겠냐? 네 주군이 그렇게 생겨먹은 것을. 내 너의 고충을 잘 알기에 다른 궁인들에 비해 운덤(운으로 생기는 덤, 보너스)도 야무지게 챙겨주질 않느냐."

"그야 그렇지만, 마음 편히 조금 먹고 조금 싸는 것이 쉰네 팔자에 더 낫겠다 느껴집니다."

"은자 두 개."

울며 빌던 단심이 맹맹한 콧소리로 답했다.

"흑흑… 어찌 배포마저 작아지십니까? 두 개 받고, 흑흑… 꽃신 세 켤레 더."

"내 이래서 단심이 너를 귀히 여기는 것이야! 좋다, 꽃신 값은 두둑하게 쳐주지!"

언제 울었냐는 듯 엄지손가락으로 코를 팽, 풀며 일어서는 단심이었다.

"단심아, 잠깐. 물러 서거라."

단심의 등 뒤에 국천이 서 있었다. 아련은 국천을 보고 기절할 것 같았지만, 이내 평정을 되찾고 그를 바라보았다. 난데없는 외간 남자의 출현에 단심은 당장이라도 호위병을 부를 기세였지만, 아련이 단심을 부여잡으며 그녀를 진정시켰다.

"내 아는 자다. 호들갑 떨지 말고 잠시 물러나 있거라."

"허나 왕자님….."

"이자가 호위병에게 붙잡혀 궁 안의 이목을 끌기라도 한다면, 곤란한 것은 이 몸이다. 제 눈앞에서 사람이 죽는 일은 없다고 약조한 바 있으니, 나 또한 그러하지 않겠는가."

아련은 조금의 물러섬도 없이 국천을 보며 말했다. 아련의 명에 따라 단심이 덜덜 떨며 물러나자, 국천이 성큼성큼 아련에게 다가왔다.

"태국의 미친 여인인 줄만 알았더니, 고귀한 왕자님이셨다…? 거짓으로 일관 한 자의 목숨을 구한 내가 우스웠겠군."

"다시 볼일 없을 거라더니, 거짓으로 치면 피차 마찬가지 아니겠소?"

스르릉, 국천이 자신의 검을 뽑으며 아련을 노려보았다.

국천의 검술은 익히 보아 알고 있었다. 죽일 마음이라면 피할 수 없으리라. 아련은 국천의 눈빛에 어린 의심과 망설임을 보았다. 원하는 것이 있으니 삼엄한 태궁의 담장을 기꺼이 넘었을 것이었다. 단지 죽이려고 했던 것이라면 장벽의 소동 속에서라도 충분히 그리할 수 있었을 자였다.

아련은 두려운 마음이 스멀스멀 올라옴에도 기어코 용기를 내보기로 했다.

"원하는 것이 무엇이오? 보아 알겠지만 태국의 왕자로서…."

"왕자가 맞는가? 복색을 바꾸었다고 여인이 사내가 되는 것인가?"

"무… 무슨 소리를 하는 것이냐! 감히 일국의 왕자에게 여인…이라니!"

아련의 말을 자르며 치고 들어온 국천의 차가운 일갈은 그녀의 심장을 내려앉게 만들었다.

그렇다. 국천은 그녀가 여인이라는 것도, 아련이라는 이름도 알고 있었다.

아련의 오라비였던 '진짜 아우라'가 죽고 난 후 그녀가 그를 대신해 태국의 왕자이자, 태양의 아이 노릇을 하고 있다는 사실은 오직 태국의 여왕과 아련, 두 사람만이 알고 있는 비밀이었다. 왕자 아우라가 죽었다는 사실이 알려지면 엄청난 혼란에 휩싸일 것을 우려한 여왕의 절박한 결단이었다.

아우라가 죽던 날, 세상은 왕자의 하나뿐인 쌍둥이 누이의 죽음을 슬퍼했다. 때문에 아우라가 죽고 난 후 십이 년, 아련은 몰래 궁밖으로 나갈 때에만 본래의 모습일 수 있었다. 아무도 여인의 모습을 한 아련에겐 관심도, 의심도 없었으니까.

"지금 태국의 왕자를 농락하고, 의심하는 것인가? 이 자리에서, 당장 목을 쳐 후환을 없앨 수도 있는 일이야."

"내가 당장 큰 소리로 발설할 것에 대한 후환이 무서운 것은 아니고?"

모든 것이 막막하기만 한 아련이었다. 이 남자 앞에서 더 이상 센 척은 통하지 않을 거란 동물적인 감이 왔다. 아련은 국천의 코앞까지 쿵쿵거리며 다가갔다. 그리곤 그의 팔목을 휙 잡아끌어 당기며 말했다.

"아, 몰라. 싫으면 내 손목을 싹둑 잘라버리든가. 칼질 잘하더만. 나를 여기서 죽이든지 아니면 나랑 조용히 얘기를 좀 하든지. 여기선 내가 불안해서 도저히 안 되겠으니까."

"내 어찌 너를 믿고! 어허, 이제 보니 여인 치고 힘이 장사로구나."

"쯧! 그 여인 소리 좀! 쉿! 내 당신을 처리할 거면 저 뒤에 쫘아악 깔린 내 군사들로 벌써 결딴났지. 좀 가죠?"

아련은 국천을 침소 창문으로 밀어 넣고는 아련 자신은 돌아가 침소의 문으로 들어갔다. 호위병들에게는 그 누구도 휴식을 방해하는 자 없도록 떨어져 있으라 단단히 일렀다.

"원하는 걸 말해봐요. 태국에서 가장 위험하고도 값진 비밀을 알게 된 사내시여."

"단검. 도붓장수에게 훔친 것은 아닐 테고. 물건의 출처를 밝히시지."

"…나 또한 알아야겠어요. 당신은 대체 누구예요? 그리고 이 단검은 대체 무엇이고. 지국천… 공의 모든 행동들이 목숨을 열 개쯤 걸어도 모자랄 짓이란 건 알고 있겠죠?"

"왕자의 누이가 어릴 적 죽었다고 들었는데, 혹 그 반대였던가?"

"닥쳐요. 태국의 백성 그 누구도, 왕족의 죽음을 입에 담아서는 안 된다는 것을 모르나요?"

"잘 알고 있지. 평화롭고 아름다운 태국의 지엄한 법도."

국천과 아련의 팽팽한 눈싸움이 계속되었다. 먼저 대답을 듣기 전에는 결코 풀리지 않을 긴장이었다. 국천은 아련의 겁 없는 태도가 어이없고, 슬며시 부아도 치밀어 올랐다. 어떻게 하면 이렇게 앞뒤 없이 당돌할 수가 있단 말인가?

아무리 왕자 행세를 하는 자라고는 하나 국천의 눈에는 분명 여인이었다. 그런 아련이 겁도 없이 침소로 자신을 끌어들이질 않나, 검을 든 사내를 뭘 믿고 이리 느슨하단 말인가. 국천은 아련이야말로 목숨이 열 개쯤 되는 여우같은 것 아닐까 싶었다.

아련은 조금만 더 이 상태가 지속된다면 마주 선 국천의 얼굴에 웩, 하고 토할 지경으로 극도의 긴장 상태였다. 죽어서도 발각돼선 안 될 비밀을 적나라하게 들키고 말았고, 벌써 두 번째나 자신에게 칼을 겨눈 남자를 대체 무슨 생각으로 아무도 없는 침소로 들였단 말인가.

오직 낮만이 계속되는, 밤이 오지 않는 태국의 특성 상 편안한 휴식을 위해 침소의 4면은 두꺼운 천들을 덧대어 웬만한 소리와 몸짓도 새어나가는 법이 없었다. 당장의 비밀을 감추려다 영영 이 세상에서 그녀의 존재를 감출 판이었다. 하지만 여기서 속내를 들켰다간 안 될 일이었다. 밀리면 안 됐다.

"내 질문에 먼저 답하지 않는다면, 단검에 대해서도 말하지 않을 거예요."

"내 아버지가… 그 검에 목숨을 잃었다. 아버지를 죽인 자가 그 검을 가지고 가는 것을 보았고. 그자의 얼굴이나 이름 따윈 몰라. 난 그저 그 검을 쫓았을 뿐. 태국… 변방의 작은 마을로부터."

"…그 단검은, 왕궁의 서고에서 찾았어요. 여왕 폐하께서 선물 받은 물건들 중 하나라… 출처를 찾으려면 여왕 폐하께 직접 묻는 다 한들 하나하나 다 기억 하실지는… 모르겠네요."

"태국의 왕자라면, 여왕 폐하께 그 정도 질문은 할 수 있지 않겠나?"

"날 협박하는 거예요?"

"서로의 비밀을 하나씩, 지켜주는 거면 어떻겠나?"

"나는 당신이 누군지 믿을 수가 없는데, 불공평하죠."

국천은 품 안에서 작은 장식이 달린 목걸이를 꺼내보였다. 단검 손잡이에 박힌 문양과 같은 모양의 장식이었다.

"내 집 안에 내려오는 물건이 맞다는 증거 정도면 어떻겠나? 나는 왕자처럼 고귀한 신분이 못 되어 딱히 나의 신분을 증명할 방도가 없는데."

"내가 그래도 왕… 잔데. 좀 막나간다는 생각이 들진 않… 죠? 그런 것 같긴 해. 성격 진짜 지랄 맞…."

국천의 서늘한 미소에 아련의 입이 딱 다물어졌다. 뭔가 단단히 뒤틀리고 있는 게 분명했다.

"이보시오. 왕. 자. 나를 무예 선생으로 삼는 것이 어떠한가?"

"이 무슨 귀신이 씨나락 까먹다 목 맥혀 승늉 찾는 소린지…."

"내. 가. 왕자의 무예 선생이 되어주겠다 이 말이지."

"그게 말이 돼요? 뭐 칼 차고 다닌다고 다 무예 선생인가? 그것도 왕실 무예 선생이라니…."

"왕자가 직접 추천하여 원한다면, 안 될 법도 없지."

"헐, 설마 지금까지 안정적인 일자리를 위해 나한테 접근한 거였어요? 나랏일 하고 싶어서?"

"언제쯤이면 맑은 정신의 그대를 만나게 될지…."

아련은 국천의 제안에 불안감과 기대감, 두 개의 감정이 동시에 끓어올랐다.

믿을 구석이라곤 하나 없는 사내지만, 자신의 가장 깊은 비밀을 들켜버린 유일한 사내이기도 했다.

볼 때마다 검을 들이대며 협박이나 일삼았지만, 그에게서 느껴지는 것은 날 선 공포가 아니라 커져가는 호기심뿐이었다. 평생 자신을 숨기며 살아왔던 아련 앞에 여리고 천방지축인 그녀의 본 모습 그대로를 보이고도 아무렇지 않은 사내를 만났다는 것에 아련은 괜시리 심장이 뛰었다. 결코 해서는 안 되는 행동임에도 그녀의 마음은 국천과의 기묘한 동패를 향해 떨리고 있었다.

"보름 후, 저자의 애심각에서 보지. 고향에 다녀온 뒤, 그대의 무예 선생이 될 수 있도록."

"왕자를 겁박한 대역 죄인을 위한 형틀이 기다리고 있을지도 모르죠."

"기꺼이 받지. 그러고도 그대가 왕. 자. 로서 이 태국 왕실에 남을 수 있다면."

국천은 들어왔던 창문을 열어 나갈 태세를 하고는 마지막 인사를 건네듯 가볍게 손을 흔들었다.

아련은 국천의 당당한 태도에 그저 헛웃음이 나올 뿐이었다.

"참으로 이상한 일이야. 어찌 그대를 왕자라고 믿을 수가 있는 것이지? 내 눈엔 영락없는 여인인 것을. 알아보지 못하는 자들의 눈이 제자리에 붙어 있는 것인지 의심스럽군."

"내 미모가 보통이 아니기는 하죠."

"여인의 티가 나는 것과 미모는 전혀 다른 부류의 얘기지."

"가세요, 어서!"

국천이 침소의 창문으로 빠져나가고, 아련은 그제야 몸에 힘이 풀린 듯 침상 위로 푹 쓰러졌다. 그리고는 온몸을 버둥거리며 한껏 긴장되어 있던 사지를 흔들어주었다.

보름 후라….

보름 후에 국천이 정말 자신의 무예 선생이 되겠다 나타날까? 정말 그를 무예 선생으로 맞기 위해 준비를 해두어야 할까? 도무지 이치에 맞는 일 하나가 없는 하루였다. 심지어 국천은 현재의 아련을 가장 빠르고, 치명적으로 위험하게 만들 수 있는 인물임에도 불구하고 아련은 국천과의 약속을 떠올리며 잠이 들었다.

보름 후.

태국의 수도 일경의 활기찬 저잣거리 중심에 자리 잡은 주점, 애심각 앞에는 삼엄한 분위기가 흘렀다.

애심각 주변에는 변복한 채 주위를 살피는 군사들이 가득했고, 그들은 드나드는 이들을 예사롭지 않게 감시하고 있었다.

애심각 안 구석진 자리에는 누군가를 기다리는 듯 주문도 하지 않고 앉아 있는 훤칠한 사내가 있었다. 월국에서 막 돌아온 지국천이었다.

국천이 앉은 자리가 창을 통해 훤히 보이는 애심각 근처 누각의 꼭대기에는 검은 복면을 한 자가 그를 향해 활을 겨누고 있다.

떨리는 손으로 활시위를 당기다가, 답답한지 얼굴을 감싼 복면을 살짝 당겨 눈과 머리를 내놓는다. 활을 든 복면인의 정체는 아련이었다.

***

보름 후에 만나자는 약속만 남기고 국천이 떠난 후 아련은 하루에도 열두 번씩 단검을 들여다보며 시간을 보냈다. 여왕의 서고에 보관될 정도의 물건이라면 필시 그만한 사정이나 가치가 있는 게 분명했다. 게다가 국천은 단검을 쫓아 태궁에서 일자리마저 구하려 했다.

출신 성분도 불분명한 이를 왕자의 무예 스승으로 들인다니…. 당장에 경을 칠 일이었지만 아련의 마음은 달랐다. 국천을 곁에 두고 시켜먼 속내를 들여다보고 싶었다. 여차하여 사달이 생긴다 해도 태궁은 완벽하게 아련의 구역이었다. 그리고 가장 중요한 것은!

국천은 아련의 비밀을 알고 있는 자가 아니던가.

그를 가까이 두고 감시할 구실로 딱이었다. 아련의 마음속에 점차 두려움의 안개가 걷히고 호기심의 태양이 머리를 들이밀었다.

참으로 발칙한 발상이었다. 이놈의 호기심이란 것은 언제나 아련이 치는 사고의 가장 큰 원인이었다는 것을 그녀는 언제나, 항상, 꾸준하게 잊어버렸다.

월국으로 돌아간 국천의 심사 또한 편치 않았다.

늑대들을 쫓아 수없이 장벽을 넘나들던 세월 동안 가장 큰 것을 얻은 날이었다. 허나 모든 것의 끝이자, 시작이었던 단검은 태국의 왕자, 즉 태양의 아이에게 있었다. 국천은 무월신을 모시는 사당으로 가 무릎을 꿇고 빌었다.

"어둠으로부터 태어난 모든 작은 생명들을 영원한 달빛으로 굽어 살피시는 무월신이시여. 부디 용서하소서. 신께서도 아비의 원수를 갚고 태양의 풍요를 넘보려는 소인의 결심을 무너뜨릴 순 없으십니다. 죄가 있다면 월국의 왕인 저 지국천을 벌하시고 병들어 굶주리는 달의 백성들을 구하소서."

국천은 전례 없이 긴 태국행을 계획했다. 지근에서 왕을 모시는 시종 몇 명만이 국천의 '갑작스런 와병'에 대해 알고 있었으며, 그들 또한 왕의 행보에 대하여는 일말조차 알지 못했다.

국천은 월국의 대장군이자 평생의 벗인 한울에게만 자신의 행로에 대하여 털어놓았다. 물론 그에게도 태국의 왕자와 얽힌 이야기는 하지 않았지만.

"월국의 대장군 한울에게 명하노니, 그리 길지 않겠지만 내가 없는 시간 동안 월국의 왕실을 부탁한다. 내 다녀와 모든 사정을 설명하겠다. …한울아, 하나뿐인 벗으로서 청하니 나를 이해해다오."

"마음 같아선 너를 따라 가고 싶지만 그리할 수는 없겠지. 부디 무사 무강하게 돌아와라."

"너와 내가 꿈꾸던 하나의 하늘을 위해서야."

"내게 하나 된 세상보다 중요한 것은 하나뿐인 벗이란 것도 알지?"

국천과 한울 사이엔 더 이상 어떤 말도 필요치 않았다.

두 사람의 굳은 눈빛은 서로를 향한 신뢰와 존경을 증명했다.

국천은 월국의 왕으로서 모든 것을 내려놓고 장벽으로 향했다.

오직 국천의 손이 닿아야 열리는 틈새였다. 국천은 쏟아지는 햇살을 감추려 재빠르게 장벽의 틈 안으로 들어갔다.

그런 국천을 멀리서 바라만 보던 한울이 국천이 사라진 틈새 앞으로 가 자신의 손을 가져다 대어보았다. 아무 일도 일어나지 않았다.

하늘에 뜬 달을 바라보는 한울의 눈빛이 공허한 듯, 또 미묘하게 이지러졌다.

***

국천과 아련이 다시 만나기로 약속한 날. 태궁의 아련은 이른 시각부터 미칠 지경이었다.

궁을 나가기 위해 의복과 말까지 모든 준비를 마쳤건만 궁 안에 감도는 분위기가 심상치 않았다. 여왕이 간밤에 꾸었다는 신몽 때문이었다.

태국의 태양을 월국의 달이 가리는 개기일식을 보았다고 했다. 개기일식이라니, 하늘과 땅의 역사를 담고 있다는 천문사기에서나 읽었던 이야기였다. 여왕은 아련과 대승상 유정을 불러 자신의 꿈에 대해 경고를 내렸다.

"달이 태양을 가리는 꿈이라니, 흉몽이 아닐 수 없다. 왕자와 대승상은 작은 일이라도 허투루 넘겨선 안 될 것이다. 일경(태국의 수도) 안에 원인 모를 광증마저 퍼지고 있는 이때, 백성들의 치안과 왕실의 안녕에 만전을 기해야 할 것이다."

마흔이 가까운 나이라고는 도무지 믿기지 않는 동안과 따스한 눈매를 지닌 미남자, 대승상 유정은 여왕의 불안을 해소시키려는 중이었다.

"여왕이시여, 만백성이 여왕 폐하의 비호 아래 더 없는 태평의 시대를 누리고 있사옵고 모든 신료들과 군사들이 태국의 평화를 위해 목숨을 내어놓은 채 열과 성을 다하고 있사옵니다. 부디 근심을 놓으소서."

여왕은 대승상 유정의 진언에 마음이 조금은 풀리는 듯했다.

유정은 궁을 나서고 싶어 근질거리는 아련의 마음을 알기라도 하는 듯이… 그녀에게 찡긋, 신호를 보냈다. 유정의 신호가 떨어지기 무섭게 아련은 여왕 앞에 읊조리듯 말을 꺼냈다.

"소자 조심, 또 조심, 무조건 조심하며 궁을 지킬 것이니… 이만 물러가도…. 채 읽지 못한 서책이 있어서…."

여왕은 지겨워 몸이 꼬이는 아련의 행태를 오래 보아 안다는 듯이 손을 까딱거렸다.

아련은 엄청난 속도로 뒷걸음질 쳐 여왕의 처소를 빠져나왔다.

아련이 처소를 빠져나가자 두통이 오는 듯 눈을 질끈 감으며 관자놀이를 감싸는 여왕. 그녀를 바라보던 유정의 얼굴에 누구도 눈치 채지 못할 옅은 미소가 지나갔다. 아련을 대하던 따스한 미소가 아닌, 의중을 알 수 없는 서늘한 미소였다.

일각도 지나지 않은 시각, 아련은 복면을 한 손에 쥔 채 말을 타고 궁을 빠져나가고 있었다.

역시 여왕의 잔소리는 대승상과 함께 들어야 짧았다. 어린 나이에 가족을 모두 잃고 '태양의 아이'라는 비밀스런 짐을 지게 된 아련에게 대승상 유정은 오라비 같기도 했고, 아버지 같기도 했으며, 벗 같기도 한 고마운 존재였다.

자신이 아우라가 아닌 아련이라는 것은 유정에게도 비밀이었지만, 그는 아련에게 든든한 뒷배와도 같은 이였다.

일경의 중심지인 애심각 주변은 여왕의 갑작스런 명령으로 수많은 군사들이 순찰을 돌고 있었다. 군사들은 지나는 백성들을 붙들고 혹시라도 모를 유행성 광증의 전조를 살피기도 했고, 신분과 이름을 묻기도 했다.

제대로 대꾸를 못 하면 그 자리에서 추포하여 면밀한 조사 후에야 풀어줄 것이 뻔했다. 이런 날엔 궁 밖 잠행은 꿈도 꾸지 말아야 했는데, 아련은 국천과의 약속을 모른 척할 수 없었다.

애심각 안이 훤히 들여다보이는 건너편 누각에 살며시 자리를 잡은 아련은 주위를 살폈다. 괜히 안으로 들어가다 군사들의 경비에 발각되어선 안 될 일이었다. 아련은 스스로를 증명할 어떤 신분도 내놓을 수 없었기 때문이다.

아련의 걱정은 기실 그녀에 국한된 것만은 아니었다. 지국천, 그 자는 안전한 것일까. 군사들의 검문을 피할 수 있는 자일까. 그가 이야기했던 멀고 먼 태국의 어느 마을이란 곳은 그를 증명할 진실일 것인가. 아련은 애심각 구석에 앉아 있는 국천을 발견하고 준비해 온 활을 꺼냈다.

군사 몇몇이 애심각 안으로 들어갔다. 국천을 바라보는 아련의 눈빛이 형형했다.

애심각 안에 자리를 잡고 앉은 국천 또한 다가오는 이들의 기운을 느꼈다. 그가 앉은 주변으로부터 군사들의 검문이 시작되었다. 혹시… 아련이 자신을 밀고하여 추포하려는 것은 아닐까 싶은 마음도 들었다. 무엇이 되었건, 반드시 피해야 할 자리였다.

여차하면 무력 충돌도 피할 수 없겠다 여긴 국천이 허리에 찬 검을 언제라도 꺼낼 수 있도록 고쳐 잡았다. 국천이 검을 잡는 순간, 이를 보고 있던 아련이 이를 꽉 물었다. 그리곤 정확하게 국천이 앉은 자리를 향해 조준하고 있던 활시위를 놓았다.

푸슉!

허공을 가르는 소리와 함께 국천이 앉은 상 위로 화살이 박혔다. 작은 서신이 묶인 화살이었다. 국천은 반사적으로 서신을 뜯어내며 주위를 살폈다. 몇 개의 화살이 애심각 안으로 더 날아들고, 주점 안의 모든 이들이 당황하며 숨고 뛰기 시작했다.

"공격이다! 모두 몸을 숙이고 활을 쏜 이를 쫓아라!"

국천은 바닥에 떨어진 화살을 하나 집어보았다. 무촉전(끝이 뭉툭한 화살)이었다. 서신이 달려있던 최초의 화살을 제외하곤 살의 끝이 모두 뭉툭했다. 국천은 혼란해진 틈을 타 서신을 손에 쥔 채 애심각을 벗어났다.

인파를 피한 외곽에서 서신을 펴본 국천은 활을 쏜 이의 정체를 확인했다.

제자의 무예로 위기를 면한 스승은 부끄러운 줄 알라. 감사 인사는 보름
전 약속의 장소에서 받겠다.

여인의 당돌함은 끝이 없었다. 보름 전 약속의 장소라니…. 왕자
궁의 침소를 이르는 것이었다.

하긴 생각해보면 삼엄한 경계를 피해 숨기에 왕자궁보다 더 좋
은 곳이 있을 것 같지는 않았다. 위대하신 태양의 아이의 말 한마
디면 쥐새끼 한 마리 얼씬 하지 못하는 곳이 왕자궁이니까.

왕자궁 후원 일각, 아련은 재빠르게 왕자로서 복색을 갖추고 한
손엔 서책을 든 채 의미 없이 같은 자리를 빙글빙글 돌고 있었다.
호위병들도 모두 물러난 후원에서, 시종 단심만이 세상에서 가장
불안한 눈빛으로 왕자의 기행을 지켜보는 중이었다.

부스럭, 소리와 함께 국천이 모습을 드러냈다. 단심은 더 놀랄
일도 안 남았다는 듯 자리에 털썩 주저앉았다.

"왕자님, 소인은 더는 놀랄 가슴도 남지 않았으니 이대로 묻어
주시어요."

"정신 좀 차려봐라, 단심아. 네가 해줄 일이 지금부터 줄을 섰다."

차마 소리도 못 내고 자빠져 있는 단심이 그러거나 말거나, 아
련은 국천의 행색을 이리저리 살피며 그의 옷가지를 죽 잡아당겨
보기도 하고 냄새를 맡아보기도 했다.

"예상은 했었지만, 복색을 고르는 감은 영…. 얼굴 그렇게 쓸 거
면 차라리 나를 주시지."

아련이 국천의 행색이 영 구리구리하다는 듯 혀를 차자 국천도

발끈했다.

"일생에 나의 복색을 두고 논하는 자를 만날 줄이야. 최고의 장인들이 빛도 없는 공방에서 한 땀 한 땀 수십 날을 애쓴 작품에 대고, 뭐라?"

아련이 국천의 혼잣말을 듣는 둥 마는 둥 단심에게 손짓하자, 단심은 모든 것을 포기했다는 듯 구석에 숨겨두었던 보따리를 내어놓았다. 단심이 보따리를 풀자 그 안에는 밝고 고운 결의 옷감으로 만든 의복이 들어 있었다.

"요새 일경에서 최신 유행하는 품새의 의복이니 사양 말고 입으시죠. 명색이 왕자의 무예 선생인데. 어디서 거무튀튀한 거적이나 걸치고 다니는 게 가당키나 하오?"

"신이시여, 이자의 흉악한 말본새를 용서하십시오…. 무지가 죄라면 벌써 벼락 맞아 죽었을 자입니다."

보다 못한 단심이 끼어들었다.

"왕자님께 이리 불경스럽게 굴다니… 이게 무슨…?"

국천과 아련의 사정을 모르는 단심은 모든 것이 불안하기만 했다. 단심은 자신의 주군이 명한 모든 것들이 이해가 되질 않았다. 애초에 왕자의 모든 행동거지를 이해하는 게 불가능한 것이라 그러려니 무조건 따르기로 했지만 후원에 갑작스레 난입한 괴한을 무예 스승으로 삼을 것이라니…. 여차하면 태궁을 떠나 도망갈 자리를 봐두어야겠다고 굳게 다짐하는 단심이었다.

아련의 성화에 어쩔 수 없이 옷을 갈아입은 국천의 모습은 실로 놀라웠다.

스스로 빛을 발하는 태양도 이보다 더 빛날 수는 없으리라. 훤칠한 키와 수려한 외모가 이제야 제자리를 찾은 듯했다.

국천의 귀태에 아련보다 더 놀란 단심이 칭얼거리듯 계속 중얼거렸다.

"저자에 떠도는 연설(연애소설)을 보면 사내가 여인에게 막 옷도 사주고 신분도 끌어올려 주고 그러면 두 사람 사이가 응응해지고 또 응응도 하고 또 응응응응 그러던데. 두 분을 보면 이거 참… 사내 둘이 뭐하는 짓인가 말이어요."

사내와 여인, 국천과 아련의 사이가 그러하긴 했다. 다만 여인이 사준 옷을 사내가 입은 것일 뿐이었다. 두 사람 사이에 갑작스레 미묘한 공기가 훅 흘렀다. 단심은 국천이 입고 왔던 의복을 보따리에 다시 챙기며 갈수록 가관인 둘의 분위기에 혀를 찼다.

국천은 자신의 옷매무새를 챙기느라 제 옷고름이 풀어진 줄도 모르고 목젖이 보이게 웃는 아련을 바라보았다. 세상에 어떤 여인이 저리 창피도 없이 웃는단 말인가.

자신도 모르게 아련의 옷고름을 잡아 휘휘 감아 묶어주자, 국천의 손길에 오히려 당황한 것은 아련이었다. 저 혼자 옷고름도 못 매는 사내의 투박한 손놀림이었다.

"어찌… 앞섶을 그리 풀어헤치고… 칠칠치 못하게, 흠흠."

순간적으로 얼굴이 시뻘겋게 달아오른 아련이 국천의 손길이 닿은 옷고름을 풀어 정갈하게 다시 묶었다.

"어허, 사내끼리 뭐 이정도 쯤이야."

"아무리 사. 내. 끼리라도 궁 안에 보는 눈이 많을 것임을! 참으로 답답한 왕자… 구만."

숨도 제대로 못 쉬고 고개를 푹 숙인 아련을 보며 단심은 이제 그만 됐다는 듯 손사래를 치며 말을 끊었다.

"아이고, 더 있다간 소인의 명줄 줄일 일만 생기겠습니다요."

그제야 숨이 돌아온 아련이 국천을 바라보며 말했다.

"복색은 이만 하면 되었고, 이제 남은 것은 딱 하나! 입 딱 다물고 내 옆에 서서 고개만 끄덕이면 아주 쉽게 풀릴 일이오!"

"입은 내가 아니라 왕자… 님께서 다물어야 할 중차대한 업보인 듯한데."

"쉿! 따라오시죠."

아련이 국천의 팔을 잡아끌며 먼저 앞장섰다.

아무 망설임도 없이 덥석 제 팔목을 잡은 아련의 손이 데일 듯 뜨거웠다. 처음 만난 이후로 지금까지 한순간도 변치 않았던 뜨거움이었다. 그녀는 밝고, 뜨겁고, 눈부신 태양 같은 여인이었다.

아련이 국천을 이끌고 간 곳은 대승상 유정의 집무실이었다.

난데없이 사내를 데리고 나타난 엉뚱함에 유정은 놀라움을 금치 못했지만, 사정을 들어주지 않고는 결코 넘어갈 수 없다는 아련의 눈빛을 대하자 고개를 절레절레 저었다. 이내 부드러운 음성으로 그녀의 '대형 사고'를 침착하게 맞이하려 애썼다.

"왕자님께서 벗이라도 만나 즐거우신 모양입니다. 소개해주시겠습니까?"

"내 새로운 무예 선생입니다. 오늘 일경의 저자에서 어마어마한 일도 있었다 하고, 여왕 폐하의 염려도 있었고. 내 스스로를 단련하기 위해 친히 모셨습니다."

국천이 예상했던 전개에서는 한참 벗어나 있었지만, 그녀는 국천의 청을 들어주고 있었다.

국천은 그녀의 당부대로 그저 고개를 슬쩍 숙이며 인사를 대신했다.

순수한 소년의 그것처럼 천진하기만 했던 유정의 눈빛이 가늘게 흔들렸다. 유정의 눈은 여전히 웃고 있었지만, 국천은 느낄 수 있었다. 진의를 알 수 없도록 잘 숨긴 적의를. 세상 걱정 없는 태국의 햇살 아래에서는 결코 눈치 채지 못할 깊이의 서늘함이었다.

두 사내는 팽팽하게 마주친 시선을 피하지 않은 채 서로를 탐색하듯 바라보기만 했다. 그 사이에 선 아련만이 예의 그 맑은 웃음으로 양쪽의 사내들을 바라볼 뿐이었다.

한편 유정의 눈길에는 의심이 가득했다. 일경 저자의 한량 같은 차림을 한 자 치고는 상대의 기운이 심상치 않았다. 무예 스승이라더니, 엄청난 무공이라도 감추고 있는 것일까?

'수업', '수련'이라는 말만 들어도 치를 떨던 아련이었다. 왕자의 조강(아침 강론)을 맡은 문·무 신료들이 성과를 내지 못하고 수없이 교체되었던 데는 다 그럴 만한 이유가 있었다. '번개같이 빠르고, 천둥처럼 날뛰는' 왕자를 감히 가르칠 수 있는 이가 태궁 안에는 없었다. 그런 왕자가 스스로 모신 스승이라….

"출신과 집안에 대해 여쭈어도 되겠습니까? 왕자님을 지척에서 모시는 자리이니, 확실히 해두는 편이 좋을 듯싶습니다만."

아련에게 말하는 동안에도 유정의 눈길은 국천에게서 떠나지 않았다. 이는 국천의 대답을 기다리는 질문이었다. 유정은 국천 얼굴에 비치는 작은 변화도 놓치지 않으려는 듯 그를 더욱 노골적으로 바라보았다. 하지만 돌산의 바위 같은 국천의 표정에선 그 어떤 진동조차 없었다.

국천의 앞을 막아서며 입을 연 것은 아련이었다. 아련이 국천과 유정의 사이에 끼어들어 큰 손짓과 몸짓을 곁들인 설명을 시작하자 그들을 누르던 긴장의 공기마저 가벼워지는 느낌이었다.

"시종 단심이가 궁에 들어오기 전 살았던 막골에서 잠시 모신 집안의 아들이라 하네. 왜 대승상도 기억하지 않는가? 십여 년 전 막골에서 일어났던 대화재…."

"아…. 기억이 납니다. 그 집안에 아들이 하나 있었다 하였지요."

"그때 모든 재산과 가족, 식솔들을 화마에 잃어버리고 가까스로 홀로 목숨을 부지하여 살아남았다는 것이 아닌가. 그 후로 정처 없이 떠돌며 오. 직! 무예 수련만을 일생의 업으로 삼으며 작금까지 왔다고 할 수 있지."

"그렇군요…. 허나 그 아들은 불길에 한쪽 다리를 크게 다쳐서…."

아련이 국천을 쿡 찌르자, 국천은 누가 보아도 어색한 자세로 짝다리를 짚으며 한쪽 다리를 통통 두드리기 시작했다. 발이 저린 사람처럼 발마저 덜덜 떨면서!

아련은 국천의 소생 가능성 없는 '발연기'를 무시하고 유정에게 얼버무렸다.

"경지에 오른 고수에게 신체의 작은 결함쯤은 태산 앞의 티끌과도 같은 것이지!"

"다리를 다친 그 아들은 죽을 뻔하였으나 기적적으로 회복을 하고….

다리를 두들기던 국천의 자세가 천천히 원래대로 돌아왔다.

아련은 차라리 울고 싶은 마음이었다. 혹시 유정이 자신을 골리려고 이러는 게 아닌가 싶을 정도였다.

"그렇지! 그러한 기적 속에서 살아남은 이에게 생존 무술을 배우겠단 것 아닌가, 내가!"

"회복을 한 후 얼마 안 가 화재의 충격을 견디지 못하고 미쳐서 죽었다고 들었습니다만."

아련의 말문이 턱 막혔다. 아련은 단심을 노려보았다. 괜찮은 신분 하나 생각해오라 했더니 망자의 신분이라니…. 순간적으로 당황한 아련이 말을 잇지 못하던 그때였다.

"차라리 그때 죽었으면 좋았을 거라 빌기도 했습니다."

국천이 담담하게 이야기를 시작했다. 유정은 국천의 이야기가 관심이 가는 듯 몸을 기울였다.

"그날 저는 눈앞에서 모든 것을 잃었고, 그들을 지킬 힘조차 없었던 자신을 탓하며 생살을 쥐어뜯었던 날이 수백 날입니다. 허나 저 하나만은 살리고자 그 끔찍한… 화마… 속에서 저를 밀어내시던 아버지의 눈빛을 잊을 수 없었기에, 죽을 수도 없었습니다. 스스로 강해져야 하는 일밖엔 남은 것이 없었지요."

"어린 소년이 겪기에 참으로 혹독한 일이었겠군."

"남들 눈엔 제가 미친 것처럼 보일 수도 있었겠습니다. 다만 분명한 것은 저는 죽지 않고 살았습니다. 제가 살던 곳을 조용히 떠난 것이, 불쌍한 아이의 죽음처럼 전해졌나 봅니다."

아련은 국천의 명연기에 놀랄 수밖에 없었다. 국천이 이렇게나 말을 잘 하는 사내였던가?

어쨌든 중요한 것은 지금의 위기를 넘기는 것이었다. 아련은 유정의 안색을 살폈다. 국천의 진심 어린 고백을 의심하는 것 같지는 않았다.

국천은 자신을 뚫어질 듯 바라보는 유정의 눈을 피하지 않았다. 어차피 이 자리를 면하지 못한다면 돌이킬 수 없는 일이 될 것이었다. 잠시간의 침묵이 지나고, 유정이 국천의 어깨를 두드리며 말했다. 부드러운 손길과는 다른 날카로운 말투였다.

"내 그 후의 사정을 모두 털어내 알고 싶은 마음도 있으나, 왕자님께서 친히 모신 스승에게 예우를 갖추도록 하지. 차차 알아갈 기회가 있을 터이니."

아련은 마음속으로 쾌재를 외쳤다. 대승상이 허락한 일이라면 여왕께서도 뭐라 지는 않으시리라! 여왕이 유일하게 온전히 믿고 아끼는 신하가 대승상이기 때문이었다.

하지만 이어지는 대승상의 말에 아련은 심장이 덜컥 내려앉았다.

"개인의 역사는 그렇다 할지라도, 태국의 왕실을 보존할 유일한 왕족이자 위대한 태양의 아이를 지키고 가르칠 무예 스승으로서 실력에 대한 검증은 꼭 해야 할 터이니…. 어떠한가? 왕자님께 청하오니, 이자에게 태궁의 무관과 일대일전을 하게 하시옵소서."

국천의 실력을 모르는 바는 아니었으나, 무관들의 실력은 그에 비할 게 아니었다. 전국에서 내로라하는 무예와 독기, 왕실에 대한 절대적인 충성심으로 무장한 최고의 무인들이었다.

그들이 매일 같이 수련한다는 일대일전은 단 하나의 무기만을 들고 일대일로 싸우는 대련으로서, 사흘에 한 번 꼴로 사망자가 속출하는 가히 지옥의 전투라 할 수 있었다.

아련이 이 난관을 어찌 빠져나갈까 고민하고 있을 때, 물색없이도 국천이 그녀의 온갖 걱정을 뻥 차버리며 먼저 나섰다.

"어떤 시험이든 응하겠습니다. 그 정도 결기 없이 나선 걸음일 리가 있겠습니까?"

아련의 속에서 천불이 타올랐다. 이자를 산 채로 보고 싶단 것이었지, 시신에 염해주며 바라본단 말은 아니었지 않는가!

아련의 마음을 아는지 모르는지 국천의 태도는 당당하기만 했다. 국천의 겁 없는 반응에 유정의 입가에 슬며시 미소가 떠올랐다.

"허면 잠시 후에, 왕자궁의 후원에서 뵙지요. 연무장은 다른 이들의 눈도 있고 하니. 이자의 실력을 검증한 후 여왕께 고해야 할 것 아닙니까?"

"하하… 대승상의 말에 일리가 있네… 하하…."

아련은 일대일전의 약속을 하고는 국천을 이끌어 왕자궁으로 돌아왔다. 아련은 단심을 시켜 국천이 입고 왔던 옷 보따리를 가져오게 하여 국천에게 던져주었다.

"단심이 너는 잠시 물러나 있어라. 내 이자와 긴히 할 이야기가 있다."

"당연히 그러셔야겠지요…."

단심이 물러나자마자 아련이 국천의 가슴팍을 밀어내며 보채기 시작했다.

"되었으니 그만 가시오. 내 아무리 그… 쪽에게 호기심이 동했다 한들 생사를 가를 만큼의 것은 아니요. 내 길을 알려줄 터이니 이대로 궁을 나가 도망가시오."

"나를 못 믿는 것인가? 내가 무관들의 검에 사지가 썰리고, 목이 날아가고, 피를 철철 흘리며 죽기라도 할까 봐?"

국천은 아련의 태도가 재미있기라도 한 듯 그녀의 코앞으로 다가오며 농을 부렸다. 국천의 얼굴이 다가갈수록 볼이 붉어지는 것이 괜히 더 놀려주고 싶은 얼굴이었다.

"어어, 왕자… 를 능멸하려는 것이요? 그것은 역모나 다름없는…."

"왕자인 줄 모르고 했던 것은 어찌되는 것이오, 장벽의 여인이여?"

국천이 아련의 얼굴을 한 손으로 잡으며 입술이 닿을 듯한 거리에서 속삭였다. 아련은 숨이 멎는 듯한 기분에 눈을 질끈 감았다.

"악!"

국천이 정강이를 붙들며 뒤로 물러섰다. 아련이 국천을 보며 고소한 미소를 지었다.

"내 몸 하나 지킬 실력은 있다고 하지 않았나요?"

국천은 아련에게 채여 아픈 정강이보다, 뭐가 그리 재밌는지 금세 심각함을 잊고 배시시 미소를 보이는 모습이 더 우습고 황당했다.

"빨리 가라고요. 일대일전이 얼마나 무서운 건데. 한쪽이 의식을 잃을 때까지 계속되는 대련이에요. 그나마 의식을 잃으면 다행이고, 죽어도 어쩔 수 없는."

"왕자께선 호기심에 마구 뱉은 말들일지 모르나, 나에겐 이 모든 것이 목숨을 걸어볼 만한 일이오. 그리 걱정이 된다면 응원이나 기운차게 하시든지."

아련은 꿈쩍도 않는 국천 때문에 머리가 어지럽고 배 속이 울렁거렸다. 기어코 사달이 나겠구나 싶기도 했다.

아련이 이러지도 저러지도 못 하고 발만 동동 구르고 있던 때 왕자궁의 후원으로 대승상이 들어왔다. 네 개의 검을 든 무관도 함께였다.

"검을 내려놓거라."

무관이 검을 내려놓자 유정이 그에게 가볍게 손짓했고, 무관은 그 길로 후원을 빠져나갔다. 후원에는 아련과 국천, 유정뿐이었다.

국천과 대련할 무관이 오지 않아 아련은 크게 한숨을 내쉬며 안심했다. 유정이 아련의 마음을 헤아려주기라도 한 것 같았다.

유정이 바닥에 놓인 두 개의 목검과 두 개의 진검을 보며 국천에게 물었다.

"원하는 것으로 하지."

아련의 눈이 휘둥그레 커졌다. 대련할 무관도 없이 왜 검을 고르라는 것일까? 그녀가 고민할 틈도 없이 의문은 풀렸다. 이미 상황을 알겠다는 듯 국천이 진검을 집어 들자 유정 또한 진검을 잡아들었다.

"대승상…. 어찌….."

"왕자님께선 어리셔서 기억을 못 하실지 모르나 소신 본래 무관 출신이었지요."

태국의 대승상으로서 문관의 최고위인 유정은 처음 궁에 들어왔을 때만 해도 태국 최고의 무관이었고, 공적 또한 굉장했다. 생각해보면 아련 또한 들어왔던 얘기였다. 십여 년 전, 그가 갑자기 검을 내려놓고 여왕의 신뢰를 얻어 무관이 아닌 문관으로서 승승장구하였다는 전설 같은 얘기를. 정갈한 무복을 갖춰 입은 유정이 가볍게 검을 휘두르며 국천을 바라보았다.

"발설하여 득이 될 대련이 아니기에, 감히 소신이 임하게 되었습니다."

두 사람의 대치를 바라보는 아련의 심장이 눈치 없게도 쿵쿵거리며 뛰기 시작했다.

당연히 국천이 무사하게 시험을 통과하길 바라는 한편, 검을 잡은 유정의 모습이 궁금하기도 했다.

국천은 유정에게서 엄청난 검기를 느꼈다. 자칫 했다간 단칼에 끝날 싸움임을 직감했다.

"모든 것은 왕실의 안전을 위함이니, 이해하시오."

유정의 낮게 깔린 목소리를 시작으로 두 사람의 대련이 시작되었다.

유정과 국천은 쉬이 거리를 좁히지 못하고 기세를 가늠하기만 했다. 섣부른 선공은 오히려 독이 될 것이었다. 침을 삼키는 소리마저 천둥처럼 울리는 적막 속에서 국천의 발이 먼저 움직였다. 파박, 하는 파공음이 울리며 국천의 검이 유정의 가슴을 향했다.

국천의 공격을 예상하기라도 한 듯 유정의 몸이 활처럼 휘며 그의 검을 피했고, 그 틈을 놓치지 않은 국천의 연속 공격이 들어갔다. 하지만 유정은 국천의 검을 모두 피하며 그의 빈틈으로 공격을 시작했다. 마치 두 마리의 맹수가 서로를 향해 으르렁거리는 것 같았다. 치명적인 급소를 물어 상대의 숨을 단번에 끊어놓으려는 필사의 살기였다.

예상했던 것보다 훨씬 위험해진 대련에, 아련은 작은 주먹을 꼭 쥐며 현란한 두 사내의 움직임을 눈으로 쫓았다. 단 한순간이라도 놓치면 끝이라는 심정으로.

텅 빈 후원에는 챙챙, 하는 검날 부딪치는 소리만이 가득했다. 얼마나 시간이 흘렀는지도 느낄 수 없었다. 국천과 유정의 쌕쌕거리는 숨소리만이 두 사람의 대련이 얼마나 치열한지를 증명했다. 오래 끌어봐야 소용없는 싸움이었다. 국천은 마지막 일격을 시전하려 보폭을 좁히며 높이 뛰어올랐다.

유정 또한 공세를 취하며 달려들었다. 두 사람의 검이 각기 다른 곳을 향한 채 멈추었다. 유정의 어깨를 겨눈 국천의 검과 국천의 목젖을 겨눈 유정의 검이었다.

"여유롭군. 한 팔이 없다 한들 무인에겐 다른 팔이 남아 있단 것을 모르나?"

"왕자궁의 후원에서 대승상의 목을 벨 수는 없는 일이라."

유정의 검이 다시 춤을 추듯 휘둘러졌다. 국천의 목덜미를 노린 공격이었다.

유정의 급소를 피해 공격하는 국천으로서는 점점 궁지에 몰릴 수밖에 없는 싸움이었다. 아련은 국천의 검에서 머뭇거림을 느꼈다. 이대로는 결코 국천이 무사할 수 없었다.

"그만, 그만…. 그만!"

아련이 두 사내의 사정거리 안으로 훅 들어왔다. 놀란 국천이 아련을 끌어당겨 안았다. 그는 등으로 유정의 검을 그대로 맞고 말았다.

아련을 보고 놀란 유정이 급히 검을 당겼지만 국천의 등에는 붉은 핏자국이 선명했다. 놀라기는 유정도 마찬가지였다. 유정이 아련을 살피려 달려왔다.

"괜찮으십니까? 소인이 감히 옥체에 흠결을… 죽여주시옵소서."

"나는… 괜찮아. 괜찮은데… 이봐요, 괜찮아요? 저기요! 저기요오!"

"그 입만…. 입만 좀 다물어주면…. 시끄러운 왕자여…."

아련이 국천의 상처를 보려 더듬거려도 그녀를 부서질 듯 안은 국천의 팔은 무쇠처럼 단단했다. 아련의 손에 피가 묻어났다.

"많이 다친… 거예요? 대승상! 아무리 자비 없는 대련이라 하나 이는 너무 한 일이 아니오! 이 대련은 여기서 끝이오. 내 스승의 실력은 이만하면 알 것 같은데?"

"송구하옵니다."

"그만 물러가길 바라오. 아니, 명령이오!"

유정이 한 번도 본 적 없는 왕자의 단호함이었다. 유정은 대꾸

없이 그대로 후원을 떠났다. 아무도 본 사람은 없었지만, 빠득, 검을 놓고 돌아서는 유정의 이가 갈렸다.

　유정이 가고 난 후, 후원에 남은 아련은 덜덜 떨리는 손으로 국천의 상처를 손으로 막아 지혈을 하려 했다.

"의원을 불러야겠어요."

"괜찮소. 호들갑 떨지 말고 잠시만… 잠시만 가만히 좀 있으시오."

　국천은 안절부절못하며 떠는 아련의 손목을 확 잡아 앉혔다. 국천은 아련의 손목을 잡은 채로 크게 숨을 내쉬었다. 국천의 숨소리에 아련은 외려 숨이 막히는 기분이었다.

"참으로… 위험한 여인이 맞기는 맞군. 이제는 대놓고 달려들어 피를 보게 하다니…. 태국의 왕자는 목숨이 두어 개쯤 되는 모양이야."

"농치지 마시오. 나 지금 미안해서 미치기 직전이니까."

"…다친 곳은, 없는 것이오?"

"다친 건 내가 아니라 지공이잖아요!"

"날뛰는 것을 보니 정말 괜찮군. 잠시나마 걱정했는데. 그 펄펄 뛰는 모습 못 볼까 싶어서."

"조용히 하라고 으르렁 댈 땐 언제고!"

"이제 진짜 좀 조용히 하면 좋겠는데…."

　눈물이 그렁거리는 아련의 눈을 본 국천이 피식, 웃음을 지었다.

"진짜로군. 지난번 나를 속이던 그 눈물이 아니라."

　아련의 머리를 헝클며 웃던 국천이 픽, 아련의 품으로 쓰러졌다.

　커다란 덩치의 국천이 품으로 쓰러지자 아련은 그에게 깔린 모양새가 되고 말았다. 식은땀까지 흘리며 숨을 몰아쉬는 그를 아련은 부축하려 안간힘을 썼다.

"정신 좀 차려 봐요. 이 일을 어쩌면 좋아…. 단심아, 단심아!"

아련의 비명에 단심과 호위병들이 부리나케 후원으로 달려왔다.

"아이고, 결국 사달이 났구먼! 왕자님, 옥체는 괜찮으셔요?"

"어서 이이를 안으로 모시어라. 나를 지키려다 이리 되었어. 어쩌면 좋으냐?"

"지켜요? 누구한테서요? 자객이라도 든 겝니까? 간밤에 돌아가신 아버지가 보이더라니. 소인 기어코 이 세상 하직합니다요."

"신소리 말고. 대승상과 일이 좀 있었다. 뭣들 하느냐! 어서 안으로 뫼시고 의원을 불러라!"

호위병 두 명이 국천을 부축하기 위해 다가가자 국천이 눈을 뜨며 완강하게 그들의 손길을 거부했다. 피를 흘리며 고통스러워 하는 중에도 국천이 호위병들을 거세게 밀치자 호위병들이 나가 떨어질 정도였다.

"괜찮다니까…. 선학초(짚신나물, 지혈작용)만 좀 구해주시오. 별일 없을 것이니."

"검에 베이지 않았소! 의원에게 보이고 적절한 시료를 받아야…"

"이 정도로 어찌될 약골은 아니니 걱정 마시오. 제발 그만 떠들고 내 말대로 하시오."

"정말… 사람 미쳐 돌게 하는 데 큰 재주가 있구만."

"조금만 어두운 곳으로 가서, 약초만 있으면 알아서 할 터…!"

국천의 단단한 눈빛에 아련은 더 말해도 소용없겠단 생각이 들었다. 아련은 국천을 자신의 침소로 데려간 후 단심을 통해 약초를 가져오라 명령했다.

사실 국천은 검에 베인 상처보다 쏟아지는 태국의 햇살이 더 견디기 힘들었다. 어느 정도 적응을 한 듯싶었으나 사시사철 어둠뿐인 월국에서 나고 자란 그에게 햇빛을 하루 내내 보고 있다는 것은 괴로운 일이었다. 적당한 어둠이 깔린 아련의 침소에 들어온 국천은 비로소 안정을 찾을 수 있었다. 허나 그녀가 건네준 약초를 상처에 스스로 바른다는 것은 쉬운 일이 아니었다. 상의를 벗은 국천을 등지고 서 있던 아련은 요상한 자세로 낑낑거리는 걸 힐끔 보며 코웃음을 쳤다.

"제 아무리 용 머리를 삶아먹고 난 자래도 등짝에 약초를 무슨 수로 혼자 바르시나?"

"…흠흠. 보기보다 팔이 긴 사람일뿐더러, 내가 할 수 없는 일이 세상에 없는데… 보통은."

"보! 통! 상황이 아닌 거죠. 이리 내봐요. 약초를 바르는 건지 허공에 던지는 건지 모르겠네."

아련은 국천에게서 약초를 빼앗아 상처에 직접 발라주기 시작했다. 대외적으로는 사내와 사내의 관계였으나 외간 남자의 나신을 처음 보는 아련의 손이 떨렸다. 또한 날아드는 검 앞에 조금의 두려움도 없이 자신을 감싸 안던 모습이 생각나니 그녀의 심장도 덩달아 뛰기 시작했다. 위독한 상처는 아니었지만 신음소리 한 번 내지 않는 국천에게 괜히 핀잔을 주고 싶기까지 했다.

국천 또한 아련의 손길이 닿을 때마다 묘한 간지럼이 느껴져 괜한 헛기침만 계속 뱉으며 그녀의 움직임에 신경을 집중했다.

"제대로 하고 있는 것이 맞나? 의원이 필요 없단 것이었지, 엄한 손에 죽고 싶단 말은 아니었는데."

"내가 엎어지고 까지기로는 태국에서 둘째가라면 서러운 사람이니 걱정 말아요. 여왕께 혼날 까 봐 혼자 바른 약초가 산으로 하나는 될 테니까."

"참… 본인 허물을 자랑처럼 이야기하는 재주가 있네."

아련이 국천의 어깨를 찰싹 때리자 국천이 움찔 했다.

"가만히 좀 있어 봐요. 약초 다 흘러내리잖아요."

"느낌이 영… 찝찝해."

"그것은 느낌적인 느낌일 뿐! 태국의 명의가 울고 가게 시료 중이니 엄살 부리지 마요!"

구부정하게 엎드린 국천이 피식 웃었다. 이 여인과 함께 있다 보면 그 어떤 큰일도 사소한 장난처럼 느껴졌다. 국천이 이 태국으로 목숨을 걸고 넘어온 명분도, 목적도 다 맑은 물에 씻겨 내려가는 티끌처럼 느껴졌다.

"사람이 웃을 거면 제대로 웃지. 만날 피식거리기만 하고. 그거 좀 재수 없는 거 알아요?"

아련의 말에 국천의 큰 웃음이 터졌다.

"하하하하…. 뭐라고? 재수 없다고? 이 몸이? 누가 들을까 겁이 나는군."

"이제 보니 완전 귀하게 자라셨나 봐. 귀한 집 자식으로 치면 나도 엄청 어마어마한데. 보고도 모르시나?"

아련이 자신의 정체를 알게 된다면 그녀는 어떤 얼굴을 할까. 국천은 문득 궁금해졌다. 태국인들이 어둠의 자식들이라 두려워하며 적대시 하는 월국의 왕이란 사실을 알게 된다면…. 아마 저 왕방울 같은 눈이 공포와 적개심으로 가득 차겠지.

국천은 종달새처럼 끝없이 지저귀며 자신의 주위를 맴도는 아련을 확 잡아채 다가갔다. 갑작스런 행동에 아련은 숨도 못 쉬고 코앞에 있는 국천의 얼굴을 말똥말똥 바라보았다.

"참으로 겁 없는 여인이야… 정체도 모르는 외간 사내와 방 안에 단둘이 있는 것이 두렵지도 않은가?"

"아니… 그게… 협박을 뭐 이렇게 느닷없이…."

국천이 아련을 더 세게 잡아당겼다. 아련은 국천의 품에 안긴 것이나 다름없는 자세가 되어버렸다. 국천이 예의 그 서늘한 눈빛으로 아련을 바라보았다.

아련은 머릿속이 하얗게 변하고, 대응할 말도 생각이 나질 않았다. 국천이 아련의 입술에 자신의 입술을 마주 대기라도 할 것처럼 다가왔다. 아련은 자신도 모르게 눈을 꽉 감아버렸다. 그때 국천이 아련에게 속삭였다.

"눈 떠."

아련이 눈만 말똥하게 뜨고 국천을 바라보았다.

"기대가 참 가상하군."

그제야 아련의 감각이 원래대로 돌아왔다. 숨을 잔뜩 참았던 아련의 얼굴이 터질 듯 붉어져 있었다. 아련은 숨을 크게 내쉬곤 창피함에 국천을 확 밀어버렸다. 그리곤 연신 얼굴에 부채질을 하기 시작했다.

"참나. 기대? 무슨 기대? 사내가 흉악스럽게 얼굴을 들이댈 땐 언제고. 내가 진짜 세게 한 대 콱 때리려다 참은 건데!"

"눈은 어찌 그리 감고… 쯧쯧. 지금까지 왕자 노릇을 한 것이 참 용하군. 궁인들 모두 눈 뜬 장님이 분명해."

"사내와 이렇게 가까이 있어 본 적이 있어야…!"

아련이 얼른 말을 멈추었다. 더 말을 해봐야 자신이 숙맥임을 실토하는 것밖엔 되질 않았다. 여인에게 관심 없는, 오직 태국의 살아있는 신으로만 살아왔던 세월 속에 이성과의 만남은 가당치도 않은 일이었다. 하지만 왠지 이 사내에게는 아련의 그러한 속내를 들키고 싶지 않았다.

국천은 팔팔 끓는 물처럼 보글거리며 날뛰는 그녀 때문에 자꾸 웃음이 났다. 만약 지난 세월 속 아련 같은 여인을 만났다면…. 모질었던 시간들을 조금은 덜 힘들게 보내지 않았을까? 물론 헛된 생각일 뿐이었다. 결코 월국의 왕이 태국의 왕자에게 품을 수 있는 생각이 아니었다. 씩씩거리던 아련이 평온을 되찾은 눈빛으로 국천에게 새 옷을 건네며 가만히 이야기하기 시작했다.

"나에게 위해를 가할 사람 같았으면, 기회야 한두 번이었겠어요? 내 목숨을 구하고, 대신 칼까지 맞은 이를 의심하는 파렴치한은 아니에요."

"여러 가지 분명한 증거로 그대가 파렴치한은 맞지만, 사람 보는 눈은 있군."

"사람 심각한데 끝까지 농이나 부리고!"

"미안, 그 눈을 보고 있으면 나도 모르게 생전 없던 장난기가 다 생겨. 그대 탓이니 어쩔 수 없다 생각하지."

"휴, 내가 무슨 말을 하고 있는지도 모르겠네. 암튼!"

아련이 국천에게 새 옷을 건네 입혀주며 국천의 등 뒤에서 머뭇 거리던 말을 꺼냈다.

"느낌…. 그쪽은 나를 어떻게 보는지 모르겠지만 태국의 모든 백성들이 내 말이라면 다 하늘님 말씀으로 믿고 받드는데. 그쪽한 테선 위험한 느낌이 안 들어요. 그냥… 내 느낌이에요."

쑥스러운 듯 자신에게서 등을 돌린 아련을 바라보니 국천의 눈 빛이 흔들렸다.

"그 느낌이란 것…. 너무 믿지는 말도록 하지. 그저 느낌만으로 누군가를 믿기에 세상은 그대가 생각하는 것 이상으로 가혹할 수 있어."

"뭐래? 그래서 그쪽이 내 느낌과는 반대로 흉악스러운 잡놈이 다 이거예요?"

"그렇다는 것이 아니고! 어찌 여인의 입에서 그런…. 됐네. 그만 하지."

서로 핀잔을 주며 놀리는 두 사람의 모습은 마치 평범한 저자의 오누이와도 같았다.

시간 가는 줄 모르고 국천 곁에서 떠들던 아련은 문득 국천의 안색이 영 좋지 않음을 깨달았다. 눈 밑의 거뭇함이 입가까지 내 려온 것이 며칠은 못 잔 사람 같았다.

"눈 밑에 흑구(다크서클)가 무릎까지 내려오겠네. 아픈 사람 붙들고 내가 너무했나?"

"잠이 좀 부족한 탓이니, 쉬면 괜찮을 것이야."

"잠 못 잤어요? 눈 주위가 다 시커먼 것이 열흘은 꼴딱 샜대도 믿겠네."

"열흘까진 아니고… 닷새쯤?"

"네? 미쳤어. 사람이 잠을 안 자니까 그렇게 까칠하죠! 다치기까지 하고! 자요, 빨리!"

아련이 자신의 침상을 팡팡 때리며 국천을 억지로 눕혔다. 침상에 외간남자를 눕히다니….

여왕이 이 일을 알게 된다면 사흘 밤낮으로 잔소리를 듣고 석 달 열흘 동안 감금이 되고도 남을 일이리라. 그러거나 말거나 아련은 엉거주춤 누워 있는 국천에게 이불까지 덮어주었다.

"나도 볼일이 있어서 그래요. 자고 있어요. 적당한 때 깨우러 올테니."

아련이 나가버리자 국천은 눈을 뜬 채로 침소를 이곳저곳 살펴보았다. 일이 대체 어찌 흘러가려는지…. 단검을 가지고 갔던 늑대의 왕을 찾겠다 나선 걸음이 어쩌다 보니 태국 왕자의 침소까지 오게 되었는지 막막했다.

하지만 어쩐지 몸이 노곤하고 눈이 슬슬 감기는 것이 자신의 상태가 많이 약해졌다는 것은 인정하지 않을 수 없었다. 국천은 이런 저런 생각을 하다 스르르 잠이 들고 말았다.

침소를 나온 아련은 그대로 대승상의 집무실로 향했다. 대승상 유정이 나와 아련을 맞이했다.

"왕자님께 죽을죄를 진 소신을 벌하시옵소서."

"물론 그 죄가 가볍다 할 수는 없으나… 대승상, 나 또한 이 일에 중대한 책임이 있는 바, 오늘 일로 누구의 죄도 묻지 않을 참이오."

"망극하옵니다."

아련은 대승상의 안색을 살피며 심각했던 얼굴을 확 풀어 옅은 미소를 보였다.

"그럼 대승상은 그 자를 나의 무예 스승으로 들이는 것에 어떠한 토도 달지 않겠지?"

"하명하시면 뜻에 따르오리다."

유정은 자신의 뜻을 관철시키기 위한 아련의 수법을 잘 알았다. 어떤 것이든 작은 꼬투리라도 잡히면 모든 것은 왕자의 마음대로였다. 태국에선 전혀 본 적 없던 검법을 행하던 의심스런 사내라 할지라도…. 왕자의 심사가 이리 곧으니 어찌해볼 도리가 없었다.

"감히 묻겠습니다. 허면 그자는 지금 어찌 두고 오신 겝니까?"

"아, 내 침소 구석에서 잠시 쉬라고 두고 왔네. 걱정 말게. 내 알아서 처치했으니."

유정의 미간에 주름이 잡혔다. 일국의 왕자란 자가, 태국을 받치는 태양의 아이란 자가 어쩌면 이리도 겁 없는 행동을 일삼는가 말이다. 게다가 침소라니…. 유정의 눈빛에 알 수 없는 적의가 스쳐지나갔다. 그것은 마치 사내의 질투심… 이라 해도 믿을 만한 것이었다.

"옥체는 강녕하신 겁니까? 의원이라도 불러 놀란 기운을 다스려야지 않겠습니까?"

"난 괜찮아. 괜찮으니까 대승상은 여왕 폐하께나 잘 좀 말해줘. 알았지?"

"명 받들겠사옵니다…."

"그럼 나는 옥체 강녕을 위해 고픈 배를 좀 채우고! 다시 보겠네."

돌아서 가는 아련의 뒷모습을 보는 유정의 눈빛이 매서웠다. 하지만 유정은 이내 침착한 표정을 되찾고 무심한 눈으로 먼 곳을 바라보았다.

***

얼마의 시간이 흘렀을까. 아련이 식사를 두 번쯤 더 하고 난 후였다.

단심을 시켜 차려 놓은 간소한 식사를 한 국천이 몸이 찌뿌둥한 듯 침소 밖으로 나왔다.

후원에서 검술 연습을 하던 아련은 멀쩡하게 서 있는 국천을 보자 들고 있던 검까지 내팽개치고 쪼르르 그에게 달려갔다. 자신에게 돌진하는 아련을 보며 국천의 머릿속에 드는 생각이 있었다. 물론 생각만 한단 것이 입 밖으로 나와버린 것이 실수라면 실수였지만.

"참으로… 개 같군."

"뭐요? 뭐! 지금 나보고 개애애?"

"아니, 장난질 할 것을 발견한 강… 아지… 같단 것이. 말이 헛나왔군."

"와, 진짜 이거 능지처참감인데."

"검술 훈련 중이었나? 자세가 영…. 그간의 스승들이 꽤나 힘들었겠군."

국천이 아련에게 다가와 검을 집어주며 자세를 잡아주려 했다. 등 뒤에서 아련의 자세를 교정해주려던 순간, 국천의 손이 아련의 손에 포개지자 아련의 심장이 여지없이 또 뛰기 시작했다.

"왜 이렇게 훅 들어오고 그래요. 사람 놀래게…."

"무예 스승이 기본자세부터 가르치려는 것인데. 음란한 마귀라도 쓰인 것인가."

"아니 그게 아니고…."

그런데 아련의 심장이 계속해서 쿵쿵거리며 뛰었다. 그것은 떨리는 느낌이 아니었다. 마치 심장의 어딘가가 고장이 난 것처럼, 당장 숨이 넘어갈 것처럼 마구 뛰었다.

"여인들이 종종 완벽한 사내를 보면 심장의 고통을 호소한다곤 하지만…. 이건 좀 아니지 싶은데."

"안 웃기니까… 그만해요."

국천의 농에도 아련의 숨이 넘어갈 듯하자, 그제야 국천이 아련의 상태를 살피기 시작했다.

"윽… 진짜 이상해. 나… 숨이… 안 쉬어져…."

아련은 심장을 부여잡고 괴로워하다가, 이내 옆구리의 통증을 느끼기 시작했다.

옆구리가 타들어가는 듯한 고통이었다.

"여기… 여기가!"

놀란 국천이 앞뒤 볼 것 없이 아련의 옷을 걷어 옆구리를 살펴보았다. 그녀의 옆구리에서 시뻘건 태양처럼 붉은 반점이 생겨나고 있었다.

"대체 이게 무슨 일이요! 의원을… 불러야 하오?"

아련이 가까스로 자신의 옆구리를 보더니, 국천보다 더 놀란 눈으로 그의 팔을 붙들었다.

"안 돼요, 절대. 절대 의원을 불러선 안 돼요….

아련이 고개를 저으며 의원을 부르기를 한사코 만류했다. 아련을 바라보던 국천은 괴로워하는 그녀를 번쩍 품에 안았다.

태양의 아이

국천은 침상에 누워 있는 아련의 얼굴을 뚫어져라 보았다. 아련은 조금 전까지만 해도 숨이 넘어갈 것 같더니 이내 아기처럼 곤히 잠들었다. 아련의 옆구리에 생겼던 반점… 그것은 대체 무엇이었을까?

대관절 무슨 일이기에 아련이 그토록 고통스러워하면서도 감추려 하였을까. 반점은 아련의 하얀 속살 위를 태우는 불길처럼 번지며 생겨났다. 태국의 하늘 위에 떠 있는 태양과도 같은… 반점이었다.

"으으응….'

"여기가 어딘지 알겠나! 정신이 들어?"

아련이 가녀린 몸을 일으키며 걱정으로 가득 찬 국천의 눈을 보았다. 강하게만 보였던 남자가 안절부절못하는 모습을 보니 슬그머니 장난기가 발동했다.

"윽…. 배가…!"

"배가? 배가 아파?"

"허리가…!"

"허리도 아파?"

"어깨가…!"

국천은 아련의 눈가에 스민 꾸러기 같은 미소를 보았다. 기껏 걱정하며 눈 한 번 제대로 못 깜빡이고 곁을 지켰더니! 국천은 부아가 치밀었다.

"다리도…!"

별안간 국천이 엄지와 검지로 아련의 입술을 딱 잡았다. 강제로 말문이 막힌 아련은 황당함에 그를 밀치려 했다.

"사지 성한 데가 없는 병자가 입은 살았군. 그럴 땐 이게 처방이야. 입만 쉬면 낫겠어."

"우우웁!"

"만병의 근원이 분명해…. 이놈의 입!"

"놔아아요요요웁!"

국천이 잡고 있던 손을 슬그머니 놓자 불그스름하게 자국이 난 입술이 우스꽝스러웠다. 아련은 씩씩대며 자신의 입술이 멀쩡히 붙어있는지 연신 더듬어보았다.

"나 진짜 아팠다고요!"

"머리가 아픈 거겠지. 정신만 돌아오면 그나마 사람 구실 할 터인데…. 쯧쯧."

"자꾸 사람 이상하게 몰아가기나 하고! 나… 왕잔데? 막 이렇게 저렇게 무섭게 벌을 줘봐?"

"대꾸할 가치도 없군."

국천이 아련을 두고 침소를 나가려는 때, 아련이 옆구리를 붙들고 끙끙거렸다.

"으으으…."

"이제 그만 좀 하지. 흥미도 재미도 떨어졌는데."

"나가요, 그만…."

금세 식은땀을 흘리는 아련을 눈치 챈 국천은 다시 그녀의 곁으로 가 앉았다. 반점이 생겨났던 그 자리였다.

"지병이라도 되는 것인가? 의원에게 보이고…."

"자기는… 칼에 베이고도 의원 필요 없다고… 쌩 난리를 피우더니…."

"대체 어디까지가 농이고 어디까지가 진심이야."

아련이 이내 통증이 가라앉은 듯, 자신의 옆구리에 살짝 손을 댄 채 국천을 향해 말했다.

전에 없던 진지함과 간절한 눈빛이었다.

"오늘 본 것은 아무에게도 발설해선 안 돼요. 분명한 건 죽을병 아니라는 거고, 나에게 생긴 작은 변화… 정도로만 말해두죠."

"혹 태양의 아이… 에게 생긴 일인가."

"정말 이상한… 사람인 건 알죠? 더는 묻지 말아줘요. 거짓말하는 거 싫으니까."

국천은 웃음기가 싹 사라진 아련에게 알았다는 듯 고개만 까딱

하고 침소를 나가려 했다.

돌아서 나가는 국천의 등 뒤로 들리는 말이 그의 마음을 무겁게 했다.

"잘 알지도 못하는 사이에 이런 말 우습지만…. 날, 배신하면 안 돼요. 당신만큼 나의 비밀을 알고 있는 자가 이 태국에 없거든요."

국천은 대꾸 하지 않고 침소를 나섰다.

국천이 나가고, 아련은 그제야 참고 참았던 긴장이 몰려왔다. 아련은 슬며시 옷자락을 들어 올려 옆구리에 난 반점을 살피기 시작했다. 분명했다. '태양의 반점'이었다. 죽은 오라비의 옆구리에 있었던 태양의 아이만이 가지고 있다는 진양신(태국의 유일신)의 표식….

오라비가 죽고 난 후 아련이 아우라의 삶을 사는 동안 그녀는 가짜 태양의 아이일 뿐이었는데, 이제 그녀에게도 반점이 생겼다. 그것도 이렇게 갑자기. 믿을 수가 없었다. 여왕께만은 이 사실을 알려야 하지 않을까? 하지만 이 사실을 여왕이 알게 된 후의 후폭풍은 상상조차 할 수가 없었다. 그녀가 진정한 태양의 아이가 되었음을 여왕이 안다면… 그녀는 아련을 지금보다 열배 백배 더 가두고, 보호하려 들 것이다. 여왕이 오라비에게 했던 방식대로.

아련은 일단 상황을 지켜보기로 했다. 어차피 태국의 모든 이들은 아련에게 반점이 없었다는 사실조차 모르지 않는가. 어째서 지금 이러한 일이 벌어졌는지 궁금했지만, 반점이 있든 없든 아련은 여전히 왕자 아우라였고, 태양의 아이였다.

본래 어떤 심각한 일도 한 식경이면 까맣게 잊고 배가 고파지는 극도의 긍정성을 가진 아련이었다. 생각이 여기까지 미치자 배 속에서 여지없이 꼬르륵거리는 소리가 들려왔다.

"배가 고프면 될 일도 꼬이는 법이지. 아, 궁밥은 지겨운데…."

아련의 눈빛이 반짝 빛났다. 그녀는 자리를 박차고 일어나 침소 구석에 숨겨둔 작은 보따리를 꺼내 들었다. 그리곤 침소 문을 살짝 열어 주위를 살폈다. 멀뚱히 후원 가장자리에 서 있는 국천이 보였다. 아련은 처음 생긴 잠행의 동행자를 바라보며 음흉한 웃음을 웃었다.

"스승님?"

"좀 더 누워 있지 않고."

"아무 소리 말고 따라와요. 갈 데가 있어요."

아련이 국천의 팔을 잡아 끌어 후원 담의 작은 구멍 앞에 섰다. 큰 개 한 마리가 들어갈까 싶은 비좁은 틈이었다.

"어찌하란 것인지…."

"모르겠으면 한 수 배우시면 되겠네."

아련이 능숙하게 구멍 안으로 몸을 집어넣었다. 그 모습을 보는 국천은 그저 한숨이 나올 뿐이었다.

"이리 죄를 짓고 어찌 일국의 왕자라 할 수 있는지 모르겠군."

"왜 이러서? 나 법 없이도 사는 사람이에요. 이치, 사리 다 잘 챙겨가며 다니니까 걱정 마요."

"법이 없어야 살 수 있어 보이는데…."

"잔소리 말고 어서 나와요!"

"애초에 이런 구멍 없이도 나는 궁에 몰래 잘 들어왔는데…."

"자랑이네요!"

보채는 통에 국천이 어쩔 수 없이 몸을 구멍 안으로 억지로 쑤셔 넣었다. 덩치가 작은 아련은 쏙 빠져나갔지만, 국천에겐 비명이 나올 만큼 어려운 일이었다.

결국 아련이 당기고, 국천이 온갖 몸부림을 치고서야 가까스로 구멍을 빠져나올 수 있었다.

"여기서 어물쩍거리다간 진짜 죄인 되는 수 있어요. 빨리 가죠."

아련이 앞장서서 국천에게 손짓하는 순간, 담 주위를 순찰하던 호위병 하나가 인기척을 듣고 다가왔다.

"무슨 일이냐!"

깜짝 놀란 아련이 도망치기 시작했다. 호위병이 두 사람을 쫓으려 다가오자 국천이 아련의 손을 덥석 잡고 어마어마한 속도로 달렸다. 아련은 거의 공중을 나는 기분이었다.

"도둑질도 손발이 맞아야 하는 법인데 이리 느려서야! 손 놓치지 마시오!"

"뭐 이렇게 적극적으로 도망을 쳐…!"

국천은 아련의 말을 무시하고 계속해서 달렸다.

한참을 달린 두 사람은 호위병의 추격에서 벗어난 것을 깨닫고 멈췄다. 두 사람은 숨을 고르는 사이에도 잡은 손을 놓지 않았다. 언제라도 다시 뛸 준비라도 하는 것처럼. 헉헉거리던 아련이 문득 자각하고는 황급하게 잡힌 손을 뺐다. 국천이 얼마나 꽉 잡고 있었는지 손이 얼얼했다.

"옷부터 갈아입고요."

"어디서? 여기서?"

"뒤돌아서요. 훔쳐보면 바로 교수형."

"여인이 칠칠치 못하게, 이리 환한 하늘 아래서 경망스러운 짓을 하는 것인가!"

"환하지 않은 데가 어딨어요. 이 나라에!"

아련은 국천의 구시렁거리는 잔소리에도 수풀 속으로 들어가 입고 있던 옷가지를 획획 집어 던지고는 가지고 온 저자의 여인들이 흔히 입는 의복으로 갈아입었다. 아련이 집어 던진 옷들이 국천의 머리 위로 툭툭 떨어졌다.

국천은 어이없단 표정으로 아련의 옷가지들을 꾹 말아 쥘 뿐이었다.

옷을 다 갈아입은 아련과 똥이라도 씹은 얼굴인 국천은 일경의 저잣거리로 향했다. 오는 내내 아련이 입이 닳도록 자랑한 일경 최고의 맛집을 찾아가는 중이었다.

아련은 지나치는 상점들을 일일이 기웃거리며 물 만난 고기처럼 신나 했다. 포목점 앞에서는 고운 옷감을 얼굴에 대보며 그 부드러움에 감탄했고, 식료품을 파는 행상 앞에서는 괜히 과실과 곡식들의 냄새를 맡아보며 즐거워했다. 그런 아련을 보는 국천의 입가에 저도 모르게 미소가 피어났다. 이렇게 따뜻하고, 밝은 나라에서 잘 자란 여인의 생기 넘치는 모습이 국천의 마음을 아주 조금… 흔든 것인지도 몰랐다.

여인들 장식용 노리개를 파는 행상 앞에서 이것저것 집어 가며 감탄사를 연발하는 아련을 보자 국천이 용기를 내 말했다.

"그리 고우면, 하나 달아보든지."

"에이, 어차피 숨겨놓고 하지도 못할 물건인데."

"가끔 이리 잠행을 나올 때라도 하면 되잖나."

"요런 예쁜 아가들은 괜히 내 신세만 더 불쌍하게 해요. 됐어요, 그냥 보고 좋은 걸로!"

덤덤하게 제 운명을 단정하고 마니 국천의 마음이 먹먹해졌다. 아련은 아무렇지 않은 듯 노리개 행상에서 나왔다. 국천은 아련이 내려놓은 노리개를 가만히 바라보다 이내 그녀를 따랐다.

***

한편, 태궁의 비밀정원에는 불안한 표정의 여왕이 '신수(신령이 깃든 나무)'의 나뭇가지에 서신을 매달고 있었다. 벌써 몇 번이나 월국의 왕에게 서신을 보냈으나 답장이 없었다.

여왕이 이토록 예민한 이유는 그녀의 꿈을 통해 내려진 또 다른 신탁 때문이었다. 그녀가 꿈에서 들은 신탁의 내용은 이러했다.

신탁을 받드는 자여. 해와 달이 이미 그 기운을 맞대었다. 허나 죽지 않은 사자가 이를 시기 하여 쫓고 있으니… 두 하늘은 모든 끝으로부터 시작을 맞이하리라.

해와 달이 만나는 세상이라니…. 가당치도 않은 일이었다. 여왕은 월국의 동향을 파악하기 위해 월국의 왕에게 서신을 보낸 것이었으나, 그에게서는 어떤 대답도 없었다. 여왕의 얼굴에 어두운 그림자가 드리워졌다.

같은 시각, 월국 궁궐 깊은 곳에 자리한 신수 앞에는 국천의 벗이자 월국의 대장군 한울이 서신이 생겨나는 신수를 바라보고 있었다. 하지만 한울이 가지에 손을 대려 하자 신수의 보호막이 그의 손을 매몰차게 밀어냈다. 오직 월국의 왕만이 볼 수 있는 서신이었다.

자신을 조금도 허락하지 않는 신수의 힘 앞에서, 한울의 표정이 차갑게 식어갔다.

***

저잣거리 가장 끝에 자리한 허름한 주막 앞에서 아련의 발걸음이 멈췄다. '희망가'라는 작은 명패를 붙인 초라한 곳이었다. 주막에는 손님도 없었다. 이런 곳을 어떻게 일경 최고의 맛집이라고 하는 것인지….

국천이 의심스런 눈으로 아련을 바라봤지만 그녀는 제집 찾은 강아지처럼 주막 안으로 조르르 달려 들어갔다. 마당에 놓인 평상에는 밥을 먹는 손님은 없고 아주 어린아이들 서넛만 나뭇가지를 휘두르며 놀고 있었다.

"여기! 수육 네 접시에 탁주 한 동이 주시오!"

"사람은 둘인데 어찌 그리 많이 시키나."

"사람이 왜 둘이래. 여기 애들도 잔뜩인데."

아이들이 아련을 알아보고는 우르르 달려들어 반가운 듯 몸을 부비며 인사했다.

주막 안에서 주인으로 보이는 여인 하나가 아련의 부름을 듣고 나왔다. 초라한 주막의 주인이라기엔 정갈한 행색이었다. 여인이 아련에게 아는 체를 하며 함께 온 국천에게도 인사를 하려는 찰나였다.

여인과 국천의 눈이 마주치는 순간, 두 사람은 얼어붙은 것처럼 말을 이을 수 없었다.

들고 있던 그릇을 바닥에 떨어뜨린 여인의 눈빛이 요동쳤다. 그 눈빛은 깊은 설렘을 머금은 감격 같기도 했고, 만나선 안 될 사람을 만난 당황스러움 같기도 했다.

"어찌…."

국천이 아련을 자신의 품 쪽으로 끌어당기며 그녀의 귀를 막았다. 여인이 앞으로 하게 될 말은 절대 들어선 안 될 말이라는 듯이.

"전하…. 이미 죽었어야 할 죄인이 감히 인사를 드리옵니다."

국천은 여인에게 낮게 그리고 그 어떤 때보다 엄한 목소리로 일렀다.

"아무것도 모르는 여인이다. 이곳이 태국임을 명심하라."

여인은 월국의 무녀 기료였다. 왕이 곧 제사장인 태국과는 달리 월국은 신을 모시는 무녀들을 따로 두고 제를 지내고 있었다. 기료는 그 무녀들 중 하나였지만 그녀가 가진 신력이 너무나 강력하여 신수에 매달린 서신을 볼 수 있는 지경에 이르자 이에 놀란 월국의 신료들이 그녀를 마거라 칭하고 그에 대한 벌로 화형을 내렸었다. 하지만 그녀가 나무에 묶여 화형을 당하던 그 순간, 바람처럼 시신이 사라져버려 월궁에 일대 파란이 일어났다.

그랬던 기료를 태국에서 만나게 되다니…. 그것도 아련이 자주 드나드는 것이 분명한 주막의 주인이 되어 있다니 도저히 믿을 수가 없는 일이었다.

국천의 의중을 알아챈 기료는 벌떡 일어나 아무렇지 않은 듯 살짝 고개를 조아리고 아련과 국천의 눈치를 살폈다. 국천은 그제야 아련을 감싸고 있던 손을 풀어주었다.

"정말 못 쓰겠네! 이게 대체 무슨 짓이에요!"

"미안… 하네. 내 갑자기 오한이 들어서… 혹 위험이라도 있을까 싶어 나도 모르게."

국천의 말 같지도 않은 변명을 듣고 아련은 기가 막혔다. 하지만 아무 일도 없는 상황에서 더 몰아 부칠 말도 떠오르지 않았다. 아련은 혹 국천이 자신에게 연심이라도 품은 것 아닌가 싶은 마음에 코웃음을 치며 평상에 자리를 잡고 앉았다.

"뭐하는가? 수육 네 접시! 탁주 한 동이!"

"예, 금방 준비하겠습니다…."

"지공께서도 이제 그만 좀 앉으시지요? 암만 살펴봐도 오한 들 만큼 위험한 곳은 아닌 듯싶은데?"

"그런 것 같네…."

아련과 국천이 어색하게 마주 앉아 묘한 긴장감 속에 음식을 기다리기도 잠시, 기료가 주문한 음식들을 내왔다.

"감사 인사는 사양할 테니 어서 먹어봐요. 이집만큼 야들야들고소한 수육은 태국 천지에 없으니까!"

그때, 평상 옆에서 두 사람을 경계하듯 바라보고 서 있던 기료
가 갑자기 몸을 떨며 눈에 초점을 잃고 자리에 주저앉았다.

반사적으로 아련을 가리며 선 국천이 기료를 향해 소리를 질렀다.

"무슨 짓이냐!"

경련이 잦아들며 기료가 작지만 또박또박한 목소리로 말을 하
기 시작했다. 여전히 초점 없는 눈이었으나, 음성만큼은 지극히
정상이었다.

"…해와 달이 이미 그 기운을 맞대었다. 허나 죽지 않은 사자가
이를 시기하여 쫓고 있으니… 두 하늘은 모든 끝으로부터 시작을
맞이하리라."

"어떡해요…. 그때 그 광증에 걸린 사람들처럼…. 이 여인도 혹시…."

겁이 나는 듯 몸을 움츠린 아련이 국천의 등 뒤에서 속삭였다.

국천은 아련의 떨림을 보지 않고도 알겠다는 듯 가만히 손을 잡
았다. 떨리던 아련의 손에서 힘이 빠져나갔다. 덩달아 두려움이 사
라져갔다. 국천의 손을 꼭 잡은 채 아련이 일어나 기료를 바라보았
다. 두려움이 사라지고 나니 사태의 전말이 궁금해졌다.

이내 정신을 차리고 기료를 똑바로 바라보았다. 기료의 기이한
행동에 마당에 있던 꼬마아이들이 울먹이며 동동 발을 굴렀다.

"또 머리 아픈가 봐. 어떡해…."

"머리 아프면 코 해야 되는데…. 엉엉."

아련이 불안해하는 아이들을 제 몸 쪽으로 끌어당겼다. 정신이
돌아온 듯한 기료가 두려움에 가득 찬 눈빛으로 국천과 아련 앞에

머리를 조아렸다.

"죄송합니다. 쇤네의 발작증이 도져 헛소리를…. 놀라셨지요…."

아련은 상황파악이 되지 않는 듯 아이들을 붙잡고 있었고, 발작증이 기료의 신력으로부터 발휘된 것임을 짐작한 국천이 그녀를 일으키며 말했다.

"이 여인은 내가 살필 것이니, 아이들과 남은 식사라도 하고 있으시오."

"괜찮겠어요? 위험한 것… 아니에요?"

"광증은 아니오. 내 이러한 증세의 사람을 예전에 본 적 있소. 걱정 말고 있으시오."

"그래도… 조심해요."

아련이 국천을 향해 손을 내밀다가 이내 거두었다.

국천은 아련의 마음을 알기라도 하듯 고개를 살짝 끄덕이고는 기료를 부축했다. 국천은 기료를 주막의 봉놋방(주막의 가장 큰 방)으로 데리고 들어갔다.

국천이 그녀를 방 안에 앉히자 기료는 무릎을 꿇고 그를 마주했다. 이십여 년 만에 만난 두 사람이었다. 기료가 월국의 무녀로 있을 때 왕자였던 국천은 기료를 누이처럼 따르고 좋아했다. 월궁 안의 다른 이들과는 다르게 국천을 허물없이 대했던 기료는 친구였으며, 누이였고, 더 없이 신비로운 존재였다.

기료에게 신묘한 힘이 있다는 것은 국천 또한 알고 있었다. 일개 무녀가 가질 수 없는 기이한 힘이 그녀를 결국 화형대에 오르게 했다는 것도. 어린 국천이 막을 수도, 구할 수도 없는 안타까운 사태였다.

유년의 추억에 잠긴 국천과 달리, 그를 바라보는 기료의 눈빛엔 형용할 수 없는 슬픔이 묻어 있었다. 자신을 마녀라 몰아 잔인하게 버린 월국에서의 기억 따위, 모두 잊고 사는 편이 낫다 생각했거늘…. 느닷없이 나타난 국천의 존재가 그녀의 마음을 뒤흔들었다.

어째서 운명이란 이리도 알 수 없는 것으로 가득할까. 하늘의 큰 기운을 받아 살아가는 땅 위의 생이 고되고 고될 것이라던 어미의 말이 조금은 이해가 되기도 했다.

다시 만난 국천은 여전히 눈매가 단단했고, 여전히 당당한 풍모였으며, 뭇 여인들을 홀릴 만큼 용모마저 훤칠했다.

'죽기 전 한 번만 보고 싶다던 죄 많은 나의 바람이 가없기라도 했던가.'

기료는 복잡한 마음을 애써 가누며 옅은 미소를 지으며 국천을 바라보았다. 하지만 기료의 마음을 알 리 없는 국천은 그저 길게 한숨을 쉬며 마주볼 뿐이었다. 국천은 기료가 머리에 꽂은 나무 비녀를 보았다. 월국 흑산의 나무를 깎아 만든 비녀였다. 이는 과거 무녀들에게 국천의 아버지이자 선왕이 하사한 물건이었다.

"어찌된 일인가? 설명해보게."

"소인 오직 살고 싶다는 의지 하나로 대죄를 지었습니다. 화형을 당하던 순간에… 마지막 힘을 짜내어 무월신께 빌었지요. 정신을 차리고 보니 장벽이었습니다. 하늘에 뜬 태양을 보고 이곳이 태국임을 알았지요."

"자네의 신력이 하늘까지 닿은 것인가… 그 또한 인간이 알 수 없는 신의 뜻이겠지…."

"죽은 듯 숨어 지냈습니다. 허나 이 태국에 요망한 기운이 돌아 사람들이 괴이하게 죽기 시작하고…."

"늑대들을 보았나?"

"실제 보진 못하였지만… 지금 마당에 있는 아이들 모두 광증에 부모를 잃었습니다."

이는 곧 사악한 늑대들이 태국의 수도 일경 안까지 숨어들었단 말이었다. 국천의 마음이 더욱 착잡해졌다.

월국의 왕을 살해하고 세상을 모두 가지겠다 장벽을 넘어간 늑대들이 다음으로 원하는 것은 무엇이란 말인가.

"죄를 물을 생각은 없네. 오히려 자네가 살아있어 다행이야. 그때 나는 어려서 잘 몰랐지만, 늘 혼자 있는 나를 알뜰히 살펴주고 아껴주던 자네가 아닌가."

"망극하옵니다, 전하."

"아버지가 돌아가셨단 사실은, 알고 있었던 겐가?"

"네…. 전하께서 보위에 오르신 것을 꿈에서 보았습니다."

"그랬군. 헌데 조금 전 자네가 뱉은 말들은 다 무엇인가?"

"그 의미까지 정확히 알지는 못합니다. 그저 하늘이 깨질 듯 울리는 소리였을 뿐…. 이 태국에서 저의 신력은 월국의 반절도 되지 않습니다."

국천은 기료가 한 말이 마음에 걸렸다. 기료는 알지 못하는 것 같지만 아련은 태양의 아이였다. 태양과 달이 기운을 맞대었고,

죽지 않는 사자가 이를 시기하여 쫓는다니…. 위험한 느낌이 들었다. 국천이 이런저런 생각으로 수심에 가득 차 있는 그때였다.

"꺅!"

아련의 비명소리가 들려왔다.

국천이 방문을 부술 기세로 밀어 재끼며 후다닥 마당으로 나갔다. 국천의 눈에는 오직 아련밖에 안 보였다. 국천은 마당에 쓰러져 있는 아련을 확 안았다.

열린 방문 사이로 국천이 아련을 세차게 끌어안는 것을 본 기료는 깜짝 놀랐다. 지금 마당으로 뛰쳐나간 사내는 조금 전 마주 앉아 있던 국천이 아닌 것 같았다. 항상 생각이 많아 가슴속에 깊은 굴을 파고 숨어만 있던 어둠의 왕자… 그가 눈부시게 빛나는 태양을 품에 안고 제 마음을 훤히 드러낸 것처럼 보였다. 잘된 일이었다. 하지만 기료의 눈빛에 처연함이 묻어나는 것만은 그녀 스스로도 어찌할 수 없었다.

아련을 품에 꼭 끌어안은 국천은 그제야 주위가 눈에 들어왔다. 작은 아이들과 좀 더 큰 아이들까지 가세해 마당의 아이들이 대여섯으로 늘어나 있었고, 모두가 겁먹은 표정으로 국천의 등장을 바라만 보았다.

"웬 놈들이냐!"

국천의 일갈에 아련이 국천의 가슴팍을 꼬집으며 속삭였다.

"조용히… 쪽 팔리니까…."

"뭐라고! 크게 말을 해!"

"자빠졌어요…! 애들이랑 닭싸움 하다가!"

국천의 팔에서 기운이 쭉 빠졌다. 덩치가 제법 있는 남자 아이 하나가 국천의 눈빛에 당장이라도 눈물을 터뜨릴 것만 같았다.

"시작도 안 했는데… 저 아지매가 혼자 이리 뛰고… 저리 뛰더니… 픽 자빠진 거예요."

국천이 아련을 노려보았다. 아련이 국천을 향해 하얀 이를 드러내 보이며 씩 웃었다. 마음 같아선 한 대 콱 쥐어박고 싶은 심정이었지만, 국천은 마음을 꾹꾹 누르며 일어섰다.

아련도 부딪힌 엉치뼈를 몇 번 만지더니 먼지를 툭툭 털어댔다.

"니들! 다시 붙어. 나답지 않게 잠시 방심을 했어. 이 아저씨까지 껴서 다시 붙자!"

"나? 헛소리 말고 가만히 앉아 있지?"

국천의 말을 무시하고 아련이 덩치 큰 아이에게 계속해서 제안을 했다.

"어른 둘이 한 편을 먹는 것은 아무래도 공정치 못하니, 이 아저씨 편이랑 내 편으로 딱 갈라서 한 판 하자! 덩치, 너는 무조건 내편! 수육 두 접시 내기!"

"수육이요? 좋아요!"

부산하게 움직이기 시작한 아이들이 아련과 국천 뒤로 각각 편을 갈라섰다.

국천은 이 자리를 당장 피하고 싶은 듯 뒷걸음질 치기 시작했다. 아련이 그의 바지춤을 잡아 끌어당겼다.

"와, 사내가 뒤로 걷기 있어요? 일수불퇴! 모르시나?"

"그게 지금 이 상황과 어울린다고 생각해? 이 정신 나간 자야…."

"암튼! 애들 이렇게 신나 하는데, 좀 도와줘요. 네? 네? 네?"

또 그 눈빛이었다. 그 어떤 부정의 언어도 생각나지 않게 만드는 아련의 눈망울, 그 눈빛.

국천은 빠져나갈 수 없는 함정과도 같단 생각이 들었다.

"허면 나랑 약속 하나 더 하지. 만약 내 편이 이긴다면, 수육 두 접시는 물론이고, 내 소원 하나 들어주기로."

"헐. 사내가 쪼잔하게 조건이나 걸고…. 알았어요! 그럼 나도 그 소원 받고, 소원 한 개 더!"

국천이 고개를 끄덕이며 응하자, 살벌하고도 무자비한 닭싸움이 시작되었다. 아이들끼리의 닭싸움이 진행되고, 각각의 승패가 갈릴 때마다 아련은 진심으로 기뻐하고 분노하며 가열차게 응원을 했다. 국천은 아이들보다 더 신나 하는 아련을 보고 함께 웃었다. 치열한 승부 끝에 아련 편에는 아련과 덩치 큰 아이만이 남았고, 국천 편에는 국천만 남은 상황이었다. 아이가 국천에게 엄청난 괴성을 지르며 달려들었으나, 고목처럼 서 있는 국천에게는 역부족이었다.

국천도 어느새 이 놀이에 감화되어 알 수 없는 승부욕이 생겨나고 있었다. 아이가 넘어진 채로 분한 울음을 터뜨리자 국천은 혀를 차며 미소로 화답했다.

"쯧쯧, 더 수련하고 오너라. 그런 실력으론 이 몸을 이길 수 없어."

남은 것은 국천과 아련뿐이었다. 마주 선 두 사람 사이에는 고요한 전운마저 감돌았다. 어떤 말도 필요치 않은 한판 승부의 현장이었다.

아련이 먼저 몸을 풀 듯 요란하게 마당 안을 돌며 기선을 제압했다. 국천은 그저 손가락을 까딱 하며 덤비라는 신호를 할 뿐 차분한 표정이었다.

"겁 많은 개가 짖는다더니. 딱 그 짝이군."

"또 그놈의 개! 좋아요. 오늘 한 번 미친개한테 물려보시지!"

아련이 국천의 주위를 빙빙 돌다 공격에 들어갔다. 정면승부는 통하지 않을 싸움이었다. 아련은 국천의 무릎 주변을 공략하려 했다. 하지만 국천은 아련의 수를 모두 읽기라도 한 듯이 들어 올린 다리로 아련을 사정없이 찍어 눌렀다.

아련이 가까스로 공격을 피해 중심이 흔들린 국천을 손으로 밀치려 하는 순간, 국천이 먼저 아련을 툭 밀어버렸다. 아련이 우당탕 넘어지는 순간, 그녀는 필사의 기력으로 국천의 멱살을 잡아챘다.

결국 국천과 아련은 동시에 넘어지고 말았다. 그것도 아련이 국천에게 납작 눌린 채로 말이다. 밀착하다 못해 서로를 부둥켜안고 있는 듯한 모습에 아이들이 우우, 하는 소리를 내며 놀리기 시작했다.

"얼레리 꼴레리, 어른들끼리 놀다가 막 껴안고 그런대요!"

"이 노오옴들!"

국천이 먼저 일어나며 소리를 지르자 아이들이 순식간에 조용해졌다. 아이들을 상대로 너무 심하게 굴었나 싶어 국천이 괜한 헛기침 소리를 내며 아련을 일으켜줬다.

"손을 쓰는 법이 어디 있나! 이리 무도한 자와 무슨 승부를 하겠다고….”

“여인을 상대로 그리 황소처럼 덤벼드는 사내가 어딨어요! 나
오늘 진짜 받혀 죽는 줄?”

“이럴 때만 여인이지! 어쨌든 나의 승리를 인정하시지?”

“칫, 알았어요. 졌다, 졌어!”

국천 편의 아이들이 환호성을 질렀다. 수육! 수육! 연호를 하며
국천에게 달려들어 안기기까지 했다. 국천은 살갑게 달려드는 아
이들이 어색해 어쩔 줄 모르면서도 한편으론 순수한 모습에 절로
미소가 지어졌다. 반면 아련 편에 선 아이들은 얼굴이 어두웠다.
아련이 아이들을 다독거리듯 품에서 은전 하나를 꺼내 들었다.

“오늘 다 같이 수육 잔치다!”

아이들이 모두 펄펄 뛰며 기뻐했다. 아련도 국천도 아이들 사이
에서 함께 웃었다. 그리고 국천의 모습을 구석에서 유심히 지켜보
던 기료가 흐뭇한 표정을 지었다.

“어둠 속에서 괴로워하시던 어린 왕자님이 아니시군요. 이제….”

국천은 세상에서 가장 행복한 듯 맑게 웃는 아련을 보았다. 태
양처럼 밝은 저 웃음을 지켜줄 수 있다면, 그것이 자신에게 가능
한 일이라면 좋겠다는 생각이 들었다.

국천이 빤히 보자 이를 자각한 아련이 혓바닥을 내밀며 농을 부
렸다.

“아무리 못생긴 얼굴이라도 그리 험하게 쓰면 더 못쓰게 될 것
인데….”

“됐거든요!”

"소원 하나, 꼭 기억해두지."

"까먹을 거란 기대도 안 해요, 흥!"

그때 기료가 수육 접시를 더 들고 마당으로 다가왔다.

"값은 치르지 않으셔도 되니 넉넉히 드시지요. 너희들도 와서 먹어라. 오늘은 배불리 먹어보자꾸나."

아련이 기료의 품에 은전을 억지로 집어넣고는 괜찮다는 듯 손사래를 쳤다.

"받아요. 안 받으면 나 다시는 오지 않을 거예요."

"매번 감사합니다. 아가씨 덕에 항상 큰 도움을 받으니 송구할 뿐입니다."

서로 잘 아는 사이인 듯한 둘의 대화를 들으며, 국천은 기료가 정말 아련의 정체를 모르는 것 같다는 생각을 했다. 아이들이 수육을 먹기 시작하자, 아련은 아이들의 머리를 몇 번쯤 쓰다듬어주더니 이내 갈 채비를 했다.

"더 있고 싶긴 한데, 외출이 너무 길어지면 잔소리할 사람들이 많아서."

"이렇게 곱고 여린 분을 둔 댁에서 걱정은 당연하지요."

국천은 코웃음이 나왔다. 월국의 늑대도 여럿 쪄 먹고도 남을 아련에게 '곱고 여린 분'이라니…. 하긴, 국천이 할 생각이 아니긴 했다. 매번 아련에게 무슨 일이라도 생길라치면 저도 모르게 몸이 먼저 반응했으니까. 희한한 일이었다.

"그럼… 나도 이만 가보겠소. 맛… 있는… 수육 먹으러 또 올 기회가 있을 듯하니."

"그러시지요. 항상 기다리고 있겠습니다."

국천은 기료에게 묻고 싶은 말이 아직 남았지만, 아련만 보내고 남기에는 어떤 명분도 없었다. 국천은 서둘러 궁으로 돌아가려는 아련을 따라 나설 수밖에 없었다.

태궁, 대승상 유정의 집무실 앞에는 호위병 몇이 커다란 보자기에 싸인 물건을 두고 기다렸다.

집무실 문이 열리고 유정이 나오자 그들은 고개를 깊이 숙이며 보자기를 내보였다. 유정의 얼굴에 비릿한 미소가 비쳤다. 보지 않아도 무엇인지 짐작할 수 있다는 표정이었다.

"궐에 숨어든 쥐새끼가 제 목숨 잡을 덫을 스스로 놓은 꼴이로구나. 앞장 서거라. 지엄한 태궁의 질서를 바로잡아야겠다."

호위병들이 허리에 찬 검을 잡으며 움직이자, 유정이 그들의 뒤를 따랐다. 그의 눈에서 서늘한 살기가 뿜어져 나왔다.

***

저자에서 궁으로 돌아오는 내내 아련은 국천 곁을 맴돌며 계속해서 떠들어댔다. 아직 흥분이 가시지 않은 모양이었다.

"사실 난 어릴 적에 궐 안을 뛰는 것도 못 해봤어요. 매사 조심해라, 경거망동해선 안 된다. 이것도 문제, 저것도 문제…. 근데 오늘 막 몸도 쓰고 애들 노는 것 보니 신나 죽겠어요."

"궁이 아니라 저자 바닥 어디라도 그대처럼 마구잡이로 굴면 없던 문제도 생기는 것이지."

"아이 참! 사람이 기분 좋아 그러는 건데 재미없게 굴긴. 인생 재밌게 살면 그게 다지."

국천이 갑자기 멈춰 섰다. 그의 갑작스런 행동에 아련이 의아한 듯 바라봤다.

"태국의 왕자로서, 태양의 아이로서 그대의 인생은 그저 즐기다 가는 것뿐인가?"

"사람 무안하게…. 그런 뜻으로 한 말 아니잖아요."

"그대의 인생은 뜻하든 뜻하지 않든 상상도 못 할 위험이 도사리고 있을 수 있고, 원하든 원하지 않든 해야만 하는 일이 생길 수도 있어."

"알아요. 그니까 그만…."

"일국 왕족의 운명이란 그래. 가장 많은 것을 누리지만, 가장 가혹한 책임을 져야 하지."

"왜 그래요, 진짜?"

"항상, 조심하란 뜻에서 하는 말이야."

기료가 말한 예언대로 태양의 아이와 달의 왕이 만나 버린 이때, 어떤 위험이 생겨날지 모르는 상황에서 국천의 걱정은 갈수록 커져갔다. 그러니 아무 긴장도 없이 신나기만 한 아련을 지켜보는 것이 편치만은 않았다. 아련이 뭐라 대꾸도 하기 전에, 국천은 성큼성큼 걸어가 버렸다. 아련은 국천이 그저 자신의 방정을 염려하여 하는 말이라 여기고 뒤를 졸졸 따라갔다. 허공의 꿀밤으로 대꾸를 대신하며.

개구멍으로는 죽어도 못 들어가겠다 우기는 국천의 엉덩이를 억지로 밀어가며 둘은 왕자궁의 후원으로 돌아왔다. 왕자의 부재를 들키지 않으려 노심초사 기다리던 단심이 두 사람을 맞았다.

"이제는 합심하여 저를 말려죽이시는 거군요. 그래도 오늘은 한 식경 만에 오셨으니, 참 자알 하셨습니다요."

"내 우리 단심이와 한 약조는 어기지 않지."

"앓느니 죽지요."

"자, 그럼! 우린 아까부터 하고 있었던 무예 수련을 계속해서 해 볼까?"

"목검 저쪽에 치워났습니다요."

목검을 가지러 간 단심의 안색이 갑자기 파랗게 변했다.

"왕자님…. 이거 뭔가 이상한데요."

단심의 목소리에서 긴장감을 느낀 국천이 먼저 나섰다.

"무슨 일이지?"

"단심아, 왜 그러느냐? 사람 간 떨리게."

"아니… 여기…."

그때였다. 대승상 유정과 호위병 여럿이 왕자궁의 후원으로 밀려들어와 벼락처럼 국천을 잡아챘다. 그리고 포박하여 무릎 꿇리는 것이 아닌가.

노기 어린 유정의 목소리가 왕자궁 후원을 울렸다.

"이놈! 네놈의 정체가 무엇이냐!"

부지불식간에 붙잡힌 국천은 당황하여 할 말을 잃고 유정을 노려보았다.

"대승상! 이 무슨 불경이오! 감히 왕자궁의 후원에서! 나의 무예 스승에게!"

호위병이 국천 앞에 검 한 자루를 던졌다. 국천이 월국에서부터 가지고 온 검이었다. 아련이 준 태국의 의복으로 갈아입으며 단심이 국천의 옷과 함께 후원 일각에 숨겨둔 것이었다.

유정은 자신의 검을 국천의 목에 겨누었다.

"어찌 월국의 검을 지닌 자가 태궁에 숨어들었단 말이냐? 모든 것을 실토하지 못할까!"

당황하기는 아련도 마찬가지였다. 서슬 퍼런 유정의 살기에 아련은 온몸에 소름이라도 돋는 듯했다. 국천은 그저 꼿꼿하게 유정을 노려보며 입을 다물고 있었다.

유정이 당장 국천을 베기라도 할 것처럼 검을 치켜들자, 아련이 와락 그 앞으로 덤벼들었다. 아련은 크게 소리를 지르지도, 화를 내지도 않았다.

그녀가 가로막자 유정의 팔이 저절로 멈추었다. 그는 곧 움직일 수 없는 지경이 되었다.

"멈추어라. 감히 내 앞에서 피를 보이려는 자, 단 한 숨도 더 쉬지 못할 것이니."

국천을 가리고 선 아련의 눈빛에 새빨간 빛이 일었다. 누구도 예상치 못한 변화에 그녀를 둘러싼 모두의 시선이 집중되었다. 무릎 꿇려진 국천을 바라보는 아련의 눈빛이 분노로 일그러졌다. 아련의 몸 깊은 곳에서부터 격렬하고도 뜨거운 불길이 난데없이 드

밀고 올라오기 시작했다.

　그녀의 눈에서 활활 타오르던 열기는 이제 아련의 온몸을 감싸고 있었다. 호위병들은 그 자리에 납작 엎드려 자신들이 노하게 한 '하늘'에 잘못을 빌며 떨었고, 대승상 유정만이 여전히 놀란 눈으로 아련을 바라보았다.

　태양의 아이가 각성한 것이다.

　검을 쥔 유정의 손이 떨려왔다. 아무리 따져보아도 이치에 맞지 않는 일이었다. 어째서, 어떻게, 가짜 태양의 아이에게! 태양의 각성이 생길 수 있는가!

　유정은 오래 전부터 알고 있었다. 여왕과 왕자 사이에 은밀한 비밀이 있다는 것을. 그리고 모두가 태양의 아이라고 떠받드는 왕자가 죽은 아우라의 누이 아련이라는 것도.

　유정은 여왕의 수가 어디까지인가 지켜보고 있을 뿐이었다. 태양의 아이가 살해당했다는 것은 태국의 상징이자 기둥이 송두리째 뽑히는 것이나 다름없었기에 이를 감쪽같이 숨기고 평화를 유지하려 했던 여왕의 속내를, 유정은 알고 있었다. 물론 그에게 태양의 아이의 영원한 부재는 모든 계획의 시작일 뿐이었으니….

　유정은 검을 땅에 떨어뜨리며 아련 앞에 무릎 꿇었다. 우선은 눈앞에 붉은빛을 내며 자신을 향해 살기를 내뿜는 태양의 아이의 화를 누그러뜨려야 했다.

　"소신의 무례함을 용서하소서. 신은 그저 이 태국에 스며든 사특한 기운의 정체를 염려하였던 것뿐이옵니다."

　아련은 여전히 부들부들 떨며 자신 앞에 조아린 모든 이들을 죽일 듯 노려보고만 있었다. 마치 몸 깊은 곳에서 끓어오르는 용암 같은 분노를 주체할 수 없다는 듯이. 꼭 쥔 주먹엔 손톱이 박혀 피가 새어나올 지경이었다.

국천만은 아련이 타오르는 고통 속에 있다는 것을 감지했다. 이대로는 그녀 스스로 빠져나올 수 없는 신비경(신비하고 묘한 지경)에 갇혀 쓰러져버리고 말 것 같았다.

포박된 국천이 몸을 일으켰다. 유정과 호위병들이 국천을 경계하며 노려보았다.

"이놈! 당장 엎드려 빌지 못할까!"

유정의 일갈에도 국천은 아련의 눈앞으로 가 섰다. 하지만 아무도 감히 그 앞에 나서지 못했다. 아련의 몸에서 뿜어져 나오는 열기가 국천을 모두 태워버릴 것만 같았다. 국천이 태어나 단 한 번도, 느껴보지 못한 불길이었다. 하지만 그는 조금의 두려움도 없이 더 다가갔다. 아련은 괴로운 듯 눈을 감고 있었다.

"눈을 떠 나를 보시오"

아련의 몸이 국천의 목소리에 반응하기라도 하는 듯 떨려왔다.

'나… 너무 무서워요. 뜨거워. 뜨거워 죽을 것만 같아.'

국천에게만 들리는 아련의 공명이 국천의 머릿속을 울렸다.

국천이 눈을 지그시 감고, 마음속으로 아련에게 말했다.

'내 쪽으로…. 가까이, 딱 한 걸음만. 어서!'

국천의 목소리에 아련이 발을 떼어 국천의 가슴팍 앞으로 다가왔다. 그때 국천이 묶인 포승줄이 거칠게 끊어지더니 마치 불이 얼음을 만난 듯, 두 사람의 몸에서 하얀 연기가 피어올랐다. 잠시 후, 아련이 감은 눈을 떴다.

"진짜… 딱 한 발짝이네. 당신이 서 있는 곳."

국천이 아무 말 없이 아련을 바로 세웠다. 아련은 그제야 제 앞에 있는 이들을 보았다.

모두가 겁에 질려 떨고만 있었다. 유정만이 이 믿기지 않는 상황을 받아들이려 애쓸 뿐이었다. 아련은 금세 아무렇지 않은 듯 유정을 향해 일갈했다.

"그대가 말한 월국의 검. 그것은 나의 물건이다. 내가 이자에게 잠시 빌려준 것일 뿐."

"소인 추호도 의심하지 않겠으나, 그 경위를 여쭐 수밖에 없는 것을 통촉하여주소서."

"내 잠행 차 장벽에 간 길에 장벽 근처에서 주은 물건이네. 월국의 것이라곤 생각지 않았으나 그 기운이 신기하여 탐하였을 뿐이네."

유정이 아련의 눈을 똑바로 바라보았다. 아련의 눈빛은 한 치의 흔들림도 없었다.

"내 무예 스승의 무고함은 내가 보증하지. 이 궁 안에서 그보다 확실한 증좌가 있겠는가?"

"아닙니다. 소인 왕자마마의 뜻을 받들겠사옵니다."

"모두 일어서라. 이곳엔 어떤 의심도 없으니 일어나 제자리로 돌아가라."

유정을 비롯한 호위병들이 일어나 아련에게 인사를 하고는 후원을 벗어났다. 유정만이 물러나지 않고 아련을 마주 보고 서 있었다.

"조금 전… 진양신(태국의 유일신)께서 어떤 계시를 주신 것은 아닐는지…."

"그럴지도 모르지. 허나 아무것도 보지 못했고, 듣지 못했네. 더는 이야기하고 싶지 않으니, 오늘은 이만 물러가주게."

아련의 단단한 말투에 유정은 돌아설 수밖에 없었다. 허나 이것은 그 무엇과도 비교할 수 없는 중차대한 사건이었다. 지금까지 그저 불쌍한 팔자를 타고난 여인이라고만 여기던 아련이 태양의 아이로 각성을 했다. 그리고 그녀가 수상하기 짝이 없는 사내의 품에서 그 불길을 진정시켰다.

주위에 속을 터놓는 사내라고는 오직 유정뿐이었던 그녀의 얼굴에 단 한 번도 본 적 없는 안심과 평온함이 깃들지 않았는가. 유정의 마음속에서도 전에 없던 불길이 일었다. 자신의 손안에만 있던 그녀가… 다른 사내를 보고 있었다.

아련과 국천을 뒤로 하고 집무실로 돌아온 유정은 깊은 고민에 빠졌다. 요즘 들어 부쩍 진양신의 사당과 신수 앞을 지키며 기도에만 열중하는 여왕도 그렇고, 갑작스레 태양의 각성을 한 아련도 그렇고….

하늘의 기운이 바뀌는 듯했다. 유정의 허락도 없이…. 하늘을 반쪽 내어 무너뜨린 대도, 결코 안 될 일이었다. 허나 그의 머릿속을 어지럽히는 광경은 오직 하나, 국천이 아련을 품에 안은 듯 부축하던 순간이었다. 견딜 수 없는 분노가 끓어올라 유정은 손에 쥔 붓을 부러뜨리고 말았다.

***

　모두가 사라진 후원. 국천은 그녀의 몸 여기저기를 손바닥으로 쓸어내리며 살폈다.

　"정말, 괜찮은 건가? 아깐…."

　"나도 모르니까 묻지 마요. 거짓말 치기 싫다니까."

　"거짓말이라도 좋으니 말을 해야 믿든 말든 하지."

　"그 검, 정말 월국의 검인가요? 이젠 내가 좀 알아야 할 것 같은데."

　"나 또한 거짓말을 하기는 싫은데."

　"피, 내 이럴 줄 알았어. 만날 자기는 말 안 하고 나만 잡지."

　"장난하는 것 아니오."

　"지공은… 월국에서 온 거예요? 말해봐요. 놀라지 않을 테니."

　"…닭싸움."

　"네?"

　"소원, 빌어도 되나. 치사하대도 어쩔 수 없지만."

　"지금 나 심각하다니까요!"

　"나를 믿어줘. 그게 내 소원이야."

　"뭘 알아야 믿든지 말든지…."

　"모든 걸 다 말할 순 없지만, 그댈 배신하지 않겠소. 그러니 나를 믿어주시오."

　아련이 국천에게 했던 유일한 부탁이었다. 그녀를 배신하지 말아달라는…. 국천은 그 부탁을 들을 것이니 자신을 믿어 달라 소원하고 있었다.

아련은 그가 월국에서 온 세작(간첩)이든, 태국 먼 마을의 무인이든 상관없을지도 모르겠단 생각이 들었다. 그저 국천은 아련에게 '믿고 싶은 사내'였다.

"월국의 검을 가진 태국 왕자의 무예 스승이라… 뭐가 어찌 흘러갈지 몰라도 한 번 가보죠."

"고마워."

"제대로 안 하면 내가 먼저 배신 때릴 거예요. 나 완전 흉악한 거 알죠?"

국천이 아련을 향해 옅은 미소를 지었다. 아련을 놀릴 때 지었던 피식, 하는 웃음이 아니었다. 눈과 입가가 함께 움직여 마음에 닿는 그런 미소였다. 아련은 그의 미소에 심장이 두근거렸다. 평소 잘 웃지 않아 놀라서 그런 것이라, 자신의 마음을 다독이는 아련이었다.

"대승상… 이란 자가 쉬이 의심을 거둘 자처럼 보이진 않았는데."

"의심 받을 짓은 다 해놓고 이제 걱정이 좀 되시나 봐?"

"왕자 뒷배를 믿어봐도 되나?"

"아까 못 봤어요? 내가 딱! 한마디 하면 다들 딱! 엎드려서 아이고 왕자님, 하는 거?"

"정신도 못 차리고 무섭다고 울던 게 누군데."

"어머, 막 이리 오라고 치델 때는 언제고?"

조금 전 위기와 위험은 간데없이 두 사람은 서로에게 틱틱 대는 것으로 긴장했던 마음을 내려놓았다. 국천이 문득 아련의 손을 보았다.

"손 좀 줘보지?"

"이제 아주 훅훅 들어오시네."

국천이 아련의 손을 잡아 당겼다. 그리고 그녀의 손바닥을 펼쳤다. 주먹을 너무 세게 쥔 탓에 손톱이 박힌 자리에 생채기가 생겨 피가 나고 있었다.

"별거 아니잖아요. 그냥 두면 알아서 나을 텐데, 뭘."

"여인의 손에 흉이라도 지면 어쩌려고."

"누가 알아주기나 하나, 여인의 손인지."

"내가 알지."

"……."

"약초함을 좀 가져다 달라고 하지."

아련은 커다란 국천의 손 위에 올려진 자신의 손이 유난히 작게 느껴졌다. 국천의 손에서 느껴지는 냉기는 청량감과 편안함까지 주었다. 괜한 어색함에 아련은 목청껏 단심을 불렀다.

"단심아. 단심아아아!"

국천은 단심이 가지고 온 약초함에서 몇 가지 약초를 배합하여 아련의 상처에 바른 후 작은 헝겊으로 싸매주었다. 그녀가 느꼈을 공포가 살을 뚫고 나올 만큼 컸을 거란 생각이 들었다. 아무렇지 않은 척 웃고만 있는 모습이 애처롭기도 했다. 그리고 국천이 보았던 태양의 아이의 각성은 실로 놀라운 것이었다.

국천은 아련에게 아무것도 묻지 않으리라 다짐했으면서도 스물스물 올라오는 궁금증을 견딜 수가 없었다. 잠시 고민하던 그는 결국 입을 열었다.

"혹시… 아까와 같은 일이 이전에도 있었나? 태양의 아이인가? 그대에게 어떻게 그런 일이…."

"…처음이에요. 그래서 더 놀랐던 거고."

"그렇군."

"그 얘기 안 하기로 해놓고!"

"미안. 내 더는 말하지 않도록 하지."

아련은 피곤한 얼굴로 침상에 쓰러지듯 누웠다. 복잡한 마음으로는 아련 자신보다 더한 이가 있을까 싶었다.

등을 지고 잠이 든 아련을 가만히 바라보던 국천은 조용히 이불을 끌어당겨 덮어주고는 침소를 나왔다.

"으으으…."

얼마의 시간이 흘렀을까. 아련은 가느다란 신음을 뱉으며 몸을 움찔거렸다. 무언가… 알 수 없는 기운이 침상을 휘감으며 온몸을 짓이기는 듯했다.

"으으…."

식은땀이 흐르고, 공포가 그녀의 정신을 흐릿하게 했다. 침상 주변을 맴돌던 검은 형체가… 점점 인간의 형상이 되어가는 듯했다. 일어나야 했다. 누군가를, 자신을 도와줄 누군가를… 불러야만 했다.

"제발…. 제발!"

쥐어 짜내듯 소리를 지르던 아련의 눈앞이 캄캄해졌다. 모든 것은… 암흑이 되고 말았다.

***

"아련!"

아련을 흔들어 깨운 것은 국천의 목소리였다.

암흑 같았던 어둠은 어느새 흔적 없이 사라지고, 그녀의 눈앞에 보이는 것은 오직 국천의 얼굴뿐이었다.

"왜 그래? 괜찮은 거야?"

아련은 여전히 멍한 정신으로 몸을 일으켜 국천을 바라보았다. 침소의 모든 것은 그대로였다. 그저 악몽을 꾼 것이었을까.

찜찜한 기분이 들었지만, 걱정으로 가득찬 국천의 얼굴을 보며 아련은 옅은 미소를 지었다. 그리고 이내 괜찮다는 듯 고개를 끄덕였다.

"그냥, 꿈이 좀…. 무서워서."

"솔직하게 말해봐. 무슨 일이 있는 거야? 아까부터 그대에게 이상한 일들이…."

"아니에요. 정말 괜찮아요."

아무렇지 않은 척 웃음을 짓는 아련 때문에 국천의 생각은 더욱 깊어졌다. 행여 자신이 태국에 온 것이 오히려 문제를 일으키고 있는 건 아닐까 싶은 생각마저 들었다.

가장 마음에 걸리는 것은 기료의 예언이었다. 월국에서 그녀의 신력이 약해졌다고는 하나, 그녀가 들었다는 음성은 절대 허투루 넘길 수 없는 것이었다. 게다가 갑작스레 태양의 아이가 그 힘을 발휘하다니. 심지어 아련은 진짜 태양의 아이가 아닌, 그의 누이

일 뿐이지 않은가.

그리고 분명… 아련이 한 발짝 다가와 안겼을 때, 제 안에서도 어떠한 힘이 용솟음치는 듯했다. 무언가 커다란 폭풍이 몰아칠 것 같았다. 가장 불안한 것은 '죽지 않는 사자들의 추격'이었다. 이는 분명 늑대들을 의미하는 것일지니….

늑대들을 쫓기 위해 태국을 넘나들었지만 이제는 그 늑대들이 혹여 태국의 왕실, 즉 아련을 노리기라도 할까 덜컥 겁이 났다. 국천은 기료를 만나러 가야겠다는 생각이 들었다. 그녀라면 어떤 조언을 해줄 수 있을 것만 같았다. 혼자 있을 아련이 걱정이긴 했다. 그녀에게 무어라 말하고 다녀와야 하나….

한참 생각에 빠져 있던 국천은 스스로가 우스워졌다. 함께 있던 시간이 얼마나 된다고. 지금껏 태궁 안에서 잘만 지내던 아련이 걱정되어 잠시도 곁을 비울 수 없다 여기는 자신의 모습이 어리석게 느껴졌다. 국천은 여전히 침상에 누워 휴식을 취하고 있는 아련에게 갔다.

"내 잠시 다녀올 곳이 있으니, 쉬고 있지."

"어디 가게요? 아, 진짜…. 나도 나가고 싶은데. 오늘은 영 날이 아니란 말이죠."

"나도 사생활이라는 것이 있으니, 칭얼거리지 말고 얌전히 있어."

"사생활이요? 흠, 알겠어요."

국천이 가버리고, 아련은 마음이 싱숭생숭하기만 했다. 지국천이란 사내 때문이었다.

엄청난 명분이나 신념 같은 걸로만 움직이는, 전장의 장수 같은 자인 줄만 알았는데. 사생활이라니, 사생활이라니! 어디 여인이라도 만나고 오려나? 저자의 사내들처럼 피곤을 풀겠다며 술이라도 마시려나? 국천도 취하면 주정을 부릴까? 허우대도 보통 멀쩡한 것이 아닌데, 술 취하면 아낙들이 가만 두지 않을 텐데?

온갖 상상이 아련의 머릿속을 뒤집어놓았다. 궁으로 들어온 후 아련에게서 한 번도 떨어져 있지 않았던 자인데, 치사하게 오늘 같은 날 그녀를 혼자 두는 것이 서럽기까지 했다.

**

아련이 혼자 상상의 나래를 펼치는 동안, 국천은 기료가 있는 희망가 주막에 도착했다. 국천이 올 것을 알고 있었다는 듯이 마당 평상에는 기료가 다소곳이 앉아 있었다.

"오셨습니까."

"태양의 아이가… 스스로 빛을 발하며 그 힘을 드러냈네. 알고 있는가?"

"제가 모든 것을 아는 것은 아닙니다."

"그렇겠지. 허나 염려되는 점이 한두 가지가 아니야."

"소인 얄량한 신력으로 전하의 안위를 위해 하늘의 기운을 느껴본 바…"

"무슨 일인가."

"장벽에… 균열이 가고 있습니다. 늑대들의 힘이 강해지고 있어요."

"그게 무슨 소리야? 수천 년을 건재하던 장벽이 어찌 늑대들에 무너진단 말인가!"

"아직은 그 균열이 미미하여 태국과 월국 양국에 영향을 미치지 않을 것이나, 이대로 간다면 언젠가 늑대들이 장벽을 부수고 온 세상을 지배하려 할 겁니다."

"그것들이 가장 먼저 노릴 것은…."

"맞습니다. 양국의 왕실이지요. 산을 얻기 위해서는 꼭대기에 올라야 하는 법이니까요."

국천의 눈매가 서늘해졌다. 늑대 따위가 왕실을 범하는, 그런 일은 결코 되풀이되어선 안 되었다. 어디서부터 틈이 벌어지고 있단 말인가!

국천은 침착하게 생각하려 애썼지만 마음처럼 되질 않았다. 아련의 맑은 웃음이 국천의 머릿속에 자꾸 떠올라 그의 걱정을 더 깊게 할 뿐이었다. 심각한 표정으로 상념에 잠긴 국천을 바라보는 기료의 마음 또한 무거웠다.

대체 이 땅에 무슨 일이 벌어지고 있기에 월국을 지켜야 할 달의 제왕이 태양의 땅에서 저리도 애달픈 눈빛을 하고 있단 말인가. 국천을 다시 보게 된 것은 기료에게 하늘의 선물 같은 일이었지만, 그녀는 결코 그 앞에 당당히 나설 수 없는 처지였다. 그저 국천이 가려는 길, 또 행하려 하는 위험천만한 일들을 조금이라도 예측하고 방지하려 애쓰는 수밖엔 없었다.

같은 시각, 왕자궁의 침소에서는 국천을 머리끝부터 발끝까지

조목조목 욕하던 아련이 제 풀에 못 이기고 잠에 **빠져들었다**. 스르륵, 하는 소리에 아련이 눈을 떴다. 문 앞에 검은 옷을 입은 자가 연기처럼 서 있었다. 놀란 아련이 몸을 움직여 일어나려 했지만 손가락 하나도 까딱할 수 없었다.

또 다시 악몽이 시작된 것일까. 아련은 눈을 감고 마음의 평안을 찾으려 노력했지만 소용없는 일이었다.

그사이 온몸에 검은 천을 휘감은 자는 아련의 침상으로 점점 다가왔다.

그가 손을 살짝 들었을 때, 아련은 그의 손등에 수북하게 난 검은 털을 보았다.

그리고 그의 손에는…. 아련이 여왕의 서고에서 훔친 월국의 단검이 쥐어져 있었다.

그는 아련을 향해 단검을 높이 들었다. 이대로라면 단검은 아련의 심장에 박히고 말 것이었다. 그녀의 머릿속에는 오직 한 가지 생각뿐이었다. 지국천. 오직 그의 얼굴만이 떠올랐다.

그가 어서 자신을 구해주러 오기를. 어서 자신을 향하는 저 날카로운 검을 막아주기를.

그녀는 입조차 벌어지지 않는 상황 속에서 간절히 빌고 또 빌었다.

***

기료와 마주 앉아 이야기를 나누던 국천의 머리가 쩡, 하며 울렸다. 심장이 쑤시듯 아팠고, 머리는 깨질 것 같았다. 그리고 들리는 단 한마디.

살려줘요!

아련의 목소리였다. 국천은 자신에게 아뢰는 기료를 쳐다도 보지 않고 그대로 내달렸다. 부디… 부디 자신이 늦지 않기를 간절히 바라고 또 바라는 마음밖엔 없었다.

꼼짝도 못하고 온몸이 침상에 달라붙은 듯한 아련은 그저 눈빛으로만 빌고 있었다.

살고 싶다! 오직 그 생각뿐이었다. 그리고 나타나지 않는 국천을 마음속으로 애타게 부르고 또 불렀다. 정체절명의 순간에 어째서 생각나는 이라곤 국천뿐인지….

온 방 안을 얼려버릴 듯한 냉기가 그녀를 휘감았다. 검은 옷을 입은 자의 얼굴은 보이지 않았지만, 아련은 느낄 수 있었다. 그는 지금… 웃고 있었다.

사내가 아련의 심장을 향해 단검을 내리꽂으려 하는 찰나였다.

"아련!"

국천이 벼락같이 달려들어 아련을 품에 안았다. 아련은 국천의 품에 안긴 채로, 여전히 침상 옆에 선 검은 사내를 바라보았다.

국천이 자신을 안았다는 것조차 인지하지 못한 초점 없는 눈빛이었다. 그리고 그녀의 눈앞에서, 검은 옷의 사내는 침상을 향해 단검을 내리 꽂았다. 그녀가 누워 있던 침상에는, 사내의 단검이 심장에 꽂힌 채 죽어가는 아련의 오라비, 아우라가 있었다.

아우라가 죽던 날, 그 모습 그대로였다. 아우라는 울컥 피를 쏟아내는 와중에도 간절하게 아련을 쳐다보았다. 한 줄기의 눈물이 아우라의 얼굴을 타고 흘러내렸다. 아련의 눈에서도 눈물이 떨어지기 시작했다.

"이봐! 정신을 좀 차려봐. 무슨 일이야? 왜 그러는 거냐고!"

국천은 정신을 못 차리는 아련을 흔들어 깨웠다. 국천이 방 안으로 뛰어 들었을 때, 아련은 필사적인 몸짓으로 허공을 향해 발버둥치고 있었다. 목소리도 제대로 나오지 않는 듯 억억거리는 소리만 내면서….

그녀는 국천을 알아보지도 못하고 몸부림만 쳐댔다. 아련의 발작이 멈추지 않자, 국천은 더 세게 끌어안았다. 자신의 완력으로라도 그녀의 몸부림을 멈추게 하려는 듯했다.

"이제 괜찮아. 내가 당신을 안았어. 그러니 두려울 것 없어…."

국천의 품 안에 있던 아련의 경련이 서서히 멈추었다. 그제야 그녀의 눈에 국천이 보였다.

검은 옷의 사내와 죽어가던 아우라가 사라졌다. 아련은 그의 품 안에서 소리 내어 울기 시작했다. 온 세상이 무너진 듯, 설운 울음을 울기 시작했다. 눈물이 쏟아지고 심장이 무너졌다. 아련은 오라비가 죽고 나서 처음으로 그 누구의 눈치도 보지 않고 통곡을 쏟아냈다.

"오라비가, 아우라가… 죽었어요. 나는 아무것도 못 했어. 아무것도 안 했어…. 엉엉…."

마치 여리고 상처 받은 작은 짐승의 울음 같았다. 슬픔조차 드러낼 수 없는 잔혹한 생사의 갈림길에서 그저 살아남기 위해 견뎌야 했던 생의 공포가 이제 와 터져 나왔다고 해야 할까.

국천은 울고 있는 아련을 달래지도, 어르지도 않았다. 그저 그녀가 편안하게 남은 눈물을 모두 쏟아내도록, 기댈 곳을 만들어주면 그뿐이라는 듯, 양 팔로 감싸 안고 있었다.

그렇게 한참 동안 긴 울음을 울던 아련의 숨소리가 점차 잦아들었다. 아련은 눈앞의 국천을 가만히 바라보았다. 두 사람의 규칙적인 심장 소리만이 방 안을 가득 메웠다. 아련이 국천의 뺨에 자신의 손을 가져다 대었다. 언제나 그렇듯 그녀의 손은 데일 만큼 뜨거웠다.

"고마워요."

아련의 촉촉이 젖은 눈가를 국천이 커다란 손으로 닦아주었다. 한 손에 들어올 만큼 작은 얼굴이었다. 국천은 아무 말 없이 아련을 바라만 보았다. 고개를 살짝 끄덕이는 것만으로 두 사람은 서로의 존재를 확인할 수 있었다.

국천의 얼굴이 아련에게로 가까이 다가갔다. 아련은 가까워지는 국천의 눈을 피하지도, 놀라지도 않았다. 그의 입술이 그녀의 입술에 닿을 듯 가까워지자, 아련의 두 눈이 스스르 감겼다. 고여 있던 눈물이 뺨으로 흘렀다. 그리고 마침내… 두 사람의 입술이 맞닿았다. 온몸 구석구석, 아주 미세한 천둥과 벼락이 혈관 곳곳을 돌아다니며 요동치는 것이 국천의 것인지 아련의 것인지 알 수 없었다.

국천은 눈을 감은 아련을 보았다. 아련도 지긋이 눈을 떠 그를 바라보았다. 어색함 속에 그녀의 눈매가 반달처럼 동그라졌다.

두 사람 사이에 미묘한 적막이 흘렀다. 먼저 입을 뗀 것은 국천이었다.

"미안… 하오."

"못됐어."

"…."

"첫… 입맞춤을 한 사내의 첫마디가… 미안하다니."

"곁에 있어주지 못해서. 그대가 괴로울 때에… 나는 다른 생각에 빠져 있었어."

아련은 진심으로 미안해하는 국천의 마음을 느낄 수 있었다. 어찌할 줄 모르고 자신을 안타깝게 바라보기만 하는 국천이 소년 같다고 생각했다. 이 사람도 자신만큼 제 마음을 표현하는 데 서툰 이가 분명했다. 참으로 다행이었다. 이런 사내가, 자신의 진짜 모습을 알게 된 유일한 사내라서….

"다른 생각이 뭔데요? 복잡한 사생활과 관련된 것인가?"

어느새 눈을 말똥하게 뜨고 장난기 섞인 질문을 하는 아련을 보니 국천은 저도 모르게 풋 하고 웃음이 나왔다.

아련은 그런 여인이었다. 가늠조차 되지 않는 비밀을 가진 것이 분명하지만, 그것을 애써 누르고 묶어가며 곁에 있는 이의 마음을 먼저 헤아리는 버릇을 가진, 곱고 깊은 심성을 가진 여인이었다.

"이제야 천방지축 아련답군. 별일이면 알려줄 것이나 그대가 걱정할 것 없으니 지금은 몸이나 추스르도록 하지."

"쳇! 남은 속이 이리 꼬이고 저리 뒤집어지는 줄도 모르고. 됐네요!"

"으이구. 마음을 그리 쓰니 몸이라고 성하겠나."

"그거랑은 아무 상관없어요…."

아련이 문득 말을 멈추고, 생각에 잠겼다. 어쩐지 국천에게라면 모든 것을 말해도 괜찮을 것 같았다. 아련이 꺼낸 말로 어떤 사달이 난다 해도, 국천이라면 그녀에게 생기는 어떤 악몽 같은 일들도 감싸 안아줄 것만 같았다.

"꿈속에서… 오라비가 죽던 날을 봤어요."

"기억하기엔 너무 어리지 않았나?"

"아뇨, 기억이 나지 않는 것이 이상할 나이였죠. 다만, 스스로 기억을 지워버린 것처럼… 잊고 살았을 뿐."

"허면 어찌 지금에서야…."

"모르겠어요. 근데 나… 오라비를 죽인 자가 들고 있던 단검을 봤는데…."

"단검? 살해 도구를 보았단 것인가."

"그 단검…."

"…?"

"내가 여왕 폐하의 서고에서 훔친… 지공이 나를 처음 보았을 때 정체를 묻던 그 검이었어요."

국천은 놀라움을 금치 못했다. 그 단검은 늑대의 왕 이귀가 국천의 아비이자 월국의 선왕을 살해하고 사라진 그날 함께 없어진 것이었다. 그 검이 태국의 궁궐 안에서, 태국의 왕자 아우라마저 죽였다니! 이귀의 흉계가 대체 어디까지 닿아 있단 말인지…. 국천은 더욱 머리가 복잡해졌다.

"그 단검이 지공의 아버지 또한 죽인 검이라 하지 않았나요? 언제 어디서인지, 물어도 돼요?"

아련의 눈빛에는 단단한 결기마저 비쳤다. 자신의 마음 깊은 곳 상처까지 내보인 그녀가 국천에게 진실을 요구하고 있었다. 무엇을 어디서부터 말해야 하는 것인지, 국천의 마음이 요동치기 시작했다.

"말해줘요, 어서."

두 사람의 팽팽한 눈빛이 허공에 부딪쳤고, 국천은 아련의 어깨를 잡으며 그녀에게 더욱 가까이 다가갔다.

"내 말을, 나를… 믿나?"

아련은 닿을 듯 가까운 얼굴을 마주보며 고개를 끄덕였다. 쌕쌕거리는 숨결이 느껴질 만큼 가까웠다.

아련은 붉어지는 얼굴을 애써 감추려 하고, 국천은 여전히 생각에 잠겨 있었다. 아주 천천히… 국천이 말을 꺼냈다.

"이야기했듯이, 태국 먼 마을에서 아주… 오래전에 벌어진 일이오."

이제 와 모든 것을 말하기에는 너무 위험하다. 행여 자신이 월국의 흑왕이란 사실을 알게 된다면… 오히려 아련마저 위태롭게 만들지도 모른다는 생각이 들었다.

"어쩌면 우리는 같은 원수를 두고 있는지도 모르겠군요."

아련의 말이 맞았다. 월국의 왕을 살해하고, 하늘의 법도를 무시한 늑대들이 장벽을 넘어 태양의 아이를 범한 것이었다. 그리고 그들은 지금도 태국 곳곳에 숨어 이 세상의 전복을 노리며 호시탐탐 기회를 보고 있을 것이다.

악몽의 공포에서 완전히 벗어난 듯한 아련은 몸이 찌뿌둥한지 방 안을 빙빙 돌며 팔 다리를 흔들어댔다. 답답해 죽겠다는 듯.

"이러고 있어봐야 답이 나올 것 같지도 않고. 사람은 정신이 사나울수록 몸을 써야 돼요. 몸이 힘들어야 잡생각도 사라지는 법!"

아련이 국천의 코앞까지 다가와 씨익 미소를 날렸다.

"왕자의 곁을 비우고 다녀와야 할 만큼 중요한 사생활은 이제 다 정리된 것이죠?"

"아직도 그 소리인가? 이제 그만 좀 하지."

"계속할 건데요! 죽을 때까지 계에속!"

"죽을 때까지 같이 있기라도 할 기세네."

말을 꺼낸 아련이나, 얼떨결에 대답한 국천이나 순식간에 얼굴이 달아올랐다. 죽을 때까지 함께라니… 장난으로라도 가당키나 한 일인가.

국천은 언제까지고 월국의 궁을 비워둘 수 없다는 현실을 누구보다 잘 알았다. 결국 때가 오면, 아련의 곁을 떠나 다시는 만날 수 없게 되리라. 다시 만난다면 원하든 원하지 않든 결국 대척의 지점에 서게 될 것이다. 갑자기 냉각된 분위기에 아련이 괜히 호들갑을 떨며 국천을 일으켜 세웠다.

"무예 수련이나 하죠! 무예 스승이랍시고 정식 수업을 한 번 못

받았네."

"그, 그래! 내 지옥을 맛보게 해주지!"

"웬 지옥? 참내, 수업을 하랬더니 괴롭힐 생각부터 하시네!"

두 사람은 어색함을 떨치려는 듯 누가 먼저랄 것도 없이 후다닥 방을 나섰다.

"자, 검을 잡고 이리 와 서지."

후원에 나와 먼저 검을 잡은 국천이 아련을 재촉했다. 아련도 군소리 없이 검을 잡고 자세를 잡았다.

"오늘은… 베기를 배우도록 하지. 먼저 세로 베기부터."

"베는 것 정도는 배우지 않아도 하는데? 내가 완전 초짜는 아니라고요."

"지난번에 보니 기본기부터 글러먹었더군. 그래 가지고 실전에선 외려 검을 빼앗겨 두드려 맞을 지경이야."

"또, 또. 사람 무시하고."

"무시가 아니라 직시! 제자의 실력을 제대로 보는 것이 스승의 능력이거늘!"

"아이고, 네네! 그러시겠죠. 스. 승. 님."

국천이 아련의 옆에 바짝 붙어 베기 연습을 도와주었다. 오늘따라 국천이 가까이 올 적마다 더욱 심장이 요동쳐 머리털이 다 쭈뼛거리는 아련이었다.

그녀가 긴장한 걸 눈치 챈 국천이 놀리기 시작했다.

"첫 입맞춤이라더니, 진짜였군. 이리 마음을 드러내서야. 수업이 되질 않겠어."

"누… 가 처음이래요! 어머, 내가 아깐 아무 말이나 내뱉은 것인데, 그 말을 믿었어요?"

"후후, 그랬군. 그랬어. 내 특별히 믿어보도록 노력하지."

"노력은 무슨! 당연한 것을! 나처럼 귀하게 자란 사람들은 원래 작은 몸가짐에도 신경 많이 쓰고 그러는 거예요!"

"그럼 누구와 첫. 입. 맞. 춤을 하시었나? 모두가 왕자인 줄 아니까… 여인과?"

"세상에. 이런 대역죄를 짓고도 살아남길 바라시오?"

"무섭고 무섭도다!"

화가 난 아련이 국천을 주먹으로 콩콩 때리며 채근했다. 평범한 연인의 사랑싸움 같은 모습이었다. 그때 후원으로 들어서며 둘을 바라보는 이가 있었으니, 바로 유정이었다.

유정은 국천과 아련의 때 아닌 애정 행각을 보고는 걸음을 멈추고 눈썹을 씰룩였다.

오늘은 칠 일에 한 번, 아련과 유정의 다도가 있는 날이었다. 그 누구의 간섭도 받지 않고 유정과 아련 둘이서만 차를 마시며 일상의 얘기도 나누고, 국정도 자유롭게 논하는, 아련이 가장 좋아하던 시간이었다. 그랬던 아련이 그 시간을 까맣게 잊고 왕자궁의 후원에서 무예 스승이란 작자와 세상에서 가장 행복한 얼굴로 장난을 치고 있었다.

유정은 끓어오르는 분노를 참기 위해 숨을 내쉬고, 또 내쉬었다. 지금 상황에 화를 낸다면 완전한 패배를 자인하는 것이다. 유정은 자신이 이곳에 온 이유를 상기하고, 애써 평정심을 유지하며 다가갔다.

"왕자마마, 소신 여쭐 것이 있어 걸음 하였습니다."

"대승상 오시었소? 무슨 일이오? 아! 맞다. 오늘 대승상과 다도를 하는 날이거늘."

"아닙니다. 근자에 여러 일들이 있었고, 소신과의 다도는 신경 쓰실 일도 아니지요."

아련에게 따뜻한 미소로 대답하는 와중에도 유정은 국천을 흘 긋 보았다. 국천 또한 유정의 눈빛 너머 의심과 불신을 읽을 수 있었다.

"허면 무슨 일이지요? 나를 찾아 온 연유가?"

"여왕 폐하께서 왕자마마를 찾으십니다. 조용히… 하실 말씀이 있으시다고."

아련은 올 것이 왔다고 생각했다. 태양의 아이의 각성과 국천의 일들…. 여왕이 모두 알게 된 것이었다. 아련은 피할 수 없다는 걸 직감하고 고개를 끄덕였다.

"알겠네. 내 금세 채비하고 갈 것이니 그리 알게."

"네, 알겠습니다."

국천을 집요하게 노려보던 시선을 거두고 유정이 후원을 나가 자, 국천이 아련에게 다가갔다.

"괜찮은 것인가? 여왕 폐하의 부름이란 것, 경을 칠 일이 아닌가 말이야."

"걱정 마요. 잔소리로 단련된 수십 년이니."

아련은 너스레를 떨며 여왕에게 갈 준비를 했다. 국천은 괜찮은 척 웃어넘기는 아련을 그저 바라보는 것밖엔 할 수 있는 일이 없었다.

***

아련은 떨리는 마음으로 여왕의 집무실로 들어섰다.

여왕은 계속되는 두통을 진정시키려는 듯 손으로 머리를 꼭 누르고 있었다. 앞에 앉은 아련은 보지도 않고 말을 꺼냈다.

"태양의 각성을 겪었다 들었다. 이 일이 어찌된 것이냐?"

"저도 모르겠습니다. 갑작스레 찾아온 일이라. 경황도 없이… 지나고 나니 예전과 다름없습니다."

"예전과 다름없다니. 이 일이 태국에 얼마나 큰일인지 경중을 따지지 못하는 것이냐!"

"송구하옵게도, 정말 아무것도 모르겠습니다."

"이제부터 너에게 벌어지는 어떤 사소한 일도 내가 몰라선 안 될 것이다."

"그리하겠습니다."

"새로 들인 무예 스승이란 자는 또 뭐고, 어찌 그리 경거망동인 게야?"

"여왕 폐하의 명이라면 모두 따를 것이나, 그것만은 제 뜻대로 할 것이니 통촉하여 주시옵소서."

"…."

여왕이 아련의 눈을 똑바로 쳐다보았다. 한 번도 제 뜻에 토를 단 적 없는 아이가 제 뜻대로 하고 싶은 일이 생겼다니….

"나의 서고에서 가져간 물건이 있지?"

"…알고 계셨습니까? 호기심에 죄를 지었습니다. 벌이라면 달게 받을 것입니다."

"그 단검의 주인을 아느냐?"

"여왕 폐하시지요."

"그 단검의 주인은…."

아련은 여왕의 입을 뚫어져라 보았다. 국천이 쫓고 있고, 자신의 악몽 속에 등장했던 그 단검의 주인은 대체 누구인 것일까.

"흑왕이다."

"…!"

"태양의 아이를 죽이고 이 태국의 평화를 부수려는 사악한 월국의 흑왕이 남기고 간 것이다."

아련의 눈이 터질 듯 커졌다. 자신의 오라비를 죽인 범인이 월국의 왕이었다니!

흑왕이라 하면, 현재 월국의 왕을 말하는 것이었다. 아련의 마음속에서 분노와 복수심이 타올랐다. 지금까지 흐릿하기만 했던 공포의 상처가 다시 벌어져 짓이겨지는 느낌이었다.

흑왕, 결코 용서할 수도 가만히 둘 수도 없는 원수였다. 아련의 눈빛은 끓어오르는 복수심에 형형하게 빛났다.

여왕은 예상한 반응이라는 듯 아련 쪽으로 몸을 숙이며 다가왔다. 그때였다. 인자한 눈빛으로 아련을 바라보는 여왕의 몸 주위에 검은 연기가 피어올랐다. 아련은 놀란 눈으로 여왕을 보았지만 정작 여왕은 어떤 변화도 눈치 채지 못한 것 같았다.

"나의 사랑하는 왕자여, 그대가 받을 충격이 얼마나 깊은지 이해한다. 허나 사악하기 짝이 없는 월국의 흑왕은 피할 수 없는 우리의 적일지니…"

여왕이 말을 이어가는 도중, 아련의 머릿속을 알 수 없는 목소리 하나가 울려댔다.

'거짓말…'

앳된 소년의 목소리였다. 여왕의 귀에는 들리지 않는 듯했다. 하지만 아련은 확신할 수 있었다. 그것은….

'달을 따라 가야해. 태양의 죽음을 피하는 길은 오직 그 길뿐이야.'

죽은 오라비, 아우라의 목소리였다.

아련은 믿을 수 없는 환상에 혼란스러운 마음으로 여왕을 바라봤다. 여왕의 몸 주위로 내뿜어지던 검은 연기는 이제 웃고 있는 눈에서, 코에서, 입에서 모두 흘러나오고 있었다.

여왕이 아련의 손을 잡으려는 듯 팔을 내밀자 여왕의 손에서 나온 검은 연기가 그녀를 찌를 듯이 날카로운 형태를 하고 달려들었다.

아련은 저도 모르게 여왕의 손길을 피했다. 그리고 아련은 보았다. 자신을 보는 여왕의 눈빛에 어린 서늘한 살기를.

"어찌 내 손을 피하는가, 왕자여."

"아니옵니다, 폐하. 갑작스런 충격에 몸과 정신이 온전치 못합니다. 스스로 안정할 수 있도록… 허락하여 주시옵소서."

여왕은 낯설게 구는 아련의 태도가 마땅치 않았지만, 자신의 말이 그녀에게 전했을 충격을 감안해 순순히 보내주었다. 몇 날 며칠 나약하게 울고 난 후, 그때 다시 이야기하면 될 일이었다. 아련이 여왕에게 인사를 하고 나오는 순간까지도 그녀의 머릿속에는 아우라의 간절한 목소리가 울려 퍼졌다.

'달을 따라가! 태양이 감춘 신탁이 그곳에 있어!'

아련이 여왕의 집무실을 완전히 빠져나오자, 그녀를 휘감고 있던 숨 막히는 어둠의 기운이 모두 사라졌다. 아우라의 목소리도 더는 없었다.

아련은 혼이 빠진 사람처럼 무작정 궐 안을 걷기 시작했다. 한참을 걷던 그녀가 벽에라도 부딪힌 듯 멈춰 섰다. 그녀 앞에 서 있는 벽은… 국천이었다.

앞을 보지도 못한 채 걷던 아련이 왕자궁 후원 담장에 부딪히려는 찰나, 국천이 후다닥 그녀 앞을 막아섰던 것이다. 아련은 이마가 국천의 가슴팍에 닿은 후에야 정신을 차리고 그의 얼굴을 올려다봤다.

"쓸모없이 단단하기만 한 머리라 하여도, 돌담과 겨룰 정도는 아니지 않나?"

아련은 대꾸 없이 그대로 다시 국천의 가슴팍에 자신의 머리를 가져다 대었다.

"머리가… 아파요."

"세게 부딪히진 않았는데…. 여기 보시오. 괜찮은 것인가?"

"나… 뭘 해야 하죠?"

"…아무것도 하지 않는 것도 방법일 수 있지."

"아무것도 하지 않는다? 태양의 아이에게 그런 선택지는 없어요."

국천은 제 가슴에 이마를 대고 선 아련의 머리를 가만히 쓰다듬어주었다. 새처럼 작고 여린 여인이 손 안에 있었다. 운명이란 어찌 이리 가혹하여 여린 여인의 삶을 움켜쥐고 놓아줄 줄 모른단 말인가.

아련은 생각하고 또 생각했다. 어릴 적, 쌍생아였던 아우라와 아련 사이에는 작은 비밀이 있었다. 수백 일을 어미의 뱃속에서 함께 했던 때문이었을까, 남들이 말하는 위대한 운명을 타고난 오라비 때문이었을까. 두 사람은 직접 보면서 말하지 않아도 서로에게 마음이 전해질 때가 있었다. 그 능력은 서로 위험하거나 급할 때 더욱 빛을 발했는데, 아우라가 죽고 난 후로는 단 한 번도 그런 현상이 일어나지 않았다.

국천의 품에 얼굴을 묻고 있던 아련이 고개를 들어 국천을 보았다. 무심하고도 흔들림 없는 눈빛을 보던 아련이 참을 수 없다는 듯 입을 열었다.

"지공이라면, 세상 어디도 못 갈 곳이 없겠죠?"

"가고 싶은 곳이라도 있나?"

"네, 꼭. 가야 할 것 같아요."

"어디 말이나 해봐. 무예 수련 차 잠시 다녀올 수도 있으니."

아련의 기운이 더욱 진지해졌다. 마치 결코 꺼내서는 안 될 말을 기어코 뱉기 위해 숨을 고르는 것처럼….

"위대하신 왕자님께서 그리 뜸을 들이는 곳이라니. 태국 천지 그런 데가 있나."

"나… 장벽을 넘어야겠어요."

"…!"

국천은 그 말의 진심을 알 수 없었다. 대관절 그녀는 자신이 하는 말이 무슨 뜻인지 알기나 하는 걸까?

"그게… 대체 무슨 말이오? 장벽을 넘는다니."

"월국에 가봐야겠어요, 꼭."

국천은 할 말을 잃고 아련을 쳐다봤다. 그녀의 꼭 쥔 두 주먹이, 굽힐 줄 모르고 앙 다문 그녀의 입술이 아련의 결심이 확고하다는 걸 증명하고 있었다.

"지공이라면 나를 월국에 데리고 갈 수 있을 것 같아."

"그게… 무슨 소리지. 내가 무슨 수로 장벽을 넘는단 말이야?"

"거짓말! 이제 그만해요. 지금껏 알고 싶지 않아 묻지 않은 것뿐이에요. 처음 만난 순간부터 지금 이 순간까지. 단 하나도 이상치 않은 것이 없는데, 당신은… 태국의 사람이 아니잖아요!"

"…!"

"가짜 왕자로, 태양의 아이로 살아왔던 지금까지는… 그저 하고픈 대로 가고픈 대로 시간이야 흐르면 그만이고, 이리 살다 죽으면 그 뿐이다 생각했어요."

"…"

"그런데, 모든 게 바뀌었어. 죽어도 기억하고 싶지 않은 그날이 생각이 났고, 그날의 오라비가 나더러 달을 따라가라고. 그리고 내 모든 본능이 그 말을 따라야 한다고 해요."

"그대의 기력이 쇠하여 예민한 탓이니 좀 쉬면…"

"나는 알아야겠어요. 지금 내게 벌어지는 이 모든 일들의 시작과 끝을."

아련은 국천이 얼마나 놀랐는지는 안중에도 없다는 듯 거침없이 제 마음을 털어놓았다. 국천은 아련이 하는 말을 귀로 듣고도 믿을 수 없었다. 태양의 아이가, 태국의 왕자가 지금 어디를 가고 싶다고 하는 것인가.

하늘의 기운이 뒤섞여 폭발할 듯한 이때, 각성한 태양의 아이가 달을 보고자 한다. 늑대들의 기운이 갈수록 흉포해지는 가운데 태양 또한 그 어둠을 감지했다. 사실 국천 또한 아련을 월국으로 데려가고 싶다고 여러 번 생각했다. 어떤 위험이 도사리고 있는지 모를 태국을 떠나 온전히 그의 품 안에서 아련을 감춘 채 보살피고 싶었다. 하지만 국천의 마음과는 다른 문제였다.

태국의 왕자이자 태양의 아이인 아련을 마음대로 월국으로 데려간다면, 그 이후에 불어 닥칠 폭풍은 월국의 왕이라도 감당할 수 있는 게 아니었다. 심지어 자신의 알량한 연정이 아련을 더욱 위태롭게 할 수도 있는 일이었다. 신중해야 했다.

"나를 월국에 데려가지 않는다면… 지공 또한 이 태국에서 무사치 못할 거예요. 내 모든 것을 명명백백 밝히어 당신을 해할 수도 있어요."

"겁박이라도 하는 것인가?"

"그러니 내 부탁을 들어줘요."

"내가 할 수 있는 일이 아니래도!"

"도와줘요, 제발!"

쉬이 물러설 여자가 아니었다. 이미 자신을 월국인이라 확신하고 있는 마당에 우겨봐야 끝까지 추궁하려고만 들 것이었다.

"꼭… 가야 하겠는가. 그 길 위에서 어떤 죽음을 만나게 될지 모른대도?"

아련의 눈빛이 반짝 빛났다.

"지공이 나를 처음 만났을 때 했던 말, 기억해요? 지공의 눈앞에서는, 당신의 허락 없이 어떤 사람도 죽지 않는다고 했던 것."

"참 별것을 다 기억하는군."

"하늘마냥 믿고 따를 말은 아니래도, 당신이 나를 살리려 했던 순간의 모든 행동들… 무조건 당신 뒤에 숨지만은 않아요. 내가, 당신을 믿는단 말이에요."

아련의 뺨으로 애써 참았던 눈물 한줄기가 또르르 떨어졌다. 국천은 차마 그 눈물을 닦아주지 못했다. 그녀의 얼굴에 닿을 듯 말 듯 손을 대었다가 이내 주먹을 쥐고 말았다.

자신 앞에 진심을 내보이며 눈물 흘리는 아련. 그녀를 보는 국천의 마음은 요동쳤다. 당장 그녀를 품에 안고 장벽을 넘어 월국의 궁 깊은 곳으로 들어가 버릴 수 있다면…. 자신의 명이라면 목숨도 내던져 지키고 보호할 이들이 있는 월국으로 가버릴 수 있다면… 얼마나 좋을까.

모든 일에는 '다음'이 있어야 했다. 하지만 아련과의 모든 순간에는 다음이란 것이 떠오르질 않았다. 그저 지금, 이 순간뿐이었다. 그것은 국천에게 손대선 안 될 금기의 유혹처럼 느껴졌다.

"분명 지금의 선택에 후회는 없겠지."

"조금도."

국천은 고개를 끄덕였다.

"단단히 준비를 해야 해. 마음의 준비를."

"당연하죠."

"무엇을 보든, 무엇을 듣든, 가장 중요한 것은…."

희망에 찬 아련의 눈빛이 국천의 마음을 꿰뚫는 것만 같았다.

"나를 믿어야 해. 그리하면 그대 앞에 어떤 죽음도 없을 터이니."

"믿어요."

"언제가 좋을까?"

"당장이라도 갈 수 있어요. 하지만 왕자궁 주위의 경계를 오래도록 느슨케 하려면 내가 침소에 들겠다고 하고 한 식경 후 정도면 되겠죠?"

"한 식경 후, 이곳에서 다시 보지."

국천이 아련의 손을 꼭 잡았다. 그리고 그녀를 당겨 품에 안았다. 아련은 앞으로 닥칠 모든 일들에 대한 공포와 불안을 떨쳐내려는 듯 더욱 얼굴을 깊이 묻었다.

***

아련이 침소에 들어간 지 얼마 지나지 않아 왕자궁 후원으로 수상한 인영이 휙 지나갔다. 그는 담장을 넘어 이내 왕자궁을 벗어나더니 빠른 속도로 궁궐을, 숲을 지나쳐 갔다.

한참을 달리던 사내가 멈춰서 궁을 바라보았다. 국천이었다.

"떠날 때가 되었음을 알고는 있었지만, 오늘일 줄이야."

아련이 월국인이 아니냐며 추궁하던 순간, 국천은 자신이 돌아가야 할 때가 왔음을 직감했다. 월국인임을 알면서도 아련이 자신을 숨긴다면 그녀가 감당해야 할 몫이 너무 컸다. 늑대의 왕 이귀를 쫓아온 태국이었지만, 국천의 걸음을 붙든 것은 결국 아련이었다. 어쩌면 이귀의 마수가 아련을 덮치기라도 할까 그것이 가장 두려웠는지도 몰랐다. 하지만 지금은 떠날 때였다.

월국으로 가겠다 저리 결심이 선 아련 곁에서 언제까지 모른 체할 수만은 없으리. 그렇다고 그녀를 월국으로 데려갈 수도 없었다. 단 한순간의 앞일도 가늠할 수 없는 어둠 속으로 그녀를 데려가는 것은 너무 무모했다. 국천은 사람들의 눈을 피해 장벽을 향해 계속해서 달렸다. 최대한 빨리 사라지면 그만이리라…. 끝없이 스스로를 다독이면서.

장벽에 다다른 국천은 넘어왔던 틈을 찾아 벽을 더듬었다. 월국에서는 쉽게 찾을 수 있는 자리였지만 태국에서는 항상 헤매기 일쑤였다. 잠시 동안 장벽을 따라 걷던 국천은 자신의 손이 반응하는 틈의 장소를 찾아냈다. 국천이 벽에 손을 가만히 대자, 벽이 갈라지며 시커먼 어둠이 그 모습을 드러내었다.

참으로 오랜만에 보는 듯한 월국의 밤이었다. 국천이 못내 아쉬운 듯… 다시 한 번 태국 하늘에 뜬 태양을 올려보려다 이내 시선을 거두었다. 본래 태양이란 것은 인간이 그를 똑바로 쳐다보지 못하도록 그 도도함을 내뿜지 않던가. 왠지 피식, 웃음이 났다.

국천이 틈 사이로 몸을 집어넣으려는 찰나, 어디선가 날아온 돌맹이가 딱! 하고 국천의 뒤통수를 때렸다.

"세상에 믿을 놈 없지!"

깜짝 놀라 돌아본 자리엔… 아련이 서 있었다. 어미를 잃고 헤매다 다시 찾은 어린아이 같은 얼굴이었다. 눈물은 그렁그렁 하면서도, 주체 안 되는 심술이 비죽거리며 튀어나왔다.

"어떻게 여길….."

"어떻게에? 내가 애초에 당신 같은 거짓말쟁이를 믿을 줄 알고? 아주 사람을 쫄로 봤어!"

아련이 멧돼지처럼 씩씩거리며 성큼성큼 국천에게 다가왔다. 성이 바짝 난 기세에 눌려 국천은 움찔거리며 물러섰다. 아련은 화가 나 어쩔 줄 모르면서도, 국천이 벌려놓은 틈을 보고는 적잖이 놀라는 눈치였다.

"돌아가시지. 그대가 따라올 수 있는 곳이 아니야. 지금 본 것은 잊고 돌아가, 제발."

"참나, 아까는 뭐 다 지켜주고 데려가고 할 것 같더니! 지금 내가 돌아갈 것처럼 보여요?"

"물론 지금의 그대는… 딱 정신줄을 놓은 것이 지옥불이라도 뛰어들 태세군."

"알면 됐네! 가요, 빨리."

하지만 국천은 아련의 말을 들어줄 수 없었다. 이 틈은 국천만이 열고 닫을 수 있었으며, 국천이 아니고는 그 누구도 들어 갈 수 없는 신묘한 틈이었다. 물론 국천도 그 이유와 사정은 알지 못했지만.

그때, 아련이 느닷없이 열린 틈 속으로 쏙 들어가 버렸다.

"뭐하는 거야!"

국천은 자신 아닌 다른 이가 장벽의 틈 안으로 들어가는 것이 가능하단 사실에 크게 놀랐다. 대체 이것이 무슨 조화인가. 하지만 국천이 생각을 정리할 겨를도 없이 장벽의 틈이 점점 좁아졌다. 국천도 일단은 장벽을 넘어가야 했다. 국천까지 장벽을 넘어가자, 틈은 완전히 닫혔다. 장벽 하나를 넘었을 뿐인데, 그 너머의 월국은 온통 어둠뿐이었다.

게다가 하늘엔 반 토막 난 하얀 달만이 그 여린 빛을 발하고 있었으니, 갑작스런 어둠에 아련은 한 발짝을 움직이기도 어려웠다.

어둠에 적응하지 못한 아련이 이리저리 찧고 부딪히며 난리를 부리자 국천이 그녀를 휙 잡아 안았다.

"눈을 감고 잠시만 가만히 있어. 금방 적응될 것이니."

우격다짐으로 따라왔지만, 갑작스레 앞이 보이지 않을 정도의 어둠을 마주하자 겁이 나는 것은 어쩔 수 없었다. 그녀는 국천의 말대로 눈을 감고 가만히 주위를 경계하며 자리에 앉았다. 꼭 잡은 국천의 손은 놓지 않은 채로.

월국(月國)

국천은 아이처럼 자신의 손만 믿고 어둠 속에 앉은 아련을 보며 큰 한숨을 내쉬었다.

이미 벌어진 일이었다. 이제 국천은 이 춥고, 어둡고, 척박한 월국에서 그녀가 믿고 의지할 단 한 사람이었다.

"결국 이리 되었군. 신의 뜻이라기엔 가혹하고, 나의 바람이라기엔 분에 넘치는⋯. 이 일을 어찌하면 좋은가."

아련이 여전히 눈을 감은 채 국천에게 말했다.

"사내가 발을 떼었으면 그뿐이지, 멋있는 척은. 일단 지공네 집으로 가죠."

국천의 집? 국천은 나오는 웃음을 참을 수가 없었다. 대체 이 여인은 배포가 큰 것인지 겁이 없는 것인지⋯.

"그래, 가보지. 이 몸의 집으로. 너무 놀라지는 말길 바라겠어."

사방이 어둑하여 생기가 없는 월국을 처음 본 아련은 모든 것이 신기하고, 한편으론 두려웠다. 다행히 국천과 아련이 월국에 온 시간은 월국의 '낮'이었다. 하늘에 뜬 달이 가장 크게 보이는 시간, 월국인들은 이 시간 동안 삶을 일구었고, 달이 멀어져 작게 보이는 '밤'에는 칠흑 같은 어둠을 피해 몸을 숨겼다. 하지만 낮이라고 해봐야 태국의 내리쬐는 햇빛과는 비교도 할 수 없는 여리고 느린 빛의 시간이었다.

아련은 앞서 걷는 국천의 뒷모습을 보며 그를 놓치지 않기 위해 악착같이 뒤를 쫓았다.

국천 또한 뒤따라오는 아련이 돌부리에라도 채일까 끊임없이 돌아보며 그녀의 걸음을 확인하고, 또 확인했다.

태국의 울창한 숲과 비교한다면 월국의 나무들은 키가 작고 잎도 얇았으며 흔한 꽃이나 과실하나 붙은 것이 없었다. 게다가 멀리서 간간히 들려오는 늑대들의 울음소리는 흑산의 스산함을 더욱 배가시켰다.

"무섭지도 않은가? 태어나 처음 보는 어둠일진데."

아련의 눈에 어린 불안과 두려움을 읽었기에 국천이 배려하려 건넨 말이었다.

"보일 건 다 보이는 걸요, 뭐. 매일 침소에서 눈 감으면 사방 천지 이보다 훨씬 깜깜한 걸요. 날 너무 띄엄띄엄 보는 경향이 있어요?"

"허세 부릴 기운 있는 걸 보아 하니 아직 멀었군. 이곳에 적응하려면…."

"꺅!"

별안간 아련이 다람쥐처럼 뛰어올라 국천의 등에 업히듯 매달렸다. 바위 옆으로 슥, 뱀 한 마리가 지나갔다. 국천은 얼떨결에 아련을 등에 업고 말았다.

"뭐가, 방금 뭐가 지나갔어요!"

"뱀, 처음 보나?"

"뱀이었어요? 잘 안 보여서…. 나 원래 뱀도 막 구워먹고 그러는데!"

"뱀이 아니라 무엇이든 잡아먹을 그대의 용맹함은 말하지 않아도 알지."

국천이 아련을 등에 업은 채 웃었다.

"보이지 않으면… 팔랑이는 잎사귀 한 장도 내 목을 겨눈 검처럼 무서운 것이 되곤 해."

"월국의 사람들은 어찌 사나 몰라요. 쩽하게 뵈는 것이 하나 없는데."

"다 살지. 살지 않고는 방도가 없는데."

"그야…."

"헌데 계속 그렇게 매달려 있을 셈인가? 보기보다 무게가 나가는데…."

놀란 아련이 국천의 등에서 내려오려 몸을 바둥거렸다. 국천은 아련을 내려주지 않고 업은 팔에 바짝 힘을 주었다.

"흑산을 벗어날 때까지만, 특별히 모시지."

"무겁다고 구박 줄 땐 언제고!"

"무거운 것은 사실이야. 뼈가 통뼈인가, 내장이 실한 것인가?"

"내려줘요, 빨리!"

국천은 아련의 발버둥을 모른 체하며 성큼성큼 걸음을 옮겼다.

어둠 속에서 실은 한 걸음 떼기도 힘겨웠던 아련은 그의 목덜미를 세게 끌어안는 것으로 소심한 복수를 할 뿐, 오히려 등에 자신의 몸을 맡겼다. 아련을 업은 국천은 따로 걸을 때보다 훨씬 빠른 속도로 산을 내려가기 시작했다. 아련은 그제야 그가 자신의 걸음에 맞춰 얼마나 천천히 걸었던 것인지 깨달았다. 참으로 알다가도 모를 사내였다. 고운 말로 달래주면 좋을 것 같은 순간에는 늘 놀리기만 하고, 그러다가도 어느 때는 세상에서 가장 든든한 모습으로 아련을 지켜주는 사내이니 말이다.

국천이 흑산을 거의 다 내려왔을 즈음이었다. 국천의 이마에 송글송글 맺힌 땀을 보고 아련이 그의 땀을 소매로 슥 닦아주며 말했다.

"내가 본래 보기보다 내실이 있긴 하지만 뭐 이렇게 땀까지 뻘뻘 흘려…. 내려줘요, 그냥."

"다 왔으니 입 좀 다물지."

국천의 등에 업힌 아련이 아무렇지 않게 툭 뱉은 말이었다.

"나… 월국의 왕, 흑왕을 만나고 싶어요."

국천이 순간 걸음을 우뚝 멈췄다. 자신의 귀를 의심했다. 아련이 지금 누구를 만난다고 한 것인가. 그는 멈춰 선 채로 아련의 다음 말을 기다렸다.

"말도 안 되는 소리라고 여길 수도 있지만, 내가 월국에 온 이유예요. 흑왕을 만나 들어야 할 이야기가 있어요."

"너무 본인의 위주로 세상을 보는 것 아닌가. 일국의 왕을 그리 쉽게 만날 수 있는 줄 알아?"

"신수를 통해 서신이라도 보내고 싶었지만, 나는 그리할 수 없으니…."

"흑왕을 만나서 하고 싶은 이야기라는 것이… 뭐지?"

"…."

국천의 등에 업힌 아련의 온기가 그의 심장을 후비는 날카로운 검처럼 느껴졌다. 그녀가 하려는 말의 무게가 그로 하여금 한 걸음도 뗄 수 없게 하는 커다란 바위처럼 느껴졌다.

그는 그녀를 업은 채로 마치 두 발이 땅 속에 뿌리를 내리기라도 한 것처럼 멍하니 서서 다음 말을 기다리고 있었다. 국천의 떨림을 느꼈는지, 아련은 그의 목덜미를 더욱 세게 끌어안으며 깊게 숨을 내쉬었다.

하얗게 뜬 달빛이 한 그루 나무처럼 서 있는 두 사람의 등을 비추고 있었다. 몽롱한 달빛 때문이었을까. 파르르 떨리는 아련의 목소리가 국천의 정신을 아득하게 만들었다.

"나는, 진실을 알아야만 해요. 흑왕이… 정말 나의 오라비를 죽인 원수인지."

목덜미를 끌어안은 아련의 목소리는 떨리고 있었지만, 그녀의 마음만은 그 어느 때보다 확고했다.

"그 단검…. 오라비 아우라를 죽인 그 검에 대해서, 그리고 그날의 진실에 대해서… 흑왕을 만나야 알 수 있을 것 같아요."

"태양의 아이를 만난 흑왕이… 어찌 나올 줄 알고. 그대의 적일지도 모르지 않나?"

"그럴지도 모르죠. 하지만 나 똑똑히 듣고, 분명히 느꼈어요. 오라비의 음성을. 나는… 흑왕을 만나야 해요."

"정말 책임감이라곤 없군. 이리 몰래 온 월국에서 죽기라도 하면 어쩔 것인가. 이대로 태양의 아이가 증발해버린 대도 괜찮은 건가?"

"띄엄띄엄 보지 말래도! 헛소리 같아도 방책이 따로 있으니 걱정 마셔요."

국천은 부러 퉁퉁거리는 말로 자신의 마음을 다잡아보려 애썼다. 흑왕을 만나려는 아련을 어찌해야 할지 어지러울 뿐이었다.

"퍽이나 믿음이 가는군."

같은 시각, 태궁의 왕자궁 일각에서는 단심이 불안한 듯 구석에 앉아 떨고 있었다.

그녀의 손에는 아련이 주고 간 서신이 잘 봉해진 채 들려 있었다. 봉투 겉면에 '대승상'이라고 쓰인 서신이었다.

단심은 이내 봉투를 품에 넣고는 하늘을 올려다보며 깊은 한숨을 쉬었다.

국천은 고민했다. 이 월국에서 그는 아련의 무예 스승 지국천이어야 하는가, 그녀가 반드시 만나야 한다는 흑왕이어야 하는가.

국천은 멀리 보이는 두 갈래의 길을 바라보았다. 왼편으로 간다면 월궁으로 갈 것이고, 오른편으로 간다면 대장군 한울의 사가로 갈 것이었다. 한울의 사가라면, 잠시 국천과 아련이 몸을 피할 수 있는 좋은 장소가 될 수 있었다. 산을 다 내려온 국천은 아련을 땅에 내려주었다.

아련의 눈빛은 여전히 맑고, 단단했다. 그녀는 자신의 말이 국천에게 어떤 무게를 지웠는지도 모르고, 그의 옷깃을 잡으며 따스하게 말했다.

"지공이 월국의 백성이라 하나, 모든 것을 다 해줄 필요는 없어요. 그저 말할 곳이 지공뿐이라 그리했던 것일 뿐. 지금부터 벌어지는 모든 일들은 다 내 탓이니 걱정 말아요. 나 혼자서도 할 수 있고, 갈 수 있어요."

"뱀 한 마리에도 벌벌 떨면서 무엇을 혼자 할 수 있다고."

"인간은 본래 적응의 동물! 지금도 봐요! 나 이제 앞도 보이고 옆도 보이고 그래요. 내 눈이 이제 월국에 맞춰진 거죠!"

국천은 직진밖에 없는 아련과 함께 있다 보니 자신도 이상해지는 것만 같았다.

"이 길로 가지."

국천이 앞장서자 아련이 얼른 그의 뒤를 따랐다.

두 사람은 아무 말 없이 길게 뻗은 길을 따라 걷기 시작했다. 외진 골목까지도 복작거리는 태국과는 달리 작은 짐승의 기척마저 없는 고요한 길이었다.

국천은 혹시 모를 대면을 피하기 위해 더욱 인적 없는 길로만 아련을 안내했다. 월국의 수도 무양은 들끓는 좀도둑들과 무뢰배들로 항상 치안이 좋지 않았다. 농사를 짓기 어려운 월국의 특성상 수렵과 채취로 먹고 사는 월국의 백성들에게 추위와 굶주림은 그들을 너무 쉽게 거리로 내몰았다.

한참을 걷던 국천은 드디어 목적지에 다다른 듯 멈춰 섰다.

아련은 국천이 올려다보는 담장을 함께 보았다. 나무를 대충 엮어 지은 민가들과는 확연히 다르게 높이 선 담장과 웅장한 풍채가 스스로 냉기를 뿜는 듯했다. 궁궐이었다.

아련이 국천과 궁을 번갈아보며 큰 눈을 깜박이고만 있자, 국천이 그녀를 잡아끌었다.

"어느 궁이나 비밀문은 있는 법이지. 그대의 것처럼 개나 지나갈 구멍이 아니라."

"무슨 소리예요? 지금 우리 월궁에 온 거예요? 사람 참 성격 급해. 아무리 그래도⋯."

국천은 아련의 입에 손가락을 가져다 대며 조용히 하라는 신호를 주었다. 그리고 길게 뻗은 담장을 돌아갔다. 국천이 손으로 돌 하나를 밀자 스르륵 하고 틈이 벌어졌다. 주위의 담과 똑같이 생겼으나 국천만이 아는 은밀한 문이었다.

국천이 먼저 안으로 들어가 아련에게 손짓을 했다. 하지만 아련은 선뜻 담 안으로 들어가질 못했다.

"이제야 제정신이 드는 건가?"

"이래도⋯ 되는 거예요?"

"이래도 되는 일을 따지기엔 너무 멀리 왔지, 우리가."

국천이 아련을 확 잡아당겨 안으로 그녀를 들였다.

담장의 비밀 문이 닫히자 아련은 경계하듯 주위를 살폈다. 태국의 궁이 총천연색의 푸른 정원 같다면, 월궁은 모든 것에 생기가 빠진 무채색의 사막 같았다. 하지만 흐트러짐 없이 각을 맞춰 서 있는 건물들과 구조물들은 왕실의 위엄을 내보이기에 충분한 규모와 위용을 자랑했다.

"준비는 되었으리라 믿지."

"또 무슨 준비요?"

"월국의 왕을 만날 준비."

"그거라면 내가 아직 정리가…."

"애초에 정리가 되지 않아, 그대는."

국천은 아련을 데리고 바로 옆, 작은 당으로 들어갔다. 바깥이나 안이나 어둡기는 매한가지였으나 그래도 당 안에는 초롱 몇 개가 켜져 있어 시야 분간은 가능할 정도였다.

"이곳에서 잠시만 있도록 해. 아무도 오지 않을 곳이니 겁먹을 것 없어."

"어디 가게요? 미쳤어! 날 여기 혼자 두고?"

"잠시면 돼. 괜히 방정을 부려 일 만들지 말고."

국천은 아련을 억지로 앉히고는 방문을 열고 나가버렸다.

순식간에 벌어진 일에 아련은 입도 못 다물고 방 안에 꼼짝 없이 갇힌 신세가 되어버렸다. 기가 막히고 코가 막히고 눈도 막히고 온몸에 구멍이 싹 막혀 죽을 것 같은 기분이었다. 지금이라도 쫓아나가 소리라도 질러버릴까 싶었지만 무슨 일이 일어날지 몰랐다.

"내가 미쳤지, 돌았지! 천하에 바보, 멍충이, 모지리였지. 어쩌자고 월궁에 와, 월궁엘…!"

아련이 자책하느라 머리를 쥐 뜯고 있던 그때, 국천은 서둘러 왕의 침소이자 자신의 방으로 갔다. 와병 중이라던 왕이 침소 주변으로 걸어오자 모든 궁인들이 놀라 엎드렸다.

"놀랄 것들 없다. 내 잠시 산보를 하였으니. 대장군 한울을 들라 하라. 그리고 시무복(왕이 근무 시에 입던 정복)도 준비하거라."

"명 받들겠사옵니다."

"시무복은 내 가장 아끼는 짙은 청색으로."

갑작스런 국천의 하명에 궁녀들의 걸음이 분주해졌다. 국천은 내전에 들어 자신이 비워두었던 방 안을 둘러보며 살폈다. 얼마 되지도 않은 것 같은데, 반듯하고 귀하게 정리되어 있는 침소가 어색하게 느껴지기까지 했다.

국천이 돌아온 것을 안 한울이 부리나케 내전에 들었다.

두 사람은 탈 없는 재회에 서로를 와락 부둥켜안았다.

한울은 혹 궁인들이 격조 없는 두 사람을 볼까 금세 국천 앞에 무릎을 꿇고 앉았다. 괜찮다는 듯 국천이 손짓을 하며 말했다.

"편하게 하지, 오늘은."

"어찌된 건가. 별 탈은 없었고? 소식을 전할 길 없어 답답해 죽는 줄 알았네."

"미안하게 됐네. 나는 자네만 믿고 걱정도 없이 지냈는걸."

"태국에 다녀오더니 없던 농이 다 생겼어."

"허허, 그런가?"

한울은 국천이 어딘지 변했음을 느꼈다. 유일한 벗인 자신에게 조차 함부로 보인 적 없는 웃음이었다. 뭔가 할 말이 있는 듯해 한 울은 다음 말을 기다렸다.

"긴히 부탁할 일이 있네."

"뜸들일 것 있나? 말을 하시게."

한울을 바라보던 국천의 얼굴에 또 다시 미소가 피어났다. 한울 은 국천이 태국에서 머리를 다치기라도 한 것은 아닌지 걱정이 되 었다.

"전하, 시무복 대령하였습니다."

"들도록 하라."

갑작스레 궁녀가 등장하자 놀란 한울이 의중을 몰라 물었다.

"신료회의라도 하려는 것인가. 잠시 숨이라도 돌리는 편이 어떠 한가?"

"아닐세. 회의는 나중에 하고. 내 먼저 들를 곳이 있어서."

국천은 궁녀들이 가지고 들어온 청색의 시무복을 급하게 입기 시작했다.

"대장군 보기에 어떠한가? 대왕의 위엄과 기품이 옷감을 타고 흐를 정도는 되어야 하는데."

"…?"

국천이 또 웃었다. 한울은 국천의 행동 어느 것도 이해할 수가 없다는 듯 그저 바라만 볼 뿐이었다.

***

금방 온다던 국천을 기다리며 아련은 몸이 닳아 죽을 지경이었다. 이대로 월궁의 군사들에게 추포되기라도 한다면…. 상상만으로도 끔찍한 일이었다. 정말 국천이 월국의 세작이라도 되는 건 아닐까? 만약 그렇다면 죽어서 귀신이 된다 해도 끝까지 들러붙어 저주를 퍼부으리라, 다짐하고 또 다짐했다.

온갖 상상은 걱정이 되고, 걱정은 불안이 되어 아련을 더욱 미치게 했다. 더는 가만히 있을 수가 없었다. 제 몸은 스스로 지켜야 한다는 결심으로 닫혀 있는 문을 슬쩍 열고 바깥으로 고개를 내밀었다. 다행히 주위엔 아무도 없었다. 국천의 말대로 사람들이 오가는 곳은 아닌 듯했다.

아련은 조금씩 몸을 바깥으로 내었다. 완전히 밖으로 나온 아련은 주위를 살피며 움직이기 시작했다. 몸을 숨길 만한 나무나 수풀도 없는 월궁에서 아련은 부뚜막에 오르는 고양이처럼 살금살금 걸음을 옮겼다. 그때였다. 일각에서 궁녀 두어 명이 분주하게 자신이 있는 쪽으로 걸어오는 것이 아닌가. 숨을 만한 장소도 갖다 붙일 핑계도 전무했다.

아련이 다시 당 안으로 들어가려는 찰나, 궁녀들이 그녀의 모습을 먼저 보고 말았다.

"누구시오!"

아련은 몸을 숨기지 못 한 채 그 자리에 굳어버렸다. 아련의 낯선 행색을 본 궁녀 하나가 크게 소리를 지르기 시작했다.

"침입자다! 무월신의 사당에 침입자가 있소!"

궁녀들이 소리를 지르자 근처에 있던 군사들이 몰려들어 아련을 에워쌌다. 군사들은 순식간에 아련을 무릎 꿇려 포박했다.

"침입자가 맞긴 하네만, 내 사정이 있기는 한데…."

아련은 자신의 변명이 스스로도 어이가 없었다. 꼼짝없이 사달이 나겠다 생각하던 그 순간!

"웬 소란이더냐!"

먼저 모습을 드러낸 자는 대장군 한울이었다.

한울이 나타나자 궁녀와 군사들이 모두 행동을 멈추고 머리를 조아렸다. 군사 중 하나가 아련을 거칠게 밀며 상황을 고했다.

"무월신의 사당에 낯선 자가 침입하였다기에 추포하였습니다."

아련은 애처로운 눈빛으로 한울을 올려다보았다. 혹시… 이자가 흑왕?

아련은 자신을 옭아맨 포승줄도 잊은 채 한울을 더 가까이 보려 몸부림쳤다.

아련이 움직이자 군사가 그녀의 머리를 억지로 숙이게 하려 뒤통수를 밀어붙였다.

"그만!"

어둠 속에서 울리는 목소리에 모두가 얼어붙었다. 한울마저 고개를 조아리고 어둠 속을 향해 무릎을 꿇었다. 서 있던 모든 자들도 바닥에 엎드려 머리를 땅에 대었다.

아련 또한 차마 고개를 못 들고 자신에게 닥친 상황의 경중을 파악하느라 정신이 없었다.

"방정맞기 짝이 없는 죄인은 고개를 들라."

아련의 등줄기로 소름이 죽 돋아 올랐다. 이 목소리는….

"어찌 사람의 말을 그리 믿지 못하고. 쯧쯧, 잠시만 눈을 떼어도 이리 문제, 저리 문제, 문제투성이로군."

국천이었다. 화려하지 않지만 기품 있는, 귀태가 흐르는 왕의 모습을 한 흑왕 지국천이었다.

아련은 고개를 들어 그를 보았다. 공중에서 부딪힌 두 사람의 시선에 시간도 멈춘 듯했다.

"이게 대체 어떻게…."

국천이 다가가 포승줄을 풀어주는 동안에도 아련은 여전히 넋이 나간 사람처럼 국천을 이리저리 보기만 할 뿐이었다. 국천이 일어나라는 듯 손을 내밀었다. 언제나처럼.

아련에게 내민 국천의 차갑고 커다란 손에, 아련의 눈빛이 쉴 새 없이 떨려왔다. 심장이 터질 듯 뛰었다. 참을 수 없는 배신감이 밀려왔다.

지금껏 국천은 자신을 속여 왔다. 모든 게 태국의 왕족인 저를 월국으로 끌어내기 위한 수작이었을까? 아니, 솔직히 따지자면 스스로 맹수의 아가리 속으로 뛰어든 것이 맞았다. 아련은 미웠던 자신이 너무도 한심해 보였다. 아련이 국천을 죽일 듯 노려보자, 그가 몸을 숙여 속삭였다.

"그리 쳐다보지 않아도, 그대의 분기가 이 몸을 태워 버릴 지경임을 알고 있으니. 일단은 나와 함께 가도록 하지. 오해는… 풀어야지 않겠나."

국천은 바닥에 엎드린 궁녀들과 군사들에게 명했다.

"궁 안의 수상한 자를 경계하고 방심치 않는 그대들의 충심이 있어 월국의 안위가 지켜지는 바, 그 노고를 치하한다. 허나 이자는 대왕의 증명으로 추호도 의심할 바 없으니 안심하고 돌아가도록 하라."

궁녀들과 군사들이 모두 돌아가고, 대장군 한울만이 남았다. 그는 정중하게 아련에게 목례를 하며 그녀를 일으켜 세워줬다.

아련은 한울의 도움 따위 필요 없다는 듯 그의 손을 팩 쳐내고는 툭툭 털며 일어섰다. 한울이 어찌할 바를 모르고 국천의 눈치를 살피자 국천은 괜찮다는 듯 손짓했다.

"날 속였어."

아련의 눈빛에 서린 것은 증오나 분노가 아니었다. 그것은 국천에 대한 배신감이었다.

국천이 조심스레 아련에게 다가섰다. 아련은 한 발짝도 가까워지고 싶지 않다는 듯, 그의 걸음에 맞춰 뒷걸음질 쳤다. 그가 다가가면, 그녀는 멀어졌다.

국천은 그녀가 미처 물러설 틈도 없이 성큼성큼 다가가 손목을 잡아버렸다. 더는 멀어지지 말라는 협박이나 다름없었다. 아련은 팔목을 잡힌 채로 그의 얼굴을 빤히 바라볼 뿐이었다.

분을 참지 못해 바들거리는 아련과 달리 국천의 얼굴은 오히려 평온했다. 그녀의 반응을 예상 못한 게 아니었기에, 국천은 그녀의 마음을 차분히 살피려 노력하는 것이었다.

팽팽하게 당겨진 국천의 손아귀에 힘이 들어갔다. 아련이 아무리 화를 내고, 자신을 탓한다고 해도 놓아줄 생각 따위는 없는 것만 같았다.

***

국천과 아련 사이에 어색한 공기가 흘렀다. 끼어들 틈만 보던한울이 조심스레 말을 꺼냈다.

"허면… 이 여인의 새 의복을 준비토록 하고, 내전 깊은 곳에 처소를 마련토록 하겠습니다."

한울은 국천을 통해 아련이 태국에서 온 여인이라는 사실은 알았지만, 그녀의 진짜 정체는 알지 못했다. 그저 '모태홀로'인 주군이 데려온 관심 있는 여인 정도로만 짐작할 뿐이었다. 한울이 아련을 위아래로 슥 훑어보고 자리를 피하자 무월신의 사당 앞에는국천과 아련, 두 사람만 남았다.

국천이 아련의 팔목을 잡아왔다. 아련은 여전히 불같이 들끓는감정을 어찌할 바 모르고 부들부들 떨었다. 그녀는 손을 세차게뿌리치며 그를 노려보았다.

"할 이야기가 많소. 다만 장소와 상황이 좋지 않으니, 나의 처소로 들지."

"처소? 하! 지금 나보고 왕의 처소로 들라 이거예요? 내가 대체지공, 아니 흑왕 전하의 시커먼 속내를 어찌 믿고?"

"아니, 나 또한 그대의 침소도 들락거렸는데…."

"그거랑은 다르죠! 당신은 나를 기만하고 농락했어요. 내 모든 걸 알고도 뻔뻔하게… 내 곁에 붙어 있던 이유가 뭐죠? 태국의 왕족을 염탐하여 당신이 얻으려는 것이 뭐였냐고요!"

국천이 흥분한 아련의 양 어깨를 확 잡으며 그녀에게 얼굴을 들이댔다. 오직 국천의 눈빛만이 시야에 가득하도록, 다른 어떤 것은 듣지도 보지도 말라는 듯이.

"거짓말은… 내 입이 여러 개라도 모두 모아 사과할 일이요. 허나 그 거짓말의 목적은 당신에 대한 기만도 농락도 아니었소."

"또 거짓말."

"기억하오? 당신을 배신하지 않겠다는 그 말… 내 모든 것을 걸고라도 지킬 각오였어."

국천의 흔들림 없는 진심이 느껴졌다. 좀 전까지 부들부들 떨었던 아련의 눈에는 물색없이도 자꾸 눈물이 차올랐다. 울면 안 되는데, 울면 지는 건데…. 아무리 참으려 해도 흐르는 눈물을 막을 길이 없었다. 국천을 믿고 싶은 마음을 막을 길이 없었다.

"내 처소가 불편하다면, 이곳 사당은 어떻소? 진양신(태국의 유일신)의 사당이 그러하듯 무월신(월국의 유일신)의 사당 또한 왕에게만 허락된 곳이니, 잠시 들어갑시다."

국천이 사당 쪽으로 몸을 돌려 그녀에게 안내하듯 손을 뻗었다. 그러나 아련은 국천의 손을 무시하고 사당 안으로 들어갔다. 그녀의 냉랭함에 국천은 쓸쓸한 눈빛으로 그녀를 뒤따랐다.

사당 안은 아련이 숨어 있던 작은 방을 비롯해 여러 개의 방이 연결 되어 있는 구조로, 가장 큰 방에는 무월신을 모시는 제단이 있었다.

제단 위에는 흑석으로 조각된 무월신의 상이 놓여 있었다. 국천과 아련은 작은 탁자와 함께 여러 종류의 찻잎과 다기가 정갈하게 정돈된 방 안으로 들어갔다.

아련이 앉자 국천은 그녀를 위해 차를 내주었다.

차를 끓이기 위해 국천이 켠 호롱불의 기름 냄새와 처음 맡아본 월국의 찻잎 내음이 섞여 방 안은 더욱 묘한 분위기가 흘렀다. 국천이 먼저 차를 마시며 아련을 보았다.

"긴장을 풀어주고 분노를 가라앉히는 차이니, 마시면 도움이 될 것이오."

아련은 대구 없이 차를 한 모금 마셨다. 태국에서 즐기던 풀 내음 가득한 차가 아니라 뭔가 마른 나뭇가지의 쌉싸름함이 강하게 느껴지는 차였다. 처음 접하는 맛이지만 매력이 있었다.

"그대가 얘기했던 그 단검은, 나의 아버지이자 월국 선왕의 검이오."

"…!"

"월국 흑산의 늑대들에 대해 들어본 일이 있소?"

"…아니요."

"본래 흑산을 지배하고 살던 최상위의 포식자들이었으나, 언제부턴가 그들에게 사특한 힘이 생겼고, 무리 중 우두머리였던 늑대가 그 힘을 이용해 결코 넘보아선 안 될 것을 넘보고야 말았지."

"그게 뭔데요."

"인간. 그들은 인간이 되고자 했소."

"지금 그게… 말이 된다고 생각해요? 늑대가 인간이 되다니."

"태국에 성행한다는 광증의 정체가 그것이오. 광증에 걸린 자들은 모두 늑대에게 '인간의 삶'을 빼앗긴 자들이지."

"어떻게 그런…."

아련의 얼굴에 놀라움과 두려움이 동시에 비쳤다.

"그들은 태국의 태양과 숙주가 될 인간이 있으면 자신들도 인간이 될 수 있다는 것을 알게 되었고, 인간이 되기 위해 흑산을 떠나 태국으로 향했지."

"말도 안 돼…."

"믿을 수 없겠지만 모두 사실이오. 그 중 가장 큰 힘을 가진 늑대의 왕 이귀는 장벽을 넘지 못하게 막는 월국의 왕, 나의 아버지를 무참히 살해하고는 마치 전리품을 챙기듯 그 단검을 가지고 홀연히 장벽을 넘어 사라졌소. 그게 십이 년 전의 일이지."

십이 년 전이라 하면… 아련의 오라비이자 태국의 왕자 아우라가 죽던 해였다.

그렇다면 아우라를 죽이고 태국의 왕실을 송두리째 뒤집어 놓은 자 또한 늑대의 왕 이귀인 것일까? 아련의 머릿속이 복잡해졌다.

"그들이 원하는 것은, 태국과 월국 모두를 손아귀에 넣어 온 세상을 지배하려는 것이지."

"어찌 그들이 장벽을 넘을 수 있었단 말이에요? 혹시 당신이 가진 그 힘처럼 장벽의 틈새를 벌릴 힘이 그들에게도 있는 건가요?"

"정확한 내막까지는 나도 몰라. 나는 내 아비의 원수와 이 세상을 어지럽히려는 늑대들을 쫓아가려 했던 것일 뿐."

아련은 모든 것이 두려워졌다. 아우라가 죽던 날의 꿈을 꾸었을 때, 그녀는 분명히 보았다. 아우라를 죽이던 검은 옷 사내의 손에 돋아나 있던 검은 털들을.

그 사내는 정말 늑대의 왕 이귀였던 것일까? 태국의 백성들을 위협하는 광증의 정체가 정말 늑대들의 공격이었던 것일까? 아련은 국천에게 자신이 가진 패를 보이지 않으면 안 될 때라는 걸 확신했다.

"태양의 죽음을 막을… 신탁을 찾아야 해요. 이 월국에서."

"…신탁이라. 월국에도 오래도록 내려오는 신탁들이 있긴 하지만. 태양에 관한 것이라면, 태국이 아니고 왜 월국에?"

"나도 몰라요. 여왕 폐하를 알현했을 때, 내게만 들리는 오라비의 음성이 알려주었을 뿐."

그때 국천의 머릿속을 스치는 기억이 있었다. 과거 국천의 아버지가 이야기했던 진양신과 무월신 그 모든 것을 아우르는 존재, '천제'에 대하여. 그리고 천제께서 월국을 향해 내렸다던 비밀스런 신탁들에 대하여.

"확실치는 않아도 내 보여줄 곳이 있을 것 같긴 한데."

"어딘데요? 뭔데요?"

국천은 아련을 빤히 보았다. 서로 모든 것을 온전히 털어놓은 이 순간부터 두 사람은 완벽하게 한 배를 탄 동지가 되어야 했다. 그 배가 어떤 풍랑을 만날지, 어떤 위험을 만날지는 감히 짐작조차 가질 않았다.

"괜찮겠나? 태국의 궁 안에서 모두의 비호를 받으며 살던 때와는 전혀 다른 일들이 펼쳐질지도 모르는데."

"당신의 말이 모두 사실이라면, 그것은 태국의 존망이 걸린 일이기도 하지요. 더욱 물러날 수 없어요."

"나를 믿는다는 말로 받아들여도… 되겠지?"

아련이 국천을 노려보았다. 어찌 믿지 않을 수 있는가. 지금 이 순간, 그녀가 믿을 것이라곤 오직 국천뿐인데. 그에 대한 미움과 배신감은 믿음과는 다른 문제였다. 아련이 국천을 깊이 믿고 있기에, 그 서운함이 더 큰 것일 뿐. 그녀는 그의 눈빛에 대답하듯 고개를 살짝 끄덕였다.

"신탁을 찾아 그 다음을 도모할 수 있을 때까지만이에요."

"부디 양국의 하늘에 그 다음이 있기를…."

그때였다. 구르르륵! 하는 우렁찬 소리가 방 안에 울려 퍼졌다.

아련의 눈썹이 팔자로 찌푸려졌다.

참으로 시기적절하게 그녀의 허기가 엄청난 존재감을 드러내고 있었다. 아련이 창피함과 민망함에 자신의 배를 꾹 누르자 국천도 긴장이 풀어진 듯 미소를 지었다.

"내가 원래 뭐든 규칙적으로, 거짓 없이 투명하게 사는 편이라. 때가 되니 몸이 반응을…."

"알지, 알아. 그대에게 식사란 사악한 흑왕과의 독대보다 삼천 배는 더 중한 일 아니겠나."

"꼭! 말을 저렇게 밉살맞게 하지."

"본래 눈물은 아래로 떨어져도 숟갈은 위로 올라가는 법이라고

했으니, 일단 그대의 주린 배부터 채우도록 할까."

국천이 일어나자 아련도 냉큼 그를 따라 일어났다. 그를 따라 나가려던 아련이 문득 궁금증이 들어 물었다.

"그런데 나는 이 궁에서 어떤 역할로 있으면 되는 거예요? 그냥 막 돌아다니기엔 영 눈치 보일 것 같은데."

"다 생각해둔 바가 있지."

"암튼 치밀하셔. 뭔데요, 그게?"

"싫어도 무르기 없고, 그 황소 같은 고집도 통하지 않으니 그리 알게."

"정체를 알 수 없는 아름다운 왕의 여인… 이런 건가? 내가 그쪽 여인은 아니지만, 뭐…."

"내가 어찌 그대 같은 자를…. 게다가 미모라니, 쯧쯧. 정신 좀 똑똑히 차리고 있으래도."

국천이 농을 부리자 부아가 난 아련이 그의 등짝을 밀며 째려보았다. 국천은 다시 원래의 모습을 찾은 아련이 그 전에도 이리 귀여웠나 싶었다. 양 주먹을 불끈 쥐고 자신을 바라보는 것조차 애교스럽게 느껴졌다.

국천은 아련에게 너무 넋을 놓고 있었음을 깨닫고는 공연히 헛기침을 해댔다. 다시 근엄한 표정을 지으려고 했지만 쉽지 않았다.

"일국의 왕에게 이리 경망스럽게 구는 것은 필시 능지처참, 혹은 교수형 감인데?"

"와, 사내가 속 좁게 다 담아두고 있었어. 지금 복수하려는 건 아니죠?"

"픽 하면 형틀이 어쩌고, 벌을 주는 것이 어떻고 하던 자가 누구더라?"

"흥, 맘대로 하시죠! 형틀에 묶어 주리를 틀든 거꾸로 매달아 사지를 똑똑 끊어놓든."

"여인의 입에서 어찌 그리 잔인한 소리를…. 쯧쯧, 됐으니 가지."

국천이 아련을 데리고 내전에 들자 한울과 궁녀들이 기다리고 있었다는 듯 두 사람을 맞았다.

궁녀들은 아련에게 새 의복을 전했다. 한울이 눈짓을 하자 궁녀들은 아련을 애처롭단 듯 바라보며 물러갔다. 의복을 받아 든 아련은 궁녀들의 눈빛이 수상했지만 낯선 이를 경계하는 것이라고만 여겼다.

아련이 갈아입고 나온 의복은 월궁의 궁녀들이 입고 있던 것과 같은 궁녀복이었다. 국천은 무엇이든 곱게 어울리는 아련의 모습이 흡족했다. 아련은 자신이 한낱 궁녀가 되었다는 게 조금 꺼림칙했지만 어쩔 수 없는 일이라 여길 수밖에 없었다.

"다른 궁녀들이 나를 경계하는 것 같아요. 내가 너무 돋보이긴… 하죠?"

"그 눈치 한 번 참 긍정적이군. 불쌍히 여기는 것 같진 않고?"

"내가 왜요?"

"혹시 나중에 또 거짓말 어쩌고 난리를 부릴까 싶어 미리 말해두는 건데…."

"…?"

"그대는 내 옛 스승이 잃어버렸던 여식이고, 어릴 적부터 머리가 좀 모자라 이를 가엾게 여긴 이 몸이 그대를 내전의 궁녀로 거두었다… 이렇게 정리하였네."

"뭐라고요! 그럼 궁녀들은 나를 모자란 여자로 보는 거예요?"

"월궁의 사람들은 모두 마음이 어질고 불쌍한 자를 돌볼 줄 알지."

"진짜 이 사람이, 아니고 전하가!"

"미각이 짐승처럼 발달하여 앞으로 내 기미궁녀(왕의 수라를 먼저 맛보고 독을 감별하는 일을 하는 궁녀) 일을 할 것이라 했으니 그리 알아."

"와, 나… 그냥 확 들이받고 능지처참 당해?"

"배고프지 않나? 이봐라. 어서 수라를 들라."

궁녀들이 커다란 상을 들고 내전에 들었다. 주로 육고기 위주의 식단이었다.

상을 내려놓은 궁녀들이 내전을 나가자 국천과 아련은 으리으리하게 차려진 수라상을 두고 마주 앉았다. 아련이 먼저 수저를 들고 잘 구워진 고기를 집어 입에 넣으며 말했다.

"내 기미를 먼저 할 터이니 전. 하! 께서는 잠시만 계시지요."

아련은 정신없이 음식을 먹어치우기 시작했다. 어찌나 잘 먹던지 국천이 손을 댈 새도 없이 접시 여러 개가 금세 비워졌다.

"아니, 기미를 하랬더니 상을 통째로 삼킬 기세로…. 참나, 나도 좀 먹어야지 않겠나."

"차린 것이 많아 독성을 구분하기 쉽지가 않네요. 좀 더 먹어봐야 알겠는데? 어머, 이건 대체 뭘 잡아 만든 거지? 맛이 황당하네."

아련은 입에 음식을 가득 넣은 채로 우적거렸다. 국천은 씩씩하

게 잘 먹는 아련 때문에 먹지 않아도 배가 불렀다. 조금 전 거짓말
을 한 자신을 탓하며 눈물을 뚝뚝 흘리던 아련을 보며 얼마나 가
슴이 철렁했던가. 웃는 모습을 보니 그제야 안심이 되었다. 국천
은 목이 막혀 켁켁거리는 아련에게 물을 건네며 천천히 먹으라 손
짓했다.

✳✳✳

한 상 거하게 식사를 마친 아련과 국천은 궁 안의 어디론가 발
길을 재촉했다.

국천이 말했던 '보여줄 곳'으로 가는 길이었다. 아련은 그곳에
자신이 원하는 신탁이 있기를 바라며 따라나섰다.

그곳은 드넓은 월궁의 가장 은밀하고 깊은 곳, 신수가 있는 정
원 옆에 딸린 서고였다. 서고 앞에 선 국천은 아련에게 준비가 되
었냐는 눈빛을 보냈다. 아련은 입술을 깨물며 고개를 끄덕였다.

서고 안으로 들어간 아련은 입을 다물 수가 없었다. 사방의 벽면
은 물론이고, 서고 안에 책장이 가득 차 있었다. 스무 척은 될 듯한
높은 천장 끝까지 두루마리로 말린 수많은 '신탁의 서'들이 보관되
어 있었다. 그리고 이 중에 아련이 원하는 신탁이 있을 것이었다.

"양이 좀 많은가? 적어도 수백 년을 이어져 내려온 것들이라."

"분류나 정리, 이런 것을 기대해선 안 되는 거겠지요?"

아련은 앞으로의 일이 막막했다. 언제 이 많은 것들을 읽고 확
인한단 말인가.

"나 집에 가긴 글러먹은 거 같은데."

"이곳에서 그냥 살아도 나쁘지 않을 텐데."

"장난도 참 재밌게 치시네."

"알아주니 고맙군."

국천은 아련이 이곳에서 신탁을 찾지 못하고 오래도록 그냥 제 곁에 있어주면 좋겠다 싶었다. 위험천만한 세상 밖의 모험이 아닌, 흑왕의 여인으로. 자신이 지켜줄 수 있는 품 안에서, 안전하게 오래도록.

아련은 자신의 월국행이 이래저래 만만찮은 길이 될 것임을 직감했다. 자신을 바라보는 게슴츠레 한 국천의 눈빛을 시작으로.

아련은 큰 숨을 한 번 내쉬고는 서고 바닥에 털썩 주저앉았다. 이러니저러니 생각만 해봐야 아무 소용없는 일이었다. 아련은 이 월국 한가운데서 태양의 아이를 구할 신탁을 찾아야 했다. 사실 오직 아우라의 음성만을 가지고 벌인 일은 아니었다. 국천에게는 차마 말하지 못하였지만, 아련이 마지막으로 여왕을 독대하던 그날 들었던 것은 아우라의 목소리만이 아니었다. 자신을 인자한 눈빛으로 바라보던 여왕의 마음의 소리. 도무지 그 목소리가 잊히질 않았다.

'태양의 아이는 이 세상에 존재해선 안 된다. 한 아이를 보내니 다른 아이가 나타났구나. 이 일을 어쩌면 좋을까?'

끔찍했다. 어버이처럼 믿고 따른 여왕이 어찌…. 친조카이자 유일한 왕족 혈통인 자신을 항상 염려하고 걱정하는 줄 알았던 여왕이 자신의 생각과는 완전히 다를지도 모른단 생각이 들었다. 여왕이 정녕 바라던 것은 태양의 아이가 아닌 태양의 허울을 쓴 아무

힘없는 아련이었던 것일까.

온갖 잡생각이 아련을 괴롭혔다. 상념을 떨쳐버리려는 듯 앞에 놓인 신탁들에만 더욱 집중했다. 두루마리를 하나씩 풀어 읽어보고 또 읽어봤다. 차라리 이러한 반복적인 행동이 아련의 마음을 편안하게 만들었다.

"공부 못 하는 자의 아주 나쁜 예를 보이고 있군."

두루마리를 보다 괜히 몸을 떨고, 고개를 흔들며 다른 생각에 안절부절못하는 아련을 보며 국천이 한 말이었다.

아련을 돕고자 국천도 신탁들을 하나하나 살폈다. 신중하게 신탁들을 읽고 넘기는 국천과는 달리 아련은 자신 앞에 두루마리만 수북이 쌓아두고 꼬이는 몸을 어찌할 바 몰랐다.

"규칙적인 움직임은 오히려 집중에 도움이 되는 거거든요! 서책 깨나 읽으셨을 분이 모르는 소릴 하구 있어요."

"그대의 산만함이 사방팔방 튀지 않는 곳이 없어 나까지 불안할 지경인데. 그 와중에 규칙을 읽어야 하나? 내가?"

"잔소리할 거면 가요. 내 알아서 다 보고 찾아낼 수 있으니!"

국천이 읽고 있던 두루마리를 바로 내려놓으며 서고를 나가려는 듯 발길을 돌렸다.

"알고 있는지 모르겠는데, 내가 이 나라 왕이라 사실 매우 바빠. 특별히 좀 도와주려 했거늘."

국천이 진짜 나가려 하자 아련이 앉은 채로 그의 바지를 잡아당기며 씩 웃었다. 국천이 결코 거부할 수 없는 해맑은 웃음이었다.

"알죠! 내가 왕은 못 해봤어도 왕자는 해봤잖아요. 그것도 알죠? 얼마나 공사다망하시겠어요. 그냥 도와줘요, 속 긁지 말고."

"이런 자를 왕족이라 믿고 사는 태국의 백성들이 가엾군."

"내가 얼마나 인기 많은 왕자인데? 아오, 진짜 여기가 월국이라 참는다. 흥!"

"제발 한 번이라도 좀 참을 줄 아는 자이면 내 더 바랄 것이 없겠네."

아련에게 쏘아붙여놓고 국천은 다시 신탁을 꺼내 읽기 시작했다. 솔직히 국천 또한 아련이 이야기하는 태양의 신탁이 무엇인지 궁금했다. 아련이 국천에게 말하지 못한 비밀이 아직 남아있듯이 국천에게도 아련에게 말 못 할 비밀이 있었기 때문이다.

그 비밀이란, 세상을 단절하는 장벽의 세상이 아닌 해와 달이 평화와 화합으로 하나 되는 세상에 대한 것이었다. 영원한 굶주림 속에 허덕일 월국의 백성들을 위해 국천이 이루고 싶은 세상이 바로 그것이었다. 게다가 무녀 기료의 예언대로 모든 것이 급변하고 있는 지금, 태양의 아이가 월국에서 찾아야 할 신탁이 양국에 어떤 영향을 미칠지 궁금할 수밖에 없었다. 그때 서고의 문이 살짝 열리고 한울이 들어왔다.

"전하, 신료들이 대전에 모여 회의를 기다리고 있사옵니다."

"내 금방 갈 터이니 조금만 기다리게."

한울이 문을 닫고 나가자, 아련이 예의 그 말똥거리는 눈망울로 국천을 바라보았다.

"왕인데, 왕이 막 국사를 모른 척하고 그럼 안 되죠."

"…"

"딱히 갈 데 있는 것도 아니고 여기서 꼼짝도 않고 있을 테니 다녀오세요. 밥 먹기 전엔 올 거죠? 기미도 해드려야 되고."

"그래, 오늘은 더 신경 써 차리라고 하지. 기미궁녀의 입맛 맞춰서."

"조심히 다녀와요. 지공… 아니, 전하."

두 사람의 모습은 마치 부군과 그를 배웅하는 아녀자처럼 보였다. 국천은 또 다시 어색해지려는 분위기를 깨려 서고의 문을 열고 나가버렸다.

홀로 남겨진 아련은 작은 창으로 어슴푸레 들어오는 달빛을 바라보았다. 하늘을 보던 아련의 시야에 커다랗게 뜬 달이 들어왔다. 태국의 태양은 인간이 똑바로 쳐다볼 수 없을 만큼 밝고, 먼 하늘에 떠 있었으나, 월국의 희고 동그란 쟁반 같은 달은 그를 바라보는 아련의 시선을 모두 받아주었다.

"월국의 태양은 참 희고도… 가깝게 뜨는구나."

한참을 하늘에 뜬 달을 바라보던 아련은 왠지 마음이 차분해지고 고요해졌다. 그녀는 앞에 쌓여 있는 신탁들을 가만히 넘겨가며 읽기 시작했다.

***

신료 회의는 산적한 문제들을 갑론을박하느라 정신이 없을 지경이었다. 그 중 가장 큰 문제는 흑산의 늑대들이 눈에 띄게 줄었다는 것과 늑대들이 사라진 후로 백성들의 끼니를 책임지던 흑산의 생명력 또한 크게 약해져 산에 먹을 것들이 사라져가고 있단 것이었다.

본래 월국은 식물이나 동물이 살기 어려운 자연환경이긴 했지만, 흑산만큼은 많은 동식물들이 나고 자라 월국의 식량원이 되었다. 헌데 월국의 젖줄이자 모태와도 같은 흑산이 점점 죽어가고 있었다.

사라진 늑대들에 대한 의구심이 하늘을 찌를 듯한 상황에서 그들이 어디로 향했는지 알고 있는 국천은 더욱 깊은 시름에 빠질 수밖에 없었다.

"흉년이 계속 되면 백성들이 무기를 들고 화적으로 돌변하는 것은 자명한 일, 모두 이를 경계하고 무양(월국의 수도)의 치안과 백성들의 안위를 살피도록 하라. 또한 왕궁의 창고를 열어 최대한의 구휼을 베풀 것이니 그리 알라."

국천은 대전을 나와 하늘에 뜬 달을 바라보았다.

달은 월국의 하늘 위에 뜬 채로 가까워졌다 멀어졌다 하루에 두 번씩 그 위치를 옮겨가며 지상을 비추었다. 하루 중 반나절은 달이 땅과 가까워지는 시간이었다.

그때는 태국만큼은 아니어도 사방에 푸른빛이 들고, 백성들이 삶을 도모할 기회를 주었다. 국천은 손을 뻗으면 닿을 정도로 커다랗게 뜬 달을 바라보며 생각에 잠겼다.

서고에 앉아 신탁을 뒤지던 아련도 답답해 밖으로 나와 거닐고 있었다. 태국과는 다른 청량하고 시원한 공기를 마시는 것도 기분

전환에 도움이 되었다.

정원이라기엔 이렇다 할 나무도, 꽃도 없는 휑한 공간이었지만 아련에게는 모든 것이 새로운 경험이었다. 서고 앞을 돌아다니던 아련이 구석에 핀 작고 하얀 꽃을 발견했다.

빛도 잘 들지 않고, 건조하여 부서지는 흙더미에 핀 꽃이 신기했던 아련은 쪼그리고 앉아 꽃을 바라보았다.

"강한 아이로구나. 이리 춥고 척박한 곳에서 꽃을 다 피우고. 예쁘다, 참."

"생명이란 가끔 설명할 수 없는 힘을 발휘하여 제 스스로 길을 찾고는 하지."

갑작스런 인기척에 놀라 돌아본 곳엔 국천이 서 있었다. 어깨에 은박으로 문양을 새긴 포를 두른 모습은 그 어떤 산보다 높아 보였으며, 그 어떤 사내보다 늠름한 자태를 뽐내고 있었다.

"사람은 제자리에 있어야 쓸모가 보인다더니. 이제야 그 얼굴 제대로 쓰시네."

"그대의 연심을 이리 표하는 것인가."

"연심은 무슨! 처음 보았을 땐 추레한 도적 같던 이가 조오금 사람다워 하는 말일 뿐!"

"내가 그 흉악한 입에서 무슨 고운 말을 듣자고…. 되었으니 그만하지."

아련이 입을 삐죽거리며 일어섰다. 그러다 한기가 드는 듯 몸을 부르르 떨자 국천이 어깨에 걸치고 있던 포를 벗어 아련에게 덮어주었다.

"따뜻한 태국에서만 살았으니, 월국의 추위가 더 매섭게 느껴지겠지."

"괜찮은데…."

"고뿔이라도 걸리면 오히려 괴로운 것은 내가 될 터이니 두르고 있어. 내 궁녀들에 일러 그대의 의복에 방한을 신경 쓰라 일러두겠다."

"왕 뒷배가 좋긴 좋네."

"누구처럼 왕자랍시고 사람을 괄시하고 무시하고 그러는 소인배가 아니야."

"세상에! 누가 들으면 내가 엄청 괴롭힌 줄 알겠어요. 내가 왕족 티 안내려고 얼마나 보통으로 굴었는데. 나처럼 귀하게 자란 이가 그러기 쉬운 줄 알아요?"

"그게 보통이면… 태국은 정녕 큰일이군. 보통인 자가 둘만 있어도 나라를 말아먹을 판이니."

방방 뛰던 아련의 어깨에서 국천이 둘러준 포가 흘러내리자 국천은 포를 잡아 어깨에 단단히 둘러주었다.

"얌전히 좀 있어. 그대가 이리 천지 분간을 못 하니 내가 눈을 뗄 수가 없잖아."

"…허면."

"…?"

"눈 안 떼면 되겠네."

"뭐?"

"아녜요! 됐어요. 못 들었으면 끝!"

"뭐가 아니고, 뭐가 됐고, 뭐가 끝이라는 게야?"

"몰라, 몰라! 식사할 때 안 됐어요?"

얼굴이 빨개진 아련이 성큼성큼 앞서 걸어갔다. 국천은 그런 아련이 깜찍하단 듯 바라보고만 있었다.

"그쪽으로 가면, 뭐가 나오는가 봐?"

아련이 멈춰 섰다. 그러고 보니 아련은 월궁의 지리를 하나도 몰랐다. 자신의 걸음이 어디를 향하는지도 모르고 마구 걷는 자신이 창피해 죽을 지경이었다.

"치사하게! 자기 집이라고 그렇게 생색내고 그러는 거 아녜요!"

"이리 와."

국천이 손바닥을 펼쳐 아련에게 내밀었다. 아련이 씩씩거리며 국천에게 다가왔다.

국천은 내민 손이 민망하단 듯 손바닥을 내보이며 더욱 가까이 들이밀었다. 잠시 고민하던 아련이 조심스레 그의 손 위에 제 손을 올려놓았다. 그러자 국천이 아련의 손을 꽉 움켜잡았다.

"이렇게, 내가 보이는 곳에 있어. 눈 뗄 생각 없으니."

기대하지 않았던 국천의 부드러운 말에 아련의 얼굴이 화끈 달아올랐다. 아련은 손을 붙들린 채로 걸어갔다. 끌려가듯 뒤에서 걷느라 몰랐지만, 국천의 얼굴 또한 온몸의 피가 얼굴로 쏠린 듯 붉은색으로 범벅이 되어 있었다.

여인에게 이리 느끼한 말을 하다니, 무월신께서도 징그럽다 피할 일이 분명했다. 두 사람은 하얀 달 아래 뜬 두 개의 태양처럼 붉은 얼굴을 한 채 아무도 없는 정원을 벗어났다.

***

아련은 또 한 차례 폭풍 같은 기미를 마치고 부른 배를 두드리며 흡족해했다. 작고 여린 몸뚱어리 어디로 그 많은 음식이 다 들어가는지 모르겠단 표정으로 국천이 말을 꺼냈다.

"나는 흑산엘 좀 다녀와야 할 것 같은데. 혼자 있을 수 있겠지?"

"흑산이요? 흑산엔 왜요?"

"흑산의 늑대들이 날이 갈수록 그 개체수가 줄고 있다 하니⋯. 그들이 어찌 태국으로 끊임없이 넘어갈 수 있는 건지 살피고 와야겠어."

"나도! 갈래요."

예상은 했지만, 역시나였다. 국천이 간다 하면 아련도 가려 할 게 분명했다. 하지만 회의처럼 금세 끝날 일도 아니고, 거짓말도 무리라 여겨 말해준 것인데⋯. 아련은 자신을 데려가지 않으면 당장이라도 국천을 물어뜯을 표정이었다.

"아무리 급해도 사람을 물고 그러면 안 돼."

"네? 뭔 소리예요. 내가 왜 사람을 물어."

아무리 성화를 부린대도 아련을 흑산에 데려갈 수는 없는 노릇이었다. 흑산에서 굶주린 늑대들을 만나기라도 한다면⋯. 생각만으로도 아찔했다.

아련은 곰곰이 생각해보니 화가 난다는 듯 눈을 가늘게 뜨고 국천을 노려봤다. 장난을 치던 그의 눈빛이 진지해졌다

"나는 월국의 왕으로서 이 땅의 안전을 살피고 백성의 생명을

지켜야 할 의무가 있어. 늑대들의 정체를 밝히고 모든 것을 명백히 하고 싶은 그대의 마음을 모르는 것은 아니나 지금은 아니야. 나를 믿고 기다려줘."

"…."

단호한 말에 아련은 차마 더 말을 잇지 못했다. 왕자궁의 후원에서 자신과 목검 따위를 휘두르며 농을 부리던 국천이 아니었다. 그의 한마디 한마디는 모두 이 나라를 움직이는 힘이었고, 책임이었다.

"탈 없이 돌아오겠다고 약속해줘요. 다치기라도 하면 진짜, 확 물어 죽일 거야."

"흑산의 늑대도 그대 앞엔 순한 양들이지."

국천은 아련의 머리를 쓰다듬으며 그녀의 마음을 다독였다. 입가에는 자연스레 미소가 걸렸다. 하지만 아련의 마음은 불안하기만 했다.

***

국천은 군사들을 이끌고 월궁을 벗어나 흑산으로 향했다.

흑산을 오르는 동안 한 마리의 늑대도 볼 수 없었다. 뭔가 이상했다. 늑대는 본래 흑산에 사는 짐승 중 가장 숫자가 많아 아주 흔히 볼 수 있는 짐승이었다. 월국의 백성들은 늑대들을 두려워하면서도 한편으론 경외했다. 무월신의 정기를 받은 늑대들이 있어 흑산의 생명력이 유지되는 것이라 믿었기 때문이다.

장벽과 맞닿은 흑산 등성이에 다다라서야 국천 일행은 걸음을 멈추었다. 멀지 않은 곳에서 늑대의 울음소리가 들려왔다. 떠나버린 동족들을 부르기라도 하는 듯, 구슬픈 소리였다.

국천은 장벽 주위를 살피기 시작했다. 어딘가 있을 틈을 찾기 위해서였다. 장벽을 따라 걷던 국천이 놀란 듯 멈춰 서서 수신호를 보냈다.

국천은 숨소리라도 새어나갈까 조심스레 뒷걸음질 쳤다. 군사들도 덩달아 긴장해 숨죽이며 물러섰다.

국천과 군사들은 바위 사이사이로 몸을 숨기고 장벽 일각을 바라보았다. 수십 마리의 늑대들이 장벽 앞에 엉겨 붙어 있었다. 괴이한 광경이었다.

국천은 마른 침을 삼키며 늑대들의 행동을 살피기 시작했다. 그런데 늑대들의 면면이 이상해보였다. 장벽 앞에 몰려 있는 늑대들은 털도 푸석하고, 기운도 없어 보이는 것이 전부 늙고 병든 개체들이었다. 그리고 몰려 있는 늑대들을 감시하듯 지키는 몇 마리의 늑대들이 살기어린 눈빛으로 그들을 통제하고 있었다.

챙.

국천이 눈을 질끈 감았다. 군사 중 하나의 검이 바위에 부딪히며 난 소리였다.

<u>그르르!</u>

건강한 늑대 중 한 마리가 인기척을 느끼고 목을 길게 빼며 소리내어 울기 시작했다. 그리곤 주위를 탐색하듯 냄새를 맡으며 국천과 군사들이 있는 바위 쪽으로 천천히 다가왔다.

궁 안을 서성이던 아련은 무슨 소리가 들리기라도 하는 것처럼 먼 하늘을 바라보았다. 초조한 아련은 앉지도 서지도 못한 채 돌아올 국천의 모습만을 상상했다. 이토록 애타게 누군가를 기다려 본 일이 태어나 한 번이라도 있었던가.

그때였다. 궁 안이 소란스러워지며 대장군 한울이 사색이 되어 바삐 걸어가는 게 눈에 들어왔다. 아련의 심장이 쿵 내려앉았다. 아련은 앞뒤 볼 것도 없이 달려가 한울을 붙잡았다.

"무슨 일인가요? 혹 전하께서…."

무시하고 지나가려던 한울은 그녀의 눈빛에 어린 절박함과 불안감을 읽었다.

"흑산에서 사고가 있었다 합니다. 자세한 것은 제가 다녀와서…."

심장이 땅으로 곤두박질치는 기분이었다. 아련은 곤란한 듯 돌아서는 한울의 팔을 잡았다. 잡은 아련의 손에 힘이 들어가 파르르 떨려왔다. 직접 보지 못한 국천의 사고가 어떤 불행일지 감히 예측해선 안 될 일이었다. 지금은 눈물을 흘릴 때도, 두려움을 느낄 때도 아니라고 생각했다. 아련은 담담하고도 단단하게 한울에게 한마디 한마디를 뱉었다.

"저도 데려가줘요. 그 사람이 있는 곳으로."

아련은 조금도 물러설 기색이 없었다. 한울은 난감함을 감추지 못했다. 하지만 그는 국천의 당부를 기억하고 있었기에 아련을 모른 체할 수만은 없었다.

"전하께서는 태국의 여인이 하고자 하는 일이라면, 가고자 하는 곳이라면 자신을 제외한 그 누구도 그 앞을 막을 수 없다 하셨습니다."

"……."

"월궁 안에 어떤 사소한 의심이라도 여인의 몸과 마음을 어지럽히지 않도록 살피라 하셨고, 서고와 내전에는 평소보다 두 배의 불을 밝혀두라 하셨지요."

아련이 월궁 안을 다니는 동안 그 누구도 그녀에게 월궁 밖의 일을 묻지 않았던 이유였다. 마주치는 궁녀 하나도 아련이 불편해할 만할 말도 행동도 하지 않았던 것은, 모두 국천의 배려였다. 아련의 가슴이 더욱 미어졌다. 아련의 의지라고는 하나, 홀로 떠나온 월국의 생활을 조금이라도 편안케 하고 싶었던 무뚝뚝한 사내의 진심이 그녀의 마음을 더 힘들게 했다.

"주군의 명령에 의심을 품을 생각은 추호도 없습니다. 허나 여인의 바람을 따라 흑산에 가도록 하는 것이 전하의 명을 따르는 것인지, 반하는 것인지 판단이 서지 않을 뿐입니다."

"전하께서도 제가 궁에서 가만히 있을 것이라 여기지 않을 것입니다. 걱정은 감사하나 제 뜻대로 해주시지요."

한울은 목례로 대답을 대신했다.

"활동에 용이한 의복을 대령하겠습니다."

아련은 멀리 보이는 흑산의 봉우리를 바라보며 작은 주먹을 움켜쥐었다. 아무 일도 아닐 거라고, 분명 무사할 것이라고 믿는 수밖엔 없었다. 달려가 확인하는 수밖엔 없었다.

아련이 위기에 처할 때면 언제고 국천이 나타나 손을 잡아주었던 것처럼.

***

흑산의 깊은 곳을 달리는 국천의 걸음이 점점 느려졌다. 지나는 곳마다 그의 몸에서는 검붉은 선혈이 툭툭 떨어졌다. 국천은 자신의 피 냄새를 따라 올 늑대들을 예감하면서도 더는 안 되겠는지 작은 나무둥치 아래 쓰러지듯 주저앉고 말았다.

이제 국천을 지킬 것이라곤 그의 손에 들린 검 한 자루뿐이었다. 처절했던 장벽의 전투에서 그의 군사들은 모두 죽거나, 흩어지고 말았다. 늑대들의 힘은 예상했던 것과는 비교조차 안 될 만큼 강했다. 숨어 있는 국천의 존재를 눈치 챈 늑대들은 일말의 망설임도 없이 공격을 시작했다.

그들은 국천과 군사들이 휘두르는 검에 상처를 입으면서도 까딱하지 않고 끝없이 덤벼들었다. 무언가가 조종하기라도 하듯, 그들은 숨이 붙어 있는 한 멈추지 않는 살인병기 같았다.

장벽에 달라붙어 모여 있는 늙고 힘없는 개체들은 공포인지 분노인지 모를 울음을 울기만 했고, 뼈와 살이 찢기고 갈리는 전투는 국천과 군사들을 모두 쓰러뜨릴 때까지 멈출 기색이 없었다.

가까스로 몸을 피한 국천이 가쁜 숨을 내쉴 때마다 손으로 대충 눌러 막은 복부의 상처에선 꿀렁거리며 피가 새어나왔다. 더는 움직일 힘도 남지 않았을 때, 그를 쫓는 늑대들의 울음소리가 점점 가까워졌다.

말 그대로 절체절명의 순간이었다. 사지를 벗어날 어떤 방책도 떠오르질 않았다.

우습게도 이 순간 국천의 머릿속에 떠오르는 생각이라곤 다치거나 무사하지 않으면 확 물어 죽이겠다 으름장을 놓던 아련의 말간 얼굴뿐이었다.

"이리 된 걸 보면 한바탕 난리가 나겠군…."

국천은 자꾸만 잠이 쏟아졌다. 온몸의 작은 마디 하나까지 아프지 않은 곳이 없었다. 이대로 잠시만 쉰다면, 좋을 것 같았다. 사방에서 다가오는 죽음의 기운이 국천의 마음을 약하게 했다.

**

아련은 한울과 수색대를 따라 흑산을 오르고 있었다.

국천과 함께 장벽을 넘어 산을 내려올 때는 흑산이 이리도 큰 산인지 몰랐다. 흑산은 월국의 영토에 절반 가까이를 차지하고 있는 큰 산이었다. 국천의 등에 업힌 그날의 흑산은 산이 아니라 두 사람이 가야 할 '사위 분명한' 길처럼 느껴졌는데…. 국천 없이 올라야 하는 흑산은 천지에 죽음이 내깔린, 한치 앞이 보이질 않는 그런 험한 산일 뿐이었다.

달이 점점 땅으로부터 멀어지고 있었다. 이대로 시간이 흘러 완전한 어둠이 오고 나면 수색은 더 어려워질 것이었다. 한울의 마음이 급해졌다. 게다가 이곳에 아련을 데리고 온 것 또한 마음에 걸렸다.

"지금이라도 궁으로 돌아가 기다리심이 어떠실지…. 이곳은 저희에게 맡기시지요."

"여기서 죽는 대도 누굴 탓할 맘도 자격도 없는 사람이니, 각자의 일을 하는 게 맞습니다. 장군께서는 주군을, 이 나라의 왕을 구하시지요."

"수색대를 놓치지 말고 따라오셔야 합니다."

한울은 수색대 맨 앞에서 국천을 찾기 위해 걸음을 재촉했다. 아련은 입술을 앙 다물며 가파른 산을 힘껏 올랐다. 어딘가 있을 국천을 찾기 위해! 그의 얼굴을 보기 전엔 결코 돌릴 걸음이 아니라는 듯이.

국천은 흐려지는 의식을 다잡으려 안간힘을 썼다. 그는 온 힘을 다해 버티고 있었다. 커다랗게 떠 있던 달이 아기 주먹만큼 멀어진 게 보였다. 주변이 점점 더 어두워지고 있었다.

그때, 국천의 귀에 낮게 그르렁대는 어둠의 소리가 들렸다. 마른 수풀들이 이리저리 흔들리기 시작했다. 검을 잡은 국천의 손에 힘이 들어갔다.

아련은 자신이 무리에서 떨어져 혼자 걷고 있다는 것을 깨달았다. 사방이 캄캄해지고 나니 앞서 걷던 수색대의 흔적도 지워지고 말았다.

아련은 공포를 느낄 새도 없이 국천을 찾아 산속을 헤매기 시작했다. 그녀는 품 안에 있던 월국의 단검을 손에 꺼내들고 더 깊은 곳으로 움직였다.

"다치기만 해봐. 진짜 가만 안 둬…."

한울과 수색대는 어느덧 장벽에 도착했고, 처참한 살육의 광경을 목도했다. 쓰러진 군사들과 늑대들의 사체가 뒤엉켜 있었다. 장벽 앞에 엉겨 있던 늙고 힘없는 늑대들은 모두 사라지고 난 후였다.

다만 장벽에는 시커먼 자국들이 크게 나 있었다. 마치 누군가 장벽에 그림자를 칠하기라도 한 것처럼. 한울은 그제야 아련이 사라졌다는 것을 깨달았다.

하지만 지금 급한 것은 왕의 생사를 확인하는 것이었다. 불행인지 다행인지 국천의 시체는 그곳에 없었다. 한울은 수색대에게 산 곳곳으로 흩어져 주군을 찾을 것을 명했다.

국천은 자신에게 날카로운 이빨을 드러내며 다가오는 늑대 한 마리와 대치했다. 이대로 늑대가 그에게 달려든다면 필시 살아남기 어려울 것이었다. 하지만 피에 굶주린 짐승 앞에 겁을 보이는 것은 곧 죽음을 뜻했다. 국천은 손에 쥔 검을 늑대에게 정조준했다. 늑대들의 약점인 은을 칠한 검이니 섣불리 덤비지는 못할 것이다. 상처를 입고도 끄떡없던 늑대들이기는 했어도, 정확히 급소를 노린다면…. 다른 것은 생각할 것도 없었다.

"흑산의 늑대가 어찌 무월신의 뜻을 어기고 씻지 못할 죄를 짓는 것이냐!"

으르렁….

늑대가 국천을 향해 덤벼들었다. 국천은 힘을 짜내어 그의 공격을 피하고, 검을 휘둘렀다. 몸을 조금만 움직여도 복부의 상처가 사지를 찢는 것만큼 아파왔다. 국천의 입에선 절로 신음소리가 새어나왔다. 국천이 늑대를 노려보며 마지막 일격을 준비했다.

"덤벼라! 사악한 늑대여!"

국천이 필살의 의지로 늑대와의 혈투를 벌이던 그 순간, 아련은 어디선가 들려오는 소리에 멈춰 섰다. 그대로 몸을 돌려 소리가 나는 곳으로 내달렸다.

숨이 턱까지 차오르고 다리는 후들거렸지만 아련은 멈추지 않았다. 분명 국천의 목소리였다. 그녀는 자신의 다리가 나뭇가지와 돌에 걸려 생채기가 나는지도 모르고 죽을힘을 다해 달렸다. 늑대가 국천의 목덜미를 노리고 그를 덮쳐왔다. 그 순간이었다.

"안 돼!"

아련이 수풀을 헤치고 국천이 있는 곳으로 달려 나왔다. 늑대가 국천을 짓누르듯 덮치고 있었다. 그곳에선 짐승의 그르렁거리는 소리만 들렸다. 국천의 모습은 늑대에 깔려 보이지 않았다.

아련은 무작정 늑대에게 달려들었다. 그녀가 단검으로 늑대의 등을 찌르려는 순간, 늑대의 몸뚱어리를 관통한 국천의 검이 튀어나왔다. 늑대는 부르르 떨며 퍽 옆으로 쓰러졌다. 늑대가 국천의 목덜미를 물기 전 국천의 검이 늑대의 심장에 먼저 박힌 것이었다.

늑대의 아래 꼼짝도 못 하고 누워 있는 국천이 있었다. 상처 입은 그의 복부에선 계속 피가 흘러나왔다. 아련은 국천을 부둥켜안고 덜덜 떨리는 손으로 상처를 막았다. 어찌해야 할지 아무것도 떠오르질 않았다.

"어떻게 된 거예요? 눈 좀 떠봐요, 제발…."

국천이 흐려지는 의식 속에서 아련의 얼굴을 보았다. 모든 것이 끝난 듯한 이 순간, 보이는 것이 아련의 얼굴이라니…. 참으로 다행이었다. 국천이 겨우 손을 들어 울고 있는 아련의 뺨을 쓸어내렸다.

"이것은 꿈인가…. 꿈이라면 이대로 깨지 않고 끝났으면 좋겠군…."

"꿈 아녜요. 나예요, 아련. 정신 좀 차려봐요."

"그대가 어떻게 여기에… 위험하다니까…."

"다 죽게 생긴 사람이 누군데, 누굴 걱정해요?"

아련은 복받치는 울음을 주체할 수가 없었다. 국천의 얼굴을 보기 전까진 울지 않으리라 버티고 버틴 그녀였다. 보기 전까진, 만나기 전까진 절대 국천에게 벌어졌을지도 모르는 불행을 예단하지 않으리라 버틴 걸음이었다.

견딜 수 없는 공포가 밀려왔다. 그녀의 눈앞에서 국천이 죽어가고 있었다. 그녀는 국천을 일으키려 안간힘을 써봤지만 축 처진 그의 몸은 움직일 줄 몰랐다.

아련이 국천을 껴안고 어쩔 줄 몰라 하던 그때, 쓰러져 있던 늑대가 몸을 떨며 움직였다. 순식간의 일이었다. 조금도 움직이지 못할 것 같던 국천이 아련을 제 등 뒤로 밀어냈다.

"가만히… 있어. 헉헉…, 내가…."

"아뇨, 이제 내가 당신 지켜요."

아련이 단검을 움켜쥐며 늑대를 노려보았다. 잠시 꿈틀거렸을 뿐 늑대는 마지막 경련을 일으키고는 그대로 숨을 거두었다. 늑대가 완전히 축 늘어진 것을 본 국천이 안도의 숨을 내쉬며 아련을 바라보았다.

"보았지. 이 몸이 그리 쉽게 죽고 그런 사람이 아니야. 아직 그대를 지킬 힘은 있다고…."

"알아요. 그러니까 이제 나랑 같이 궁으로 돌아가요. 대장군과 수색대가 온 산을 뒤지고 있으니 곧 우릴 찾을 거예요."

아련이 국천을 품 안으로 뉘였다. 국천은 아련의 품이 편안한 듯 그녀의 가슴에 머리를 기대고 눈을 감았다. 아련은 점점 숨소리가 작아지는 그의 정신을 붙들기 위해 얼굴을 연신 쓰다듬으며 말을 걸었다.

"내 잠시만… 잠시만 눈을 감고 쉬고 싶어."

"안 돼요. 절대 안 돼요. 이 산에서 내려가면, 궁으로 가서 우리 함께 쉴 거예요."

"참… 끝까지 시끄럽게 구는 여인이야."

"나 원래 이런 거 몰랐어요? 이번엔 진짜 내 맘대로 할 거니까 내 말에 대답해요."

"알았어…."

침착한 척 계속해서 말을 걸기는 했지만, 그녀 또한 이 위기를 어찌 헤쳐 나가야 할지 막막했다. 큰 소리로 수색대에 구조를 요

청하고는 있었지만 행여 그 소리가 남은 늑대들을 불러 모을지도 모르기에 그조차 조심스러웠다.

"한올 장군에게 들었어요. 나를 위해 했다던 당부들… 서고에 밝힌 환한 불빛들…. 다 고마웠어요."

"태국의 빛에 비하면 그조차도 그대에겐 무서운 어둠일 수 있었겠지."

"무서워요…."

"…."

"당신 없는 것이, 그 어떤 어둠이나 늑대들보다… 나의 죽음보다… 더 무서워요."

국천이 눈을 감은 채 아련의 손을 잡았다.

"그대가 무서워하지 않길, 나의 월국을 두려워하지 않길 바랐어."

국천의 손을 꼭 잡은 아련이 격하게 고개를 끄덕이며 그의 얼굴에 제 얼굴을 가져다 대었다. 아련의 생기가 꺼져가는 국천의 생명에 조금이라도 닿을 수 있도록. 자신의 숨을 나누어줄 수만 있다면 그리하고 싶었다.

"조금만 버텨줘요. 당신에게 할 말이, 함께 하고픈 일들이 너무 많아요…."

"…."

"지공."

"…."

"내 말 들려요? 내 말 들어줘요… 제발… 이러지 말아요!"

"…."

아련이 몸을 흔들어도 편안한 듯 눈을 감은 국천은 미동조차 없었다. 그의 얼굴 위로 아련의 눈물이 툭툭 떨어져 내렸다. 그를 잃는다는 게 이렇게 큰 두려움으로 다가올지 상상조차 못 했다. 찢어지는 가슴을 부둥켜 안고 아련은 하늘에 뜬 달을 보며 빌었다.

"살려주세요. 제발 살려주세요. 태양의 아이가 감히 월국의 신께 청합니다. 비는 것이 죄라면 어떤 벌이라도 받을 터이니… 부디… 이 사람을 살려주세요!"

국천과 아련이 있는 나무 둥치 쪽으로 웅성이는 인기척이 들려왔다. 아련은 악에 받힌 울음으로 사람들을 불렀다.

"여기예요! 도와줘요!"

숲을 헤치고 나온 한울은 눈앞의 광경이 현실이 아니기를 바랐다. 아련의 품에 쓰러져 있는 국천을 발견한 한울은 그 앞에 달려와 무릎을 꿇었다. 주군을 모시지 못한 죄를 자책하듯 괴로운 표정으로 그를 살피기 시작했다. 숨이 끊어진 듯 아닌 듯 가늠하기 어려울 정도로 국천의 상태는 좋지 않았다. 한울은 수색대에게 벼락처럼 호통을 치며 일어섰다.

"어서, 전하를 뫼시어라. 어서!"

수색대들이 국천을 부축하기 위해 일으키려 했다. 그제야 아련이 국천의 손을 놓으려 했다.

하지만 맥도 제대로 뛰지 않는 국천의 손만은 아련의 손을 꼭 잡고 놓지 않았다. 마치 굳게 잠긴 자물쇠와 같았다. 스스로 아련을 붙잡고 있다기보다, 그대로 손이 굳어버린 것처럼 국천은 아련의 손을 꼭 붙들었다.

***

얼마나 시간이 흘렀을까. 아련은 가늠조차 할 수 없었다. 영겁의 시간도 이보다 더디 흐르지 않을 듯했다. 더는 치료할 수 있는 것이 없다는 의원의 말은 곧 기다림밖엔 남은 것이 없음을 뜻했다. 그러니 기다려야 했다. 국천이 스스로 생사의 강을 거슬러 올라와주기를, 예의 그 무뚝뚝한 음성으로 아련의 이름을 부르며 일어나주기를.

아련은 국천의 곁에 앉아 핏기 없는 그의 얼굴을 따뜻하게 적신 천으로 닦아주었다. 본래도 찬 그의 살결이 더욱 온기를 잃어가는 것만 같았다.

아련은 국천의 얼굴에 제 얼굴을 가져다 대어 숨을 쉬고 있는지 확인했다. 가느다란 숨소리가 들렸다. 그도 온 힘을 다해 버티고 있는 것이리라. 아련은 국천의 손을 잡으며 귀에 대고 가만히 속삭였다.

"잘하고 있어요. 아무리 힘들어도 나 여기다 놓고 가면 안 되는 거 알죠? 다들 기다리고 있어요. 그러니 조금만 힘을 내줘요…."

반듯이 누운 채 깊은 잠에 빠진 국천을 바라보니 아련의 눈가에 또 눈물이 차올랐다.

"당신 없는 데선… 우는 것도 싫어요. 나 진짜… 울고 싶은 거 꾹 참고 있는 거니까, 적당히 쉬고 일어나요. 네?"

아련이 간절한 마음으로 국천이 일어나기만을 바라고 있던 그때, 그는 깊은 무의식 속에서 꿈인지 생시인지 모를 오래전 기억

앞에 서 있었다.

그곳은 태국이었다. 장벽에서 멀리 떨어지지 않은 푸른 숲, 그곳
에 알록달록 고운 옷을 입은, 열 살쯤 되어 보이는 소녀가 작은 산
짐승들을 쫓아 달리며 놀고 있었다. 국천은 멀찌감치 서서 소녀의
팔랑거리는 걸음을 눈으로 쫓았다.

소녀는 문득 자신을 바라보고 있는 어떤 시선을 느끼기라도 한
것처럼 멈춰 서서 국천이 있는 커다란 나무쪽으로 걸어왔다.

그때, 그의 뒤에서 겁먹은 표정을 한 십대의 소년이 나타났다.
그는 태국의 햇살을 피해 쭈뼛거리고 있었다. 소년과 소녀의 눈에
는 국천이 보이지 않는 듯했다.

소년을 발견한 소녀가 겁도 없이 다가와 말을 붙였다. 금방이라
도 터질 듯한 커다란 눈망울을 한 소녀의 눈에는 호기심이 가득
차 반짝거렸다.

"안녕?"

"…."

소년은 당장이라도 도망을 치려는 듯 뒷걸음질로 소녀를 경계
했다. 자신보다 키도 크고 덩치도 큰 소년이 지레 겁을 먹자 소녀
는 우습다는 듯 코를 찡긋거렸다. 그러더니 제 주머니에서 무언가
를 한 움큼 꺼내 내밀었다. 소년이 태어나 처음 보는 새빨간 열매.
소녀는 그것을 산딸기라 불렀다.

"먹어! 오라비 주려고 잔뜩 가지고 왔는데, 오라버닌 오늘도 공

부하느라 못 온대, 칫."

"…고마워."

소년은 여전히 사방을 다 경계하듯 눈을 가늘게 뜨고 소녀를 바라봤다. 눈을 뜨지 못할 정도로 쨍하게 내리쬐는 태국의 햇살보다 소녀의 모습이 더 밝게 보였다.

"이쪽으로는 원래 사람들이 잘 안 온다고 했는데. 그래서 우리 어머니가 가끔 나를 이리로 데려오는 거거든. 사람들 없는 데서 뛰어 놀라구."

"너도… 사람들 많은 데선 못 노는가 보네. 나도… 그런데."

"그래서 친구도 없어. 너도?"

"나보다 어려 보이는데…."

"난 열한 살!"

"난… 열다섯."

"그냥 친구 하면 안 돼?"

"…그러든가."

소녀가 소년의 얼굴 가까이로 몸을 확 들이댔다. 소년은 갑작스런 접근에 깜짝 놀라 얼굴이 달아오르기까지 했다.

"근데…. 너 진짜 이쁘게 생겼다. 사내 맞아? 이렇게 살결이 하얀 사내는 처음 봐."

"뭐가 이렇게, 앞뒤도 없이… 경망스럽게…."

"경망? 그게 뭐야?"

"무식하기까지…."

소년은 소녀의 말똥한 눈빛이 우스워 픽, 하고 웃었다.

이상하단 듯 소년을 보던 소녀는 멀리 보이는 자신의 어머니를 발견하고는 크게 손짓하며 뛰기 시작했다. 소년은 갑작스런 어른의 등장에 놀라 몸을 돌려 피하려 했다.

"괜찮아, 울 어머니야. 어머니, 여기요!"

"뭐하는 거야!"

"괜찮대도. 어머니, 나 친구를 만났어요! 잠깐만."

어미를 향해 쪼르르 달려가던 소녀가 돌부리에 채여 넘어졌다. 소녀는 아무 일도 없단 듯이 발딱 일어나 어미에게 달려가 안겼다. 소녀의 어미가 딸의 머리를 쓰다듬으며 말했다.

"아런! 조심해야지. 이제 돌아가 궁에 들어갈 채비를 해야 해."

"알아요. 근데 나 여기서 친구를 만났는데…."

아런이 까진 무릎을 만지며 돌아본 자리에 소년은 이미 사라지고 없었다.

국천은 그 소년이 어디로 갔는지 알고 있었다. 열다섯의 국천이 태어나 처음으로 장벽을 넘어 태양을 만난 날이었다. 티끌하나 숨길 수 없는 햇살이 막연히 두려웠던 어린 날의 국천은 그 길로 몸을 피해 장벽을 되넘어 갔다. 아니, 어쩌면 장벽에 닿기 전에 소녀를 다시 만났던가?

생각이 날 듯 말 듯 모든 것이 희미했다.

국천은 장벽 앞에서 자신이 들어온 틈을 찾아내려 헤매는 소년의 뒷모습을 가만히 바라보고 있었다. 국천은 소년이 저 장벽을 넘어서지 않길 바랐다.

처음 장벽을 넘은 어린 국천이 이국의 신비함에 취해 있던 그날, 소년은 흑산의 장벽 앞에서 아버지의 죽음을 목도하게 될 것이었다. 소년이 자리를 찾아 자신의 손바닥을 장벽에 대고 틈을 벌리는 순간, 국천은 죽었다 깨어난대도 다시 보고 싶지 않은 광경을 마주하게 될 것이었다. 두려웠다.

그리고 그때, 국천의 눈에 소년을 보고 있는 또 다른 사람의 모습이 들어왔다. 머리끝부터 발끝까지 검은 망토를 두른 자였다. 어린 국천 또한 그를 보고 당황한 듯 행동을 멈추었다. 그는 장벽의 틈을 벌리는 국천을 보다가 휘릭 망토를 휘날리며 사라졌다. 하지만 국천은 분명히 보았다. 망토 바깥으로 잠시 흘러나왔던 그의 목걸이를….

나무를 깎아 만든 독특한 장식이 달린 목걸이였다. 국천의 시선이 다시 소년을 향했다. 소년은 장벽의 틈으로 들어서고 있었다. 국천의 손이 떨려왔다.

"이 바보야!"

온 하늘을 쩌렁거리며 누군가의 목소리가 울렸다. 그것은 분명….

"제발!"

죽은 듯 누워 있던 국천이 눈을 번쩍 뜨며 깨어났다. 그의 얼굴 앞에는 그렁거리는 눈물을 참으려 얼굴을 잔뜩 일그러뜨린 아련이 있었다.

그랬다. 국천의 하늘을 온통 뒤흔들었던 그 목소리는 아련이었다.

아련은 그가 갑자기 깨어나는 바람에 너무 놀라 뒤로 쿵 넘어졌다. 국천은 얼굴을 찡그리며 피식 웃고 말았다.

"여전히 조심성이라곤 없군…. 어릴 때나 지금이나."

아련의 눈에서 구슬 같은 눈물이 뚝뚝 떨어졌다. 이게 꿈은 아닌지 확인이라도 해야겠는지 아련은 제 얼굴을 꼬집고, 국천의 얼굴도 꼬집었다.

"이 무슨 경망스러운 짓인가? 경망이 뭔지 이제는 알겠지."

"자꾸 뭐라는 거야. 진짜, 깨어난 거 맞아요? 얼마나 기다렸는데. 이대로 죽는 줄 알고… 내가 얼마나 무서웠는데…. 엉엉…."

국천이 꿈속에서 본 그날은, 그의 인생에서 가장 슬프고, 처절했으며, 지옥 같은 날이었다. 그래서 국천은 그날의 모든 기억들을 깡그리 지워버리고 싶었는지도 몰랐다.

처음 장벽을 넘던 날, 태양보다 더 밝게 빛나던 푸른 숲의 소녀는 그렇게 국천의 기억에서 잠시 사라졌었던 것이다. 헌데 그 태양이 사라지지 않고 더욱 큰 빛으로 국천의 인생에 뛰어들었다. 소녀는 국천의 생과 사를, 운과 명을 모두 잡아 쥐고 흔들 만큼 중요한 존재가 되어 그의 눈앞에 서 있었다.

국천은 울고 있는 아련을 가만히 바라보았다. 그녀의 눈물만큼, 국천의 심장을 쥐락펴락 하는 것이 이 세상에 있을까. 어떤 말로도 표현할 수 없는 감정이었다.

"내 아무리 정신을 놓고 누워 있었다고 한들, 왕에게 바보가 어쩌고…. 이 부덕한 여인이여."

"내가, 얼마나 답답했으면 대꾸도 없이 누운 사람 붙들고 그런 말을 다 해요!"

국천이 아련의 얼굴을 쓰다듬으며 웃었다.

"못생긴 얼굴이라 그 쓰임이 중요하다 했거늘, 이리 막 구기고 접어선 곤란해."

"깨자마자 농이나 치고! 진짜 미워 죽겠어…."

아련의 마음을 도닥이려 국천은 부러 농을 부린 것뿐이었다. 자신이 멀쩡히 돌아왔으니 이제 걱정하지 말라는, 국천만의 표현법이었다.

"아프진 않아요? 피를 많이 흘렸어요. 그래도 상처는 잘 처치했다고 하던데…. 잠시만요. 내 대장군에게 소식을 알리고 의원을 들라 할게요."

국천이 나가려는 아련의 팔을 잡으며 말렸다.

"이대로 잠시만, 못생긴 그대의 얼굴을 보고 있으면 좋겠는데."

"어휴, 내가 이런 사람을 그렇게 살려 달라 빌었다니. 월국의 신께서 황당하다 하시겠네."

국천은 무거운 몸을 반쯤 일으켜 아련을 제 무릎으로 끌어당겼다. 가만히 그녀를 품에 안았다. 아련은 못 이기는 척 그의 어깨에 머리를 기대었다.

"그대가 나를 불렀어. 그 목소리가 어찌나 컸는지… 깨지 않고는 견딜 수가 없더군."

"고마워요. 내 목소릴 들어줘서."

"고마운 건 나야. 옛날이나, 지금이나. 그대 덕분에 웃음을 배웠어."

"날 본 지 얼마나 되었다고, 옛날씩이나…."

국천은 아련을 품에 안은 채 그저 웃을 뿐이었다. 아련이 국천의 몸이 불편할 것을 염려해 침상에서 내려오자 때맞춰 한울이 방 안으로 들어왔다.

한울은 멀쩡히 앉아 있는 국천을 보고 소스라치듯 놀라며 무릎을 꿇었다.

"전하…!"

"내 괜찮으니 걱정 마시게."

"주군의 위험을 대신 막지 못한 신의 죄를 벌하여 주시옵소서."

"내 처신이 미욱했어. 좀 더 경계했어야 했는데. 괜찮으니 고개를 들고 나를 보게."

한울이 국천을 바라보자, 국천이 온화한 미소로 한울에게 고개를 끄덕여주었다. 한울은 자신을 성성하게 바라보는 주군의 모습에 감격을 감추지 못했다.

아련은 두 사내의 눈빛을 보며 자리를 피해주어야 할 때라고 생각했다. 그녀는 조심히 일어나 국천에게 청했다.

"저는 잠시 물러나 있을 터이니, 말씀들 나누시지요."

그녀의 마음과 한울의 마음을 모두 헤아려 국천이 고개를 끄덕이자, 아련이 방을 나갔다.

방문이 닫히자 국천은 한울에게 가까이 오라 손짓했다.

"한울아, 나 때문에 걱정이 많았겠다. 이제 염려할 것 없어."

"이 얼마나 무월신께 감사한 일인가! 다행이야, 정말 다행이야."

국천은 한울에게 묻고 싶은 일이 많았다.

"흑산의 늑대들은 어떤 징후라도 있었나?"

"그것이…."

한울이 말끝을 흐리자 국천은 더욱 궁금증이 일었다.

"말을 해봐, 어서."

"자네와 함께 정찰을 나간 군사 중 하나가 가까스로 목숨을 건졌는데, 그자가 본 것이 있다고 해서 내 그 말을 들어보았네만."

"무엇인데 그러나?"

"그날, 늙고 병든 늑대들이 장벽에 모여 있었다고 들었어."

"그래, 그랬지. 건강한 늑대들이 그들을 몰아붙이는 느낌이 들기도 했고."

"통곡의 균열에 대해 들어본 일 있는가?"

"그게 무엇이야?"

"그 군사가 말한 그대로 이야기하자면, 그날 전투가 시작되고 군사들이 쓰러지고 흩어지기 시작하자 장벽 근처의 병든 늑대들이 장벽을 향해 제 몸을 던지기 시작했다는군."

"몸을 장벽에?"

"늑대들이 몸을 부딪칠 때마다 늑대의 육신은 사라지고, 그 자리엔 시커멓게 그림자 같은 자국이 남았다고 하더군. 병든 늑대들이 모두 벽으로 제 몸을 던지자 그 검은 자국이 벌어지며 장벽에 틈이 생겼다고 하더군."

"늑대들이 장벽을 넘을 수 있는 방법이… 그것이었던가. 병약한 동족들을 희생시켜 균열을 만드는 것인가."

한울이 고개를 끄덕였다. 늑대의 왕 이귀가… 결코 돌이킬 수 없는 죄악의 강을 건넌 것이 더욱 분명해졌다.

"장벽이 열리고, 그 안에서 태국의 빛과 함께 검은 옷을 입은 사내가 하나 나왔다고 하네."

"검은 옷의 사내?"

"그가 늑대들에게 '통곡의 균열'을 더욱 크고 깊게 내어야 한다고 다그쳤다는데…."

"그래서!"

"그 군사는 이후의 기억이 없다고 하네. 정신을 잃었다고 해."

국천은 장벽에 나타났다는 검은 옷의 사내가 꿈속에서 보았던, 아니 어릴 적 장벽에서 보았던 그 사내와 같은 자일 것이라는 느낌이 들었다. 그리고 그자는 어쩌면 늑대의 왕 이귀일지도 몰랐다.

"내 이제 몸을 일으킨 사람에게 너무 복잡한 이야기를 늘어놓았군. 미안하네."

"아니야, 어차피 알아야 할 일. 고맙네."

"내 더 면밀히 조사해보고, 더할 것이 있다면 다시 말해주겠네."

"부탁해."

"가장 우선인 것은 자네의 건강일세. 잊으면 안 돼."

국천은 한울의 우려를 다 안다는 듯 벗의 어깨를 툭툭 두드려주었다. 한울은 국천에게 다시 정중한 예를 취하고 방을 나섰다.

***

하릴 없이 내전 앞을 거닐던 아련은 월국의 하루 중 가장 가깝고, 또 밝게 뜨는 달을 보며 서 있었다. 태국만큼은 아니더라도, 빛의 기운이 만연한 시간이었다.

달을 바라보던 아련은 가벼운 현기증이 나는 것을 느꼈다. 며칠 사이 부쩍 머리가 띵하고 이명이 들리기도 했다. 국천 때문에 신경을 곤두세워 그런 것이라 여긴 아련은 이내 정신을 차리고 내전을 나오는 한울에게 다소곳이 인사를 했다.

국천은 한울이 나가고 깊은 생각에 잠겼다. 태양의 아이마저 월국에 와 있는 지금 그리고 월담한 늑대들의 광증이 더욱 창궐하는 이때, 태국의 사정이 궁금했다.

한울이 내전을 벗어난 것을 보자마자 아련은 기다렸다는 듯 국천의 처소로 한달음에 달려 들어갔다. 아련은 궁녀들의 부축을 받으며 의복을 정비하는 국천을 보고 깜짝 놀랐다. 몸도 성치 않은 그가 나갈 채비를 하는 것에 덜컥 겁이 났다.

아련은 궁녀들의 눈치를 보곤 고개를 조아리며 국천 앞에 섰다.

"나머진 이 아이가 수발할 것이니, 나가들 있거라."

궁녀들이 나가자, 아련이 국천을 매섭게 쏘아보았다. 국천은 아련의 눈빛을 무시하고 상처가 난 복부를 꾹 누르며 걸어 나가려 했다.

"이 몸을 해가지곤, 어딜 간단 거예요! 이제 막 죽었다 깬 거 잊었어요?"

"멀리 가는 것 아니니 걱정 말아. 잠시 신수의 정원에 가려는 거야."

"갑자기 웬 신수… 혹시! 태국의 여왕께 무슨 말이라도 전하려는 거예요?"

국천은 더 말하고 싶지 않다는 듯 느릿느릿 걸음을 옮겼다. 아련은 어쩔 수 없이 그를 부축하며 함께 걸어 나갔다.

국천과 아련은 월궁 깊은 곳의 신수가 있는 정원에 갔다. 아련이 신탁을 찾으려고 했던 서고가 있는 곳이었다. 그곳엔 어른 서 넛이 손을 잡고 둘러도 모자랄 만큼 큰 둥치에 얇고 뾰족한 이파 리들이 길게 늘어진 고목이 버티고 서 있었다. 열매도 자라고 푸 른 잎사귀도 무성한 태국의 신수와는 전혀 달랐다.

국천과 아련이 신수 앞에 서자, 가지에 매달려 있는 작은 봉우 리들이 은은한 빛을 내며 그 모양이 변하기 시작했다. 봉우리들은 기다란 두루마리의 형태가 되어 가지에 매달렸다.

아련이 신비한 광경에 취한 듯 두루마리를 향해 손을 뻗는 순간 이었다.

"위험해!"

국천의 말이 떨어지기 무섭게 아련의 머리가 쩡, 하고 울렸다. 날카로운 바늘들이 아련의 머릿속을 찔러대는 느낌이었다. 그녀 의 손 위로 두루마리 하나가 툭 떨어지자 나머지 두루마리들은 화 르륵 불이 붙어 사라지고 말았다.

가장 당황한 것은 국천이었다. 오직 월국의 왕만이 만질 수 있 는 신수의 서신이 아닌가. 국천은 두루마리를 손에 쥔 채 비틀거 리는 아련을 당겨 잡았다.

"나 좀 이상한데…. 막 속에서 뜨거운 게 올라와요…."

"이게 대체 어떻게 된 일이야!"

아련을 보는 국천의 눈빛에 긴장감이 어렸다. 아련은 속이 울렁 거리고 머리가 지끈거리는 통에 뭐가 뭔지 분별이 되질 않았다. 국천은 아련이 손에 쥐고 있는 두루마리를 빼앗으며 다그쳤다.

"대체 무슨 짓이야! 내 말이 들리나? 괜찮은 거야?"

"…."

아련은 정신을 차리려고 머리를 흔들며 국천을 바라보았다. 점점 두통이 사라지고 시야도 회복되었다. 막힌 듯 답답했던 숨통도 그제야 제 길을 찾은 듯 탁 트였다.

"괜찮은 것 같아요. 이제…."

"어쩌자고 신수에 손을 댄단 말인가! 아니지, 어찌 그대가 월국의 신수에 손을 댈 수 있단 말이야!"

"화내지 마요…. 미안해요."

"내게 미안할 것은 없지만, 그래도…."

국천이 더 이상 말을 잇지 못하고 깊은 한숨을 내쉬었다. 애초에 월국의 왕인 자신을 제외하고는 누구도 만질 수조차 없는 것이 신수의 서신이었다.

신수의 힘이란 그런 것이었다. 국천을 제외한 다른 누가 손을 대려 하면 신수는 영험한 힘으로 인간을 밀어냈다. 헌데 아련은 달랐다. 그녀가 신수에 손을 대려 하자 서신이 스스로 그녀의 손에 떨어져 내리지 않았는가.

아련이 태양의 아이이기 때문이었을까? 아니면 다른 어떤 뜻이 있었을까? 국천은 기묘한 사태에 할 말을 잃고 말았다.

자신만의 생각에 빠져 있던 국천은 문득 아련을 보았다. 그녀는 갑자기 큰소리로 역정을 내는 국천에게 놀라 뭐라 대꾸할 거리도 찾지 못하고 미안한 표정만 지었다.

"나도 처음 겪는 일이라 놀라서 그랬을 뿐, 그대가 잘못한 일은 아니야. 다만 그 조심성이라는 것을 좀 길러보는 건… 무리겠지."

"아니, 나도 그게 내 손에 탁 잡힐 줄은 몰랐죠."

아련은 손에 잡혔던 서신의 감촉이 생생했다. 차가운 기운이 아련의 몸을 도는 피를 쭉 빨아들이기라도 하는 것 같았다. 게다가 국천이 생각 이상으로 과민하게 굴었다. 덜컥 서운함이 밀려왔다.

그러거나 말거나 서신을 읽는 국천의 표정은 차갑게 변해갔다. 자기도 모르게 어금니를 앙 다물기까지 했다. 심각한 표정을 보자 아련이 궁금해서 못 참겠다는 듯 서신에 손을 대려 했다. 국천이 서신을 높이 들며 그녀를 노려보았다.

"이걸 만지고 무슨 일이 있었는지 벌써 잊은 건가! 흑산의 금수도 이보단 기억력이 좋을 것을!"

"아니이, 머리 아팠던 건 계속 그랬는데…."

"어허, 거짓부렁까지!"

"여왕께서 보낸 것 아니에요? 나도 알 자격이 있지 않나?"

"없어!"

아련은 국천의 단호함에 부아가 치밀었지만, 조금 전 일로 놀랐을 그의 성미를 건드려 좋을 것이 없단 판단에 입을 꾹 다물었다.

"고귀하신 왕들의 서신에 왕자 나부랭이가 끼어들 틈 따윈 없는 거겠죠. 그럼 대충 무슨 내용인지만 말해줘요. 태궁에… 난리가 났다지요? 내가 사라져서. 그런 말은 안 하시려나? 하긴 적국의 왕이니…."

국천의 입가가 씰룩이며 굳어졌다.

"적국이던가? 태국과 월국이."

"적어도 여왕께서는 그리 여기시는 것이 사실이지요."

"그대에게, 나는 적국의 왕인가?"

국천의 눈빛은 진지했다. 태국과 월국, 두 나라는 하늘을 반으로 가른 장벽을 사이에 두고, 서로의 존재를 알지만 또 알지 못하는, 그러면서도 서로를 '적국'이라 믿어 의심치 않는 역사 위에 살아왔다. 월국의 모든 선왕들은 현재의 월국이 각박한 환경을 견디며 이만큼 살 수 있는 것이 태국의 침범을 막아주는 장벽의 덕이라 여겼다.

국천은 언제나 궁금했다. 어째서? 어째서 장벽이 평화를 지키는 수호자란 말인가. 태국의 비옥한 땅과 햇살을 나눌 자격이 월국의 백성들에겐 없단 말인가. 어째서 월국의 고요한 달빛과 휴식의 시간을 태국의 백성들이 가져선 안 된단 말인가?

여왕의 서신을 보고 난 그의 마음은 답답하기만 했다. 태양의 아이는 결국 월국을 멸망케 할 분란의 씨앗이 될지도 몰랐다. 국천의 눈앞에서 이리도 맑은 웃음을 웃는 여인이 월국 모두를 죽게 할지도 몰랐다.

국천은 아련의 손을 잡았다. 언제나, 항상 그녀의 손은 따듯했다. 아련의 손을 잡은 국천이 그녀를 가만히 바라보았다.

"대답하기 어려운 일인가? 나는 그대에게, 적국의 왕인 것인가."

"…왜 그래요?"

"대답해줘."

"나를 배신하지 않을 거라 믿는 유일한 이가, 나의 적이 될 수도 있나요?"

"가장 쉽게 변하는 것이, 인간의 믿음이지."

"그럼 변하지 말아줘요."

"…."

"당신이 변하지 않으면, 나 또한 변하지 않아요. 나는 당신을 적으로 두고 싶지 않아요. 그러니, 우리 약속하죠. 지국천과 아련으로서."

"또한 월국의 왕과 태양의 아이로서."

"변하지 않기로 해요."

국천은 손에 쥔 서신을 구겨버렸다. 아련이 서신을 만지는 순간 타버렸던 또 다른 서신들에 대해서도 지금 이 순간만큼은 생각하지 않기로 했다.

그 어느 때보다 커다랗게 뜬 달이 두 사람만을 비추는 조명처럼 하늘 위에 떠 있었다. 아련은 국천의 눈빛이 그 어느 때보다 슬퍼 보인다고 생각했다. 눈물을 흘려야만 우는 것이 아니라던, 어머니의 말이 생각났다. 국천은 아련 앞에 온 마음으로 울고 있는 듯했다.

챙채래 챙챙.

멀리서 들려오는 쇠붙이 소리에 아련이 뒤를 돌아봤다. 아스라이 들려오긴 했지만, 아련은 그 소리가 위험한 종류는 아니란 걸 느꼈다. 소리를 더 자세히 들으려 귀를 쫑긋거리는 아련을 보고는 국천이 무슨 소리인지 알겠다는 듯 고개를 끄덕였다.

만월의 약속

국천은 아련의 어깨를 잡고 그녀의 몸을 돌려 하늘에 뜬 커다란 달을 가리켰다.

"오늘이로군."

"뭐가요?"

"달이 땅에서 가장 가깝게 뜨는 날, 하늘에 달이 가득 찬다 하여 월국에서는 만월의 날, 곧 '만일'이라 부르지."

"그럼 저 소리들은 뭐죠?"

"만일은 이 월국에서 가장 큰 축일로, 집집마다 백성들이 달을 보며 소원을 빌기도 하고, 굿바치(풍물패)들을 불러 '마당 밟기'를 하곤 하지. 저 소리는 마당 밟기를 하는 굿바치들의 풍물 소리고."

"마당 밟기요?"

"무월신은 물론이요, 마을의 지신들에게 무사 안녕을 비는 거지. 집집마다 마당을 돌아다니며 북과 쇠붙이를 치며 노는, 온 월국이 떠들썩한 날이야."

아련의 눈이 더욱 커졌다. 태어나 처음 들어보는 신기한 얘기였다. 언제나 같은 자리에서 감히 바라볼 수도 없는 위엄을 뽐내는 태양과는 다른 매력이라고 해야 할까, 하늘의 뜬 하얀 달을 눈으로 보며 소원을 빌고 놀다니!

아련은 마당 밟기를 한 번 보고 싶었지만, 국천에게 차마 말을 할 수는 없었다. 이 와중에 월국의 저자로 나선다는 것은, 제 아무리 천방지축 아련이라도 안 될 일이었다. 이런 낌새를 진즉에 눈치 챈 국천이 슬며시 심정을 떠보았다.

"아쉽게도, 궁에선 마당 밟기를 하지 않아."

"그래요? 진짜 아쉽긴 하네요."

"한번 가보고 싶나?"

"네? 어딜⋯."

"티가 팍팍 나는데 모른 체하긴⋯. 입만 열면 거짓부렁을 일삼던 자가 이럴 땐 꼭 천진난만한 아이라니까."

"내가 언제! 치사하게 사람 가지고 장난치는 거예요?"

"하하, 할 수만 있다면 지금 그대 얼굴을 비춰 보이고 싶군."

"치⋯."

"함께 가지. 만일의 풍경을 보여주고 싶어 그래. 척박한 월국에도 이런 날이 있다는 걸."

"몸도 안 좋은데, 어딜 가요, 가긴⋯."

"내 몸 걱정은 내가 알아서 할 터이니, 아닌 척 그만하고 따라오지?"

쭈뼛거리며 국천의 눈치를 보던 아련이 이내 미소를 지으며 그의 팔을 붙잡았다. 국천은 아련의 애교가 싫지 않은 듯 그녀가 이끄는 대로 따라가 주었다.

"한울이 가만 있질 않을 텐데, 나갈 수 있을지 나도 장담하기 어렵군."

"네? 이것 봐! 나보고 만날 대책 없다 채근하면서, 자기도 똑같이 대책 없이 말로만!"

"그래도 내가 왕인데, 한울이 나를 어쩌기야 하겠어."

"대장군 무서운데…."

잠시 후….

한울의 목소리가 내전의 지붕을 무너뜨리기라도 할 것처럼 쩌렁거리며 울렸다.

"시국이 이리 수상할진데 어찌 이러시옵니까아아!"

한울의 목소리가 어쩌나 컸던지, 아련은 딸꾹질이 날 지경이었다. 국천은 곤란한 듯 한울을 바라보며 어색한 미소와 함께 이마를 감싸 쥐었다.

"잠시면 되네. 몸도 아무렇지 않아. 날아갈 듯 가벼운걸."

"부디 명을 거두소서, 전하!"

국천은 한울이 쉬이 뜻을 거둘 사람이 아니란 걸 알기에 강하게 나가는 수밖에 없다 판단했다.

"왕명이네! 내 잠시 잠행을 나갈 것이니, 그리 알고 채비하게.

대신 나의 호위는 대장군 뜻대로 하게!"

한울도 더는 말릴 재간이 없음을 깨닫고는 원망스럽단 눈빛으로 국천 앞에 머리를 조아렸다.

"허면…. 소신도 함께 가겠사옵니다. 호위무사들 또한 따를 것입니다."

"마음대로 하게. 내 가장 두려운 것이 대장군의 걱정이니."

국천이 아련을 보며 눈을 찡긋했다. 아련은 그의 뜬금없는 주책에 시선을 피했다. 한울은 둘의 작당을 모두 알고 있다는 듯 깊은 한숨을 쉴 뿐이었다.

***

국천과 아련, 한울은 무양(월국의 수도)의 저자를 걷고 있었다.

아련은 모든 것이 신기하기만 했다. 태국과 달리 모든 것이 어둡고, 침체되어 있는 듯했던 월국에도 이리 밝고 신나는 날이 있을 줄은 상상도 못했다.

아련은 물 만난 고기처럼 기웃거리느라 정신이 없었다. 그러다 국천의 시선을 느끼고는 민망함에 혀를 내밀었다. 국천은 보호자라도 된 것처럼 그녀가 가는 길마다 앞장을 서며 아는 척을 했다. 아련은 그런 국천이야말로 어린아이 같다고 생각했다.

호위무사들은 기척을 숨기고 세 사람의 시선이 닿지 않는 곳곳에서 그들의 안전을 살피며 따라오고 있었다. 한울과 무사들의 경계심이야 어떻든 간에, 아련은 그저 처음 본 세상의 매력에 빠져 어쩔 줄 몰랐다.

저자 일각의 어느 집 마당으로 굿바치들이 우르르 몰려들어 한 판 놀음을 벌이려 하고 있었다. 그들은 우스꽝스러운 탈을 쓰고 있기도 했고, 나뭇가지를 꺾어 만든 커다란 채를 휘두르며 춤을 추기도 했다. 그중 가장 볼 만한 것은 그들이 쳐대는 북과 쇠붙이로 만든 악기, 그들의 목소리가 한데 섞여 만드는 기묘한 화음이었다.

담장 앞에서 이를 구경하던 국천은 아련의 손을 잡고 사람들이 잔뜩 몰려 있는 마당 안으로 쏙 들어갔다. 갑작스런 국천의 행동에 한울은 긴장감을 숨기지 못하고 인파속으로 들어가버린 두 사람을 계속해서 눈으로 쫓았다.

인파를 헤치며 앞장 선 국천이 아련의 귓가에 대고 속삭였다.

"내 손 꼭 잡고 있어. 오늘 같은 날은 사람에 치이기만 해도 다칠 수 있으니."

"대장군이 사람 많은 곳에선 좀 피해 있으라고…."

"이리 까치발 들고 봐야 제대로 구경이나 하겠나."

국천은 인파 한가운데서 아련의 허리를 번쩍 들어올렸다. 깜짝 놀란 아련이 국천의 팔을 때리며 내려 달라 손짓했지만 국천은 아련을 꽉 안아 올린 채 웃기만 했다.

아련은 그의 팔에 온몸을 의지한 채 굿바치들의 놀이판을 구경하기 시작했다. 대장군의 심각했던 염려도 국천의 품 안에서는 이내 모두 없던 일이 되고 말았다.

"어때, 잘 보이지? 늑대 탈을 쓴 자가 굿바치의 대장이야. 저자가 움직이는 대로 판이 벌어지고 흥이 오르지."

아련은 굿바치 중 가장 가운데서 늑대 탈을 쓴 자를 보았다. 그는 기이한 몸짓과 손짓으로 놀이꾼 사이를 휘젓고 있었다. 그사이 한울은 사람들 사이로 삐죽 튀어나온 아련을 발견하고 득달같이 다가왔다. 어느새 국천과 아련은 인파 맨 앞줄까지 밀려나와 있었다.

국천은 아련을 내려주며 한울의 시선을 피해 딴청을 부렸다. 그때였다. 늑대탈을 쓴 굿바치의 대장이 손에 든 채를 휘두르더니 장난을 치듯 아련의 주위를 빙글빙글 돌며 춤을 추기 시작했다.

한울이 그들을 제지하려 했지만 신명 난 사람들 사이에서 공격적인 태도를 취할 수는 없었다. 국천은 굿바치들 사이에서 어깨를 가볍게 흔들며 춤을 추는 아련을 바라보았다. 이리 사람이 많이 모인 곳에서 춤을 추고 있다니….

이 순간 아련은 세상의 걱정이나 위험 따위 무엇도 두렵지 않았다. 흥이 오른 아련은 국천의 손을 잡아 빙글빙글 돌기 시작했다. 어색한 듯 아련을 따라 움직이는 국천의 표정이 참으로 볼 만했다.

"너무 신나요. 진짜 막 심장이 쿵쿵 뛰고!"

국천은 사랑스럽다는 듯 따뜻한 눈빛으로 그녀를 바라보며 웃어주었다. 쉽지 않은 결정이긴 했어도 그녀를 이곳에 데리고 나오길 잘했단 생각이 들었다.

늑대탈을 쓴 굿바치 대장이 계속 아련의 등 뒤에서 채를 휘두르며 춤을 추었다. 국천 또한 그를 보았다.

그런데 국천의 눈에 늑대탈을 쓴 굿바치의 앞섶으로 빠져나온 무언가가 눈에 띄었다. 나무를 깎아 만든 장식이 달린 목걸이였다. 국천이 어린 날 장벽에서 보았던 검은 옷의 사내가 가지고 있던 그것이었다!

국천은 아련을 제 품으로 끌어당기며 늑대탈의 굿바치를 노려보았다. 어쩌면 굿바치가 계속해서 바라 본 이는 아련이 아니라 국천이었던가? 국천의 등줄기로 식은땀이 흘렀다.

그는 옆에 선 한울에게 눈빛을 보냈다. 주군의 심각한 눈빛에 무언가 낌새를 느낀 한울이 주위를 살폈다. 국천은 인파들을 한 번 둘러보고 다시 늑대탈의 굿바치를 보았다. 헌데 조금 전까지 그들 앞에서 춤을 추던 늑대탈이 사라졌다.

국천은 아련의 손을 거칠게 잡아끌며 마당을 벗어났다. 영문도 모른 채 아련은 끌려 나올 수밖에 없었다.

"왜요. 이제 막 신이 나려는데!"

국천은 굿바치들을 구경하느라 한산해진 저잣거리를 예민한 눈빛으로 훑었다. 어딘가에서 늑대탈이 지켜보고 있는 것만 같았다. 국천의 눈에 바닥에 떨어진 늑대탈이 들어왔다. 국천은 아련을 자신에 더욱 밀착시키며 사방을 둘러보았다.

한울이 눈짓 하자 숨어 있던 호위무사들이 하나둘 모습을 드러냈다. 국천의 눈빛이 사납게 빛났다. 아련은 뜬금없이 자신을 둘러 싼 국천과 한울 그리고 호위대의 행동이 이해가 가질 않았다. 조금 전까지만 해도 모두가 흥겹게 굿바치들의 놀이판을 구경했는데, 국천을 감싸는 분위기가 완전히 달라졌다. 분명 무언가 심상찮은 일이 벌어지고 있었다.

아련은 국천과 잡은 손을 풀며 그의 옆으로 다가섰다. 국천은 아련이 스스로를 노출시키자 무슨 짓이냐는 듯 날카롭게 보았다. 하지만 아련 또한 물러설 기색이 아니었다.

"무슨 일이에요? 나한테도 말해줘요."

"별일 아닐 테니 잠시만 있어."

"아무 일도 아닌데 물가의 아이 대하듯 나를 감추는 이유가 뭐예요?"

"휴, 차라리 아이라면 좋겠군. 혼을 내서라도 말을 듣게 할 수 있으니."

"무슨 일이든 감추지 않기로 했잖아요. 지금 부상 입고 위태로운 것은 전. 하. 시라고요."

"내 그대와 입씨름으로 소진할 기력이 없으니, 일단 이리 와. 내 뒤에 있으라고."

"또 나를 지켜줘야 하는 상황이라면, 사양할게요. 내가 위험하다면 당신도 마찬가지예요. 호위무사들과 대장군이 지켜야 할 대상은 내가 아니라고요."

아련과 국천은 물러서지 않고 서로를 잠시 노려보았다.

거리는 여전히 신명나는 놀이에 젖어 있었다. 혹여 잘못 보기라도 한 것일까⋯. 국천은 고개를 흔들었다.

"정말 아무 일도 아니야. 오늘은 이만하고 궁으로 돌아가지."

"뭐, 구경이야 잘했으니. 그래요, 그럼."

아련도 더 버티지 않고 아쉬운 표정으로 국천을 따라 나섰다.

일행이 월궁에 거의 다다랐을 쯤, 풀이 죽은 아련을 보다가 국천이 무언가 생각이 났다는 듯 아련에게 넌지시 귓속말을 건넸다.

"축제는 항상 뒤풀이가 더 즐거운 법인데. 그렇지?"

"무슨 말이에요?"

되묻는 아련에게 국천은 그저 씩 웃기만 했다.

궁으로 돌아온 국천은 모두 물린 채 아련만을 데리고 어딘가로 향했다. 아련은 말없이 따라나섰다. 국천의 얼굴에 핀 소년의 미소를 방해하고 싶지 않았기 때문이다.

국천은 월궁의 더욱 깊은 곳으로 발걸음을 향했다.

***

국천은 크고 작은 돌들을 쌓아 지은 작은 건물 앞에 가서야 걸음을 멈추었다.

국천이 기대하라는 듯 아련을 보며 어깨를 쭉 펴고 입구의 문을 밀자 드르륵 하는 돌이 끌리는 소리와 함께 문이 열렸다.

"대체 어디에요?"

"천월대라고 하는 데야. 발밑을 조심해서 걷도록 해. 월국에서 가장 어두운 곳이니."

아련은 천월대를 올려다보았다. 크기도 모양도 일정치 않은 돌들을 쌓아 만든 탑 형태의 건축물이었다. 탑 안으로는 장정 열 명 정도는 들어갈 정도의 꽤 큰 공간이 있었고, 캄캄한 내부 덕에 창문으로 들어오는 달빛이 더욱 희게 보였다.

국천은 능숙하게 자리를 잡으며 앉았다. 구석에는 누군가 가끔 머물다 간 흔적처럼 술병 몇 개와 바닥 깔개가 놓여 있었다. 아련은 어둡고 밀폐된 공간에서 국천과 함께 있는 것이 처음은 아니었지만 자신을 끌어당겨 앉히려는 그의 대담한 행동에 왠지 모를 떨림을 느꼈다.

국천은 손바닥으로 바닥을 툭툭 치며 아련에게 이리와 앉으라는 손짓을 했다.

"저자의 마당 밟기 정도는 아니더라도, 흔치 않은 풍경을 보여줄 테니 이리와 앉아."

"여긴 뭐하는 데예요? 궁궐에 이리 인적 없는 곳도 다 있네."

마치 외딴 섬 같은 곳이었다. 저자의 소란도 여기서는 아예 들리지 않았다. 오직 국천과 아련의 숨소리만 들리는, 이곳은 오롯이 둘만의 공간이었다.

"먼 옛날에는 여기서 하늘의 기운을 점치기도 하고, 달과 별을 보기도 했다던데. 이제는 오래되어 사용치 않는 곳이 되었지. 가끔 홀로 있고 싶을 때 오는 은신처라고나 할까."

"달과 별이요? 달은 저 흰 태양을 말하는 것인데, 별은 또 무엇인가요?"

"별이 무엇인지도 모르다니, 정말 가엾군. 자, 눈을 감았다가 떠서 하늘을 찬찬히 바라봐."

아련은 어느새 국천의 곁에 앉아 그가 시키는 대로 하늘을 보았다. 손을 내밀면 잡히기라도 할 것 같은 큰 달이 보였다. 국천이 무엇을 보라는 것인지 모르겠다는 듯 그를 돌아보려 하자, 국천은 손으로 아련의 얼굴을 잡아 달이 뜬 하늘을 계속 보게 했다.

그때였다. 아련의 눈에 작고 여린 빛들이 눈에 들어오기 시작했다.

바늘로 하늘을 콕콕 찔러 구멍을 낸 것처럼 곳곳에 빛나는 점들이 보였다.

아련은 보석이 박힌 듯한 신비로운 광경에 넋을 잃고 빠져들었다. 하늘의 빛이란 자고로 강렬한 태양 오직 그뿐이었는데, 월국의 하늘엔 온화한 빛을 품은 달을 비롯하여 온갖 크기의 작은 별들이 그 주변을 감싸듯 자리 잡고 있었다.

"이렇게 하늘을 올려다보며 빛을 감상할 수 있단 것이 너무 신기해요. 꼭 검은 비단에 빛나는 보석을 박아놓은 것 같아요."

"이곳만큼 만월을 즐길 수 있는 곳도 없을걸. 어두운 만큼 하늘이 더 밝게 보이지."

천월대는 창을 통해 들어오는 달빛을 제외하곤 그 어떤 빛도 새어들지 않는 곳이었다. 아련은 아름다운 달빛이 아닌, 자신의 얼굴을 바라보고 있는 국천의 시선을 느끼고 얼굴이 달아올랐다. 감정을 조금도 숨기지 못하는 아련이 귀엽다는 듯 국천이 미소 지었다.

국천은 어색해진 분위기를 깨보려고 자리에서 일어나 천월대 구석에 보관해두었던 술병을 꺼내들었다.

"월국의 술을 맛본 적 없지? 태국의 것과는 비교도 되지 않을 맛인데."

아련의 눈이 반짝 빛났다. 그러고 보니 달큰한 술 한 잔 해본 것이 언제였나 싶기도 했다. 술을 입에도 대지 않는 여왕의 눈을 피해 몰래 마셨던 짜릿한 음주의 기억이 그녀의 후각을 더 자극했다.

국천이 여인의 허리마냥 곱게 둥글려진 술병의 마개를 따자 아련은 크게 숨을 들이쉬며 향을 맡았다.

"표정만 봐서는 아주 주당이군, 그래. 술 향기를 그리 맛있게 맡다니."

"주당은 무슨! 그저 즐기는 정도죠. 일국의 왕자가 술 한 잔 못할까 봐?"

"핑계도 좋군. 아무튼 한잔하지. 이리 아름다운 풍경에 술이 빠지면 쓰나."

"핑계는 지공이 더 좋구만, 뭘."

아련이 우습다는 듯 혀를 쏙 내밀며 술잔을 내밀었다. 쪼르르 잔이 채워지고, 국천의 잔 또한 맑은 술이 넘실거리며 채워졌다. 아련이 먼저 국천에게 자신의 잔을 가까이 대며 웃었다.

"참 아름답고, 또 향기로운 뒤풀이네요. 고마워요, 전하."

"나를 높여주는 것인지 놀리는 것인지 알다가도 모르겠군. 어찌 되었든 만일에는 언제나 행복만이 가득해야 하니."

아련과 국천의 술잔이 작고 둔탁한 소리를 내며 부딪쳤다. 알싸하고 시원한 술이 두 사람의 목구멍을 타고 가슴까지 뜨거운 기운을 전달하였다.

아련은 처음 맛보는 월국의 술이 맛있는지 장난스런 표정으로 빈 잔을 다시 내밀었다. 국천은 살짝 불안하단 얼굴로 잔을 채워주며 웃었다.

"이 술의 별명이 타임주란 걸 아는가 모르겠군."

"타임주요? 그게 무슨 뜻이죠?"

"워낙에 독주라서 마시고 취하면 임도 못 알아보고 팬다는 뜻인데, 괜찮겠나?"

아련이 목젖이 보일 정도로 깔깔거리며 술잔을 들이켰다. 국천도 아련의 웃음이 싫지 않았다. 그들은 천천히 술잔을 비워갔다.

"임도 없으신 분이 별 걱정을 다."

"취한 그대가 나를 못 알아볼까 걱정이지."

"지공이 내 임이라도 되나?"

나란히 앉아 창밖을 보며 술잔을 기울이던 두 사람 사이에 묘한 정적이 흘렀다. 숨을 쉴 때마다 서로에게 기대듯 붙은 어깨가 가볍게 떨렸다.

국천이 팔을 크게 들어 아련의 어깨를 살짝 감싸 안자 아련이 놀란 듯 움찔거렸다. 하지만 그를 피하지는 않았다.

적당히 오른 취기 때문이었을까. 아련은 어디서 솟은 것인지 모를 용기로 자신의 몸을 더욱 국천에게 기대었다. 시선은 계속 하늘을 바라보고 있었다.

"태국에 있을 때는… 항상 주위에 사람들로 붐볐지만, 한 번도 누군가와 함께 있어 다행이란 생각을 해본 적 없는 것 같아요."

"모두가 나를 존경하고, 경외하지만 나의 진짜 마음을 보일 이는 아무도 없는 듯하고…."

"약해지거나 못난 모습을 보였다간, 당장에라도 그들이 내 곁을 떠날까 봐 두렵고."

"모두가 나에게 바라는 것은 많지만, 내가 바라는 것을 들어줄 이는 하나도 없지."

"외로움과 두려움은 언제나 나의 책임일 뿐이죠."

아련은 고개를 들어 국천을 보았다. 국천은 말하지 않아도 그녀와 같은 생각을 하고, 행동하지 않아도 그녀의 마음을 들여다보는 듯했다.

그가 평범한 태국의 사내였다면, 아련이 오라비의 죽음을 어깨에 얹고 살아야 할 운명이 아니었다면, 두 사람은 저자의 여느 연인들처럼 더욱 솔직하고 편하게 연심을 표현하고 미래를 약속하며 살 수 있었을까.

아련의 뺨에 지긋이 손을 올린 국천의 나지막한 목소리가 그녀의 마음을 쓸어내렸다.

"내 곁에 있는 지금도, 외롭고 두려운가."

아련의 마음을 묻는 국천의 눈빛은 마치 첫정을 고백하고 대답을 기다리는 소년의 그것 같았다. 전에 없이 순수하고 떨리는 눈빛에 아련은 쉬이 대답할 수 없었다. 처음 만난 순간부터 지금까지 국천과 함께한 모든 순간, 그녀는 외롭거나 두려웠던 적이 없었다. 하지만 저의 마음을 오롯이 드러내면 국천이 자신을 어찌 볼까 두려웠다.

"모르겠어요. 지금 이 모든 것이… 정녕 나에게 허락된 일들이 맞는지…."

"누가 그대에게 허락을 하고 말고 해. 나와 함께 있다면 무엇도 안 될 것이 없어. 걱정하지 마."

"이리 허풍이 센 사내를 믿어도 될꼬."

"연모하는 여인 앞에 선 사내의 마음이라면, 믿어주겠나?"

"…."

아련이 뭐라 응수할지 몰라할 때 국천의 얼굴이 아련의 얼굴로 점점 가까이 다가갔다. 국천은 어깨를 감싸던 손을 내려 그녀의 허리를 가만히 감아 안았다. 저절로 아련의 몸이 국천의 품으로 폭 안겨 들어갔다.

국천은 아련을 뚫어져라 바라보았다. 쿵쾅거리는 두 사람의 심장이 맞닿을 듯 밀착되자 아련은 부끄러운 듯 그의 어깨에 고개를 묻었다.

"창피하게."

"이리 깜찍한 말도 할 줄 알았던가. 그대의 끔찍한 말본새에 놀란 적이 한두 번이 아닌데."

아련은 앙탈을 부리듯 국천의 어깨에 묻은 얼굴을 부비기만 할 뿐, 그의 품 안에 가만히 안겨있었다.

국천은 아련의 얼굴을 계속 보고 싶다는 듯 그녀의 얼굴을 손으로 가만히 들어 올렸다. 그리곤 천천히 그녀의 입술에 자신의 입술을 포개었다.

창문으로 들어오는 달빛이 마치 그들을 비추는 조명처럼 두 사람의 머리 위로 쏟아졌다.

온 세상의 시간이 멈춘, 오직 두 사람만의 빛이었다. 국천과 아련은 서로의 숨결을 조금이라도 더 느끼려는 듯 더욱 세게 상대를 끌어안았다.

국천의 뜨거운 숨결이 아련의 온몸을 타고 흐르는 듯했다. 그녀의 입안 곳곳을 쓰다듬는 혀의 부드러운 감촉이 그녀의 정신을 몽롱하게 했다. 아련은 조심스레 그녀의 허리와 등을 오가는 손길에 모든 감각을 맡겼다. 동시에 그를 안은 손에 힘을 주었다.

아련은 숨을 쉬는 방법조차 잊은 사람 같았다. 오직 국천이 불어넣는 숨결에만 의지한 채 그의 입술을 느꼈다. 그러던 어느 순간, 부서질 듯 그녀를 안고 있던 국천의 얼굴이 점점 시야에 들어왔다. 긴 입맞춤을 끝낸 두 사람은 따스한 눈빛으로 서로를 바라보았다. 숨이 차는 듯 쌕쌕거리는 아련의 모습이 국천의 눈에 더욱 사랑스러워 보였다.

"태국이든 월국이든, 이대로 그대를 곁에 두고 싶다면… 나의 욕심일까."

아련은 국천을 있는 힘껏 안는 것으로 대답을 대신했다. 이 사내와 함께라면 태양의 아이가 살아있는 것에 분노하던 여왕에 대한 배신감도, 신탁을 찾아 증명하고 싶던 스스로의 존재에 대한 의문도 모두 가볍게 털어낼 수 있을 것만 같았다.

"욕심 부려줘요. 나를 위한 어떤 일도 모른 체하지 말고, 저만을 위한 욕심을요."

"눈앞에 있기만 해도 온 신경이 쏠려 견딜 수 없는데 모른 척이라니."

국천이 품에 안긴 아련과 함께 다시 창밖의 하늘을 바라보았다. 국천이 태어나서 본 중에 가장 아름다운 만월이었다.

"언제나 변치 않는 태양과는 다르게 달은 땅을 가까이 굽어보기도 하고, 멀리 가기도 하지. 우리 월국은 그런 달을 보고 인생을 배우며 살아."

"눈이 부셔 똑바로 올려다볼 수 없는 것이 태양인데, 달은 누구에게나 그 시선을 허락하는군요."

"내가 했던 말 기억하나? 만월에 간절히 소원을 빌면 이루어진다는."

생각에 잠긴 듯 달을 바라보던 아련이 간절한 목소리로 물었다.

"내 소원을 들어줄까요?"

"태양의 아이가 달에게 소원을 빈다… 영광스런 일이로군."

아련은 두 손을 모아 달을 향해 소원을 빌었다. 그녀의 진지한 태도에 국천 또한 눈을 감았다. 고요한 천월대 위로 별 하나가 커다란 포물선을 그리며 떨어져 내렸다. 떨어지는 별을 본 아련이 놀라서 국천을 흔들어댔다.

"봤어요? 별… 그 별이란 것이 땅으로 떨어졌어요!"

"참으로 신기한 것도 많은 여인이야. 흔한 일은 아니지만, 별똥별을 본 게군."

"별똥별이요? 와, 나 오늘 정말 신기한 일투성이예요."

아련이 그녀 특유의 맑은 눈망울로 국천을 향해 웃었다. 하지만 국천은 쓴웃음을 지을 뿐이었다. 하늘에서 떨어진 별의 존재가 그리 달갑지 않았기 때문이다.

"왜요? 혹 별똥별이란 것이 안 좋은 징조라도 되는 거예요?"

"반드시 그런 것은 아니지만, 변화의 징후일 때도 있지…."

아련이 걱정스러운 얼굴로 바뀌자 국천은 그녀를 다시금 끌어안으며 등을 쓸어내렸다.

국천의 품에 안긴 아련은 세상에서 가장 든든한 울타리 안에서 쉬는 듯한 느낌이었다.

먼 곳에서 늑대들의 울음소리가 들려왔다.

길고 긴, 마치 깊은 슬픔 속에 누군가를 찾는 듯한 울음이었다. 늑대들의 울음이 들려오자 아련이 물었다.

"늑대들의 울음소리가 어찌 이곳까지 들리는 걸까요?"

국천은 지금 이 순간만큼은 아무 걱정하지 말라는 듯 아련을 더욱 꽉 끌어안았다.

"괜찮아. 그대가 걱정할 것은 아무 것도 없어."

아련을 품에 안은 채 하늘의 달을 바라보는 국천의 눈빛에 미묘한 불안감이 스쳐지나갔다.

* * *

아련과 국천은 그 후로도 한참 동안 천월대 안으로 내리는 달빛을 바라보며 축제의 여운을 즐겼다. 어떤 꾸밈도 필요 없는 오롯한 휴식의 시간이었다. 천월대의 창문으로 들어오는 빛의 세기가 조금씩 옅어졌다. 달이 점점 땅에서 멀어지는 시간, 월국의 밤이 다가오고 있는 것이리라.

국천은 자리에서 일어나 아련에게 손을 내밀었다. 아련도 국천의 손을 잡으며 일어났다.

"이제 그만 침소로 갈까?"

국천의 말에 아련이 화들짝 놀랐다. 양 팔로 제 가슴팍을 감싸며 국천을 노려보기까지 했다. 국천은 아련의 머리를 쓰다듬는 척 콩, 하고 꿀밤을 때렸다.

"무슨 생각을 하는 것이야. 쯧쯧, 마귀가 쓰여도 단단히 쓰였군."

"아니 그게 아니라! 나를 이렇게 스스로 아껴주는 마음으로다가."

아련은 팔을 더욱 당겨서 제 어깨를 스스로 쓰다듬었다. 국천은 눈 뜨고는 못 보겠다며 고개를 절레절레 흔들었다.

그가 문 쪽으로 앞장서 걸어갔다.

아련은 어처구니없는 행동이 창피해서 죽고 싶었지만 되려 아무렇지 않은 척 따라가 그의 손을 덥석 잡았다.

"…?"

"요 앞까지만. 손잡고 걸어요."

"뭐, 아무도 없는 곳이니… 그러시든가."

천월대 앞은 적막한 어둠만이 가득했다. 평소 아무도 찾지 않는 곳이라 등불조차 켜지 않는 길이었다. 두 사람은 손을 꼭 잡고 조심조심 걸음을 옮겼다.

국천은 따로 마련한 처소로 아련을 데려다 준 후 내전으로 돌아왔다. 내전에는 한울이 기다리고 있었다. 그는 면목 없다는 듯 고개를 숙이며 고했다.

"늑대 탈을 쓴 자를 쫓아 흑산까지 추격하였으나… 놓치고 말았습니다."

"…."

국천은 그저 고개만 끄덕일 뿐, 대답이 없었다.

"되었으니 대장군께서도 물러가 쉬시게."

한울이 물러간 후, 국천은 몸을 뉘일 생각조차 없는 것처럼 자리에 앉아 생각에 잠겼다. 국천의 낯빛에 미묘한 어둠이 스쳐지나 갔다. 그는 자리를 박차고 일어나 어딘가로 향했다.

***

태어나 이리도 개운한 잠을 자본 일이 있을까! 대자로 온 방 안을 뒹굴며 자던 아련이 기지개를 켜며 일어났다. 국천의 명으로 아련의 처소 주변은 월궁의 어떤 곳보다 많은 등불이 켜져 있어 사방이 대낮처럼 밝았다.

아련이 처소 바깥으로 나오자 지나던 궁녀들이 목례를 했다. 아련도 목례로 인사했다.

아련은 문득 궁금해졌다. 자신을 불쌍하고 모자란 옛 스승의 여식이라 소개했다던 군주의 말을 궁녀들이 곧이곧대로 믿고 있을까? 아니라면 자신을 대체 무어라고 생각할까?

깍듯하게 예의를 갖추는 걸로 보건데 왕이 아끼는 여인쯤으로 생각하는 것 같긴 했다. 아련은 곧 내전 근처를 오가는 궁녀들의 걸음이 부산하고 바쁘단 것을 눈치 챘다. 그들은 쉴 새 없이 무언가를 나르고, 월국에선 귀한 나물과 꽃들을 소쿠리째 들고 돌아다녔다. 궁금증을 참지 못한 아련이 지나는 궁녀를 하나 붙잡았다.

"무슨 날이라도 되는 거예요? 다들 엄청 바쁘시네요."

정말 아무 것도 모르냐는 표정이던 궁녀가 다소곳이 대답을 했다.

"전하의 탄신일이옵니다. 사치스러운 연회는 금하시는 터라 그저 탄신일 성찬만 준비하고 있지요."

"탄신일이요? 아…."

궁녀가 잰 걸음으로 사라져 가는 동안 아련은 멍하니 자리에 서 있었다.

국천의 탄신일이라….

아련의 머릿속이 바쁘게 돌아가기 시작했다. 그러다 무언가 생각이 났는지 후다닥 걸음을 옮겼다.

국천은 먹음직스럽게 차려진 탄신상 앞에 앉아 있었다. 어찌된 일인지 아련이 여태 나타나질 않았다. 배고픈 게 목에 칼 들어오는 것보다 무섭던 아련이었다. 상을 들여온 궁녀가 대신 기미할 것을 청했지만 국천은 그녀를 물리고 일어났다.

내전을 다 살피고, 아련의 처소로 간 국천은 그녀가 없다는 것을 확인하자 초조해지는 마음을 감출 수 없었다. 뒤를 따르는 신하들의 질문을 모두 무시한 채 그는 서고를 향해 달리듯 걸어갔다.

국천이 서고의 문을 벌컥 열고 들어가자 구석에 앉아 있던 아련이 무언가를 급히 감추었다. 문 앞에는 국천이 화가 난 표정으로 아련을 보고 있었다.

"지금 뭐하는 거야!"

"네…?"

"찾아도 보이질 않고, 밥을 먹으러 오지도 않으면 대체 어쩌라는 것이야!"

"아니, 나는… 신탁을 좀 살필까 해서."

"어딜 가면 가겠다 말을 해야지! 그대가 기미를 해야 내가… 내가 밥을 먹지!"

아련은 느닷없이 마구 역정을 부리는 국천을 그저 멍한 표정으로 바라보았다.

영문도 모르고 아련이 놀란 듯하자 상황을 깨달은 국천이 더는 화를 내지 못하고 한숨만 쉬었다. 아련을 확인하고 나니 이성을 잃고 헤맨 제 행동이 참으로 어이없게 느껴졌다.

"미안해요. 기미 하러 갔어야 했는데… 깜빡했어요. 배 많이 고파요?"

"배가 고파서가 아니라!"

국천은 더 말해봐야 우스워지기만 할 것이 분명해 입을 꾹 다물어버렸다. 국천의 앞뒤 없는 신경질을 이해할 수 없던 아련은 엉덩이 밑에 숨긴 것들을 서고 책장 아래로 잘 밀어 넣고는 슬쩍 일어섰다.

"미안하다니까요. 화 풀고 어서 내전으로 가셔요. 금일이 전하의 탄신일인 것 들었어요. 보지 않아도 눈앞에 진수성찬이 둥둥 떠다녀요."

"내가 뭘 못 먹어서 이러는 것이 아니래도!"

기미할 시간에 조금 늦은 것이 이리 난리를 칠 일인가? 아련은 국천의 기분을 맞춰주려다 부아가 치밀었다.

"아니 그럼 왜 그렇게 화를 내요. 내가 뭐 잘못했어요? 말을 해요, 그냥!"

"참나…."

"지금 진짜 이상한 것 알아요? 칭얼거리는 애도 아니고."

"으드 그즈므…."

"네? 뭐라는 거예요. 들리게 좀 해봐요."

아련은 눈을 더 크게 뜨고 국천의 말을 들으려 더 가까이 다가갔다. 쑥스러운 듯 국천이 아련의 눈이 아닌 다른 곳을 보며 말했다.

"내 허락 없이는 어디 가지 말라고. 무얼 하든, 어딜 가든 막지 않겠지만 말은 하고 다녀. 갑자기 눈에 안 띄면 불안하지 않겠나, 내가."

아련은 피식 웃었다. 흉포한 늑대들 앞에서도 눈 하나 깜짝 않던 국천이 아니었던가. 죽을 만큼 큰 상처를 입고도 벌떡 일어났던 국천이지 않았는가. 세상에서 가장 강인한 줄 알았던 사내가 단 몇 각의 시간 동안 사라진 아련을 찾아 이리 펄펄 뛰다니. 아련은 국천의 마음이 고맙고, 또 간지러워 웃지 않을 수가 없었다.

"알겠어요. 내가 우리 전하를 두고 감히 혼자 쏘다니고 그런 짓은 안 할게요."

아련이 국천에게 얼굴을 들이밀며 환하게 웃었다. 국천은 아련이 얄미워 죽겠다는 듯 고개를 팩 돌리며 서고문을 열어 재꼈다.

"꼴도 보기 싫으니 탄신일 성찬은 나 혼자 즐겨야겠어."

"저언하, 어떤 사특한 독이 전하의 옥체를 해할지도 모르는데 소녀가 반드시 기미를 해야지요!"

아련은 단단히 삐친 국천의 뒤를 쪼르르 따라갔다. 국천 몰래 하던 '그것'은 잠시 미뤄둘 수 밖에 없었다. 아련은 책장 아래 숨겨둔 것들을 눈으로 잠시 흘기고는 서고를 나섰다.

***

국천은 깨끗하게 비워진 상을 보며 대단하단 듯 아련에게 엄지손가락을 척 들어 보였다. 항상 느끼는 것이지만 저 작은 몸뚱어리 어디에 이 많은 음식들이 비집고 들어갈 틈이 있는 것인지, 결코 풀 수 없는 난제였다.

국천이 아련을 어떻게 보든 말든 그녀는 볼록 나온 배를 통통 두드리며 만족스런 미소를 지었다. 태국에서 맞았던 그녀의 탄신일에 비하면 마을잔치 급의 성찬이었지만, 그녀의 마음을 흡족하게 하기에는 충분했다. 게다가 오늘은 국천의 깜찍한 마음까지 덤으로 받지 않았는가. 상쾌했던 하루의 시작부터 모든 것이 좋은 날이었다.

국천이 뭔가 할 말이 있다는 듯 입술을 씰룩이며 아련을 보았다. 하지만 아련은 국천을 신경 쓸 겨를도 없는지 벌떡 일어나 나갈 채비를 했다.

"진짜 미안한데요. 내가 지금 좀 바쁜 일이 있어서. 먼저 나가봐도 될까요? 허락만 받으면 뭘 하든 어딜 가든 괜찮은 거잖아요."

"그야 그렇지."

"오늘만큼은 나는 내 할 일, 전하는 전하 할 일 하는 걸로 하죠."

"…"

"괜찮죠?"

"서고에… 가려는 것인가. 신탁을 찾으려고?"

"네."

"도와줄까?"

"아니에요. 오늘은 혼자 하고 싶어요."

국천은 더 말하지 않고 고개를 끄덕였다. 아련은 기다렸단 듯이 문을 열고 나가버렸다.

방 안에 혼자 앉은 국천은 아련이 앉아 있던 자리만 멍하니 쳐다보았다. 그의 입술 사이로 생기 없는 목소리가 흘러나왔다.

"내가 어찌하는 것이 옳은 일이냐…. 나를 위하는 일이 곧 그대를 위하는 일이, 아닐 수도 있단 말이냐…."

아련은 바쁘게 내전을 지나 서고로 향했다. 자신이 있는 동안에는 누구도 들어갈 수 없는 곳임에도 행여 누가 보기라도 할까 주위를 살피며 서고 문을 쾅 닫았다.

일각에서 아련을 지켜보던 한울의 눈빛에 서늘한 기운이 감돌았다. 어떤 일이 벌어진다 해도, 한울은 주군을 믿고 따를 것이었다. 그리고 주군이 지키고 싶다 하는 여인이라면, 그에게도 지켜야 할 여인이 될 것이었다.

국천은 하루 종일 밀린 업무를 치르느라 정신없는 시간을 보냈다. 그간 아련에만 신경이 쏠려 국사에 소홀했던 것도 사실이었다.

국천의 탄신일을 맞아 무양 내 극빈민들에게 양식을 나누어주는 것부터 사라진 늑대들의 행방에 대한 조사까지, 국천은 끊임없이 밀려드는 신하들과의 회의를 치러야 했다.

홀로 시간을 보내고 싶다던 아련은 정말 서고 안에서 꼼짝도 않고 있었다. 궁금해 잠시 들러볼까 하다가도 아침부터 난리를 부린 자신의 물색없는 행동이 마음에 걸려 그냥 두기로 했다. 못한 말이 있기는 했지만 당장 어찌하고 싶지는 않았다.

하루 종일 굳게 닫혀 있던 서고의 문이 벌컥 열리고, 아련이 위풍당당하게 걸어 나왔다. 그녀는 품에 감춘 '그것'이 흐뭇해 죽을 지경이었다.

어서 국천에게 달려가 보여주고 싶었다. 절로 입꼬리가 올라가는 것을 숨길 수가 없었다. 아련은 애가 닳는 듯 총총거리며 달리기 시작했다.

국천은 궁인들을 모두 물린 채 내전 앞을 홀로 거닐고 있었다. 아무 의미도 없이 내전 앞에 자라난 잡초들을 발로 건드려 보기도 하고, 누군가 찾는 것처럼 두리번거리기도 했다.

세상 누구보다 훤칠하고, 단단한 눈매를 지닌 사내가 아련을 가다리는 게 분명했다.

국천은 아련이 온 것을 보고 괜한 헛기침을 하며 딴청을 부렸다. 하지만 아련은 알 수 있었다. 국천의 모든 행동들이 자신을 반기는 그의 마음이란 것을.

"전하!"

두 사람은 마치 오랫동안 헤어져 있기라도 했던 것처럼 서로를 애틋하게 바라보며 다가섰다.

아련은 웃을 듯 말 듯 미소를 머금고 품에서 작은 주머니를 꺼냈다.

"그게 무엇이지?"

"탄신일 선물!"

아련이 주머니에서 꺼낸 것은 가늘고 길게 자른 천들을 곱게 꼬아 만든 팔찌였다. 아련은 국천의 팔에 직접 팔찌를 걸어주고는 뿌듯한 얼굴로 활짝 웃었다.

"태국에서 내가 입고 온 옷과 월국의 옷감을 잘라 만든 건데, 맘에 들지 모르겠어요. 귀한 물건은 아니지만 내가 해줄 수 있는 것이 아무리 생각해봐도 없어서…."

아련은 슬그머니 자신의 팔목을 국천에게 보여주었다. 국천의 팔찌와 같은 모양의 것이 아련의 가녀린 팔목에도 걸려 있었다.

"연인들끼리 이렇게 함께 거는 것이 태국선 유행이기도 한데…."

아련의 말이 끝나기도 전에 국천이 그녀를 품에 안았다.

"고마워."

아련은 국천의 품에 안긴 채 미소를 지었다.

"맘에 든다니 다행이에요. 태국의 옷감과 월국의 옷감을 꼬아 만든 것이니 우리에겐 더 의미가 있을 것 같았어요."

아련을 품에서 떼어낸 국천의 눈빛이 더없이 진지해졌다. 아련은 그저 웃기만 했다. 국천은 할 말이 있는 듯한 얼굴이었다.

"이제…."

"…"

"그만 돌아가."

"…?"

"태국으로, 돌아가 줘."

힘겹게 열린 국천의 입에서 상상조차 할 수 없는 말들이 나오고 있었다. 아련은 무슨 영문인지 몰라 어색하게 웃기만 했다. 아련의 어깨를 잡고 있는 그의 손아귀에 더욱 힘이 들어갔다. 아련은 하루 종일 저의 곁을 지키지 않았다고 놀리려는 것이 아닌가 싶었다.

"장난치지 마요. 사내가 이리 치사하게 토라지는 법이 어디 있어요."

"…"

"축하해주고 싶었어요. 내 방식으로, 온전히 나 혼자 할 수 있는 방법으로."

"미안해."

"축하해요. 전하의, 아니 지공의 탄신일을… 축하해요."

"나는 그대의 목적을 이루어주지 못해. 신탁 따위 잊고 그만 돌아가. 태국으로."

"자꾸 왜 그래요? 나 정말 화낼 거예요."

"그대를, 지켜 줄 수 없어. 그러니 이제 그만…."

힘겹게 말을 잇는 국천의 목소리에서 깊이를 알 수 없는 먹먹함이 배어나왔다. 아련이 국천의 말을 자르며 소리쳤다.

"대체 무슨 소릴 하는 거냐고요! 앞뒤도 없고, 사정도 알려주지 않고! 느닷없이 나보고 떠나라 하면 나는 어찌 대답해야 해요? 왕명이니 따라야 하나요? 내가 그 말을 들을 것 같아요?"

"왕명이라니. 그대에게 내가 어찌 왕이 될 수 있는가. 그대가 나의 백성일 수만 있다면 좋을 것인데."

아련은 뜬구름 잡는 소리로 머릿속을 더 어지럽히는 국천을 노려보았다. 국천은 아련의 어깨를 잡았던 손을 놓으며 긴 한숨을 쉬었다. 납득 없이 물러날 아련이 아니었다.

하지만 그는 그녀를 납득시킬 수 없었다. 국천이 그녀에게 주어야 할 것은 납득이 아니라 상처였다. 그녀를 스스로 돌아서게 할 만큼 큰 상처.

아련이 월국의 신수에 손을 댄 날 국천이 읽었던 서신으로부터 시작된 일이었다. 태국의 여왕은 왕자 아우라의 실종 배후를 월국의 왕실이라 추궁하고 있었다. 월국의 검을 지니고 있던 국천을 허투루 넘기지 않은 대승상 유정의 합리적 의심이었으리라.

물론 국천이 월국의 흑왕이란 것까지 알지는 못했더라도 태국의 여왕은 분명 왕자의 실종에 월국이 연관되었을 것이라 생각했다. 국천은 그날의 서신은 모른 척하기로 했다. 여왕의 의심을 확신할 만한 증거를 찾기 전엔 함부로 어찌할 수 없으리라 여겼다. 그때까지는 아련을 자신의 곁에 숨긴 채 두고 싶었다.

하지만 축제가 있던 밤, 국천과 아련이 천월대에서 서로의 마음을 확인했던 그 밤에 국천은 청천벽력 같은 서신을 받고 말았다. 천년을 이어 온 양국의 평화가 우르르 무너지고 말았다. 태국의 여왕은 왕자가 월국에 납치되어 있음을 모두 알고 있으며, 모든 것은 은밀히 활동했던 세작(염탐꾼)에 의해 증명할 수 있다고 했다.

늑대탈의 사내! 혹시 그가 태국의 세작이었던가. 분명 늑대의 기운을 가진 자였는데. 그렇다면 태국의 왕실과 늑대의 왕은 이미 그 세력을 함께 하고 있기라도 하단 말인가.

여왕의 서신은 곧 전쟁 선포나 마찬가지였다. 장벽을 넘어 월국을 멸망케 할 방책 또한 모두 세웠다 하였다. 신성한 태양의 아이를 월국의 사특한 기운으로 더럽힌 죄, 천형으로 다스릴 수 있다고 경고했다. 한 치 앞도 내다 볼 수 없는 먹구름이 월국을 향해 드리워지고 있었다. 이대로 있다간 월국의 백성들은 물론이요, 아련의 안위마저 보장할 수 없었다. 국천은 반드시 아련을 태국으로 보내야 했다. 모든 것이 부서져 사라진다 해도 단 하나 살려야 할 것이 있다면, 그것은 분명 국천의 눈앞에 있는 그녀, 아련이었다.

국천은 단호한 목소리로 말을 이어갔다.

"월국의 백성이 아닌 자, 더는 이 땅에 머무를 수 없다는 것이 월국의 왕으로서 내린 결정이야."

"뭐라고요?"

"태국의 여인이 이 땅에 온 이후로 영험한 신수가 시들어가고 있어. 또한 그대가 가진 태양의 기운이 사악한 늑대들을 무양으로 끌어들이고 있다는 게 확인되었지."

"아니, 어떻게 그런 일이…."

"그대와 내가 나눈 것은 흔하디흔한, 이제와 아무 의미도 없는… 같잖은 호기심이었을 뿐, 이 몸이 월국의 왕으로서 고려해야 할 것은 조금도 없어."

국천의 눈빛이, 말씨가 더없이 차가웠다. 아련은 국천의 날 선 말투에 입술을 꾹 깨물 뿐이었다. 머릿속이 백지처럼 하얘져 말 한마디 떠오르질 않았다.

대체 이 사내가 지금 무슨 말을 하고 있는 것인가. 하루 전만 해도 세상 어디서도 본 적 없는 따스함으로 그녀를 안아주던 이가 지금은 그녀를 향해 무심하기 짝이 없는 적의를 표출하고 있었다. 벼락같이 닥친 상황에 아련은 오히려 실소가 나왔다.

"당신과 내가 함께… 했던 모든 것들이 그리 같잖은 것이었나요?"

"오해하게 했다면 미안하군."

"내 눈, 똑바로 봐요."

아련이 국천의 앞섶을 잡아당기며 얼굴이 닿을 듯한 채로 물었다.

국천 또한 그녀의 눈을 피하지 않았다. 두 사람이 서로의 마음을 받아들이기로 했던 천월대의 그때 그 순간처럼 아련의 눈은 오직 국천으로 가득했다.

"거짓말하지 않기로 했잖아요."

"…한 치의 거짓도 없어."

"당신이 있는 한, 무엇도 두려울 일 없다고 했잖아요."

"…."

당차게 국천의 앞섶을 잡은 손이 떨리고 있었다. 국천은 떨리는 아련의 손을 당장이라도 잡아주고 싶었지만 그럴 수 없었다. 그저 비집고 나오려는 울음을 필사적으로 억누르며 말을 잇는 그녀를 바라볼 뿐이었다.

"나 지금 당신에게 내 모든 자존심 내려놓고 얘기하는 거예요."

"무슨 말을 한 대도 소용없는 일이야."

막막한 적막이 두 사람 사이에 흘렀다. 아련은 국천을 놓고 양 주먹을 쥐며 물러섰다.

"나 지금, 두려워요."

"그만…."

"당신이 하는 말 한마디 한마디가 너무 아프게 꽂히는데, 이렇게 무섭고 힘들 때 생각나는 사람도 오직 당신이라…. 나는 어찌해야 하나요?"

"내가… 믿을 만한 사람이 아니라 미안하군."

아련은 떨리는 손을 감추려 주먹을 더 꽉 움켜쥐었다. 그녀를 바라보는 국천의 심정이 울컥했다. 국천은 차라리 눈을 감아버렸다. 전쟁의 소용돌이 안에 그녀를 두느니, 모두 잊고 돌아서는 편이 옳았다. 이 순간만 지나고 나면, 그녀의 태양이 모든 것을 잊게 해줄 일이었다.

국천이 감당할 슬픔과 그리움 같은 것은 그녀가 알아야 할 것이 아니었다.

"내가 당신에게 아무 의미 없는 호기심일 뿐이었다면, 나의 존재가 이 월국에 문제를 일으킬 뿐이라면, 사라져 드리죠. 다만."

국천은 여전히 눈을 감은 채 고개를 숙이고 있었다. 상처받은 아련의 목소리가 수천 개의 바늘이 되어 국천의 심장을 찌르고 후비는 것 같았다.

아련은 국천이 거짓말을 하고 있단 것을, 그 거짓말의 사정이 정확히 무엇인지는 몰라도 분명 그가 괴로움에 몸부림치고 있단 것을 알았다.

지난 밤 잠들기 전 그녀가 싱숭생숭한 마음을 떨치지 못하고 국천이 있는 내전 앞을 서성일 때, 아련은 보았다. 국천은 초조한 기색으로 내전을 나와 어딘가로 가고 있었다.

아련은 왠지 모를 기운에 몰래 그의 뒤를 쫓아갔다. 그가 향한 곳은 신수가 있는 정원이었다. 조금 전 국천의 말과는 달리 신수는 그 어느 때보다 성성한 모습으로 가지를 뻗어 하늘에 뜬 달을 찌를 듯 서 있었다.

국천은 신수의 가지에 걸린 서신을 내려 읽기 시작했다. 그리고는… 다리에 힘이 풀리기라도 한 듯 신수 둥치에 기대 손에 쥔 서신을 구겨버렸다. 그리고 그 아래에 주저앉았다.

그의 표정이 보이지는 않았지만, 아련은 느낄 수 있었다. 지금 거짓말로 그 누구보다도 힘든 사람은 국천인 것을.

아련은 더는 참을 수 없다는 듯 애써 차분한 목소리로 말을 꺼냈다.

"신수의 서신, 그 때문인가요?"

"…!"

"물어도 대답해주지 않으리란 것 알아요. 하지만, 그것이 당신과 내가 이루고자 했던 모든 것들을 갈가리 찢어놓을 이유가 된다면 그깟 서신 따위, 잊어버려요. 내가, 태양의 아이예요. 태국의 여왕께서 무슨 말씀을 하셨든 나는 모든 것을 바로잡을 수 있어요."

국천의 마음이 흔들렸다. 만에 하나 아련에게 모든 것을 털어놓는다면 상황이 어찌 흘러갈까. 그녀로 인해 전쟁이 발발할 위기임을 알게 된다면, 그녀는 어떻게든 그것을 막으려 하겠지. 오히려 전쟁의 중심에서 모든 위험을 짊어지려 할 것이 분명했다.

게다가 월국의 왕을 비호하며 나서는 태양의 아이를 여왕이 어찌할지….

그녀에게 확신할 수 없는 위험을 지울 수는 없었다. 국천은 아련이 신수의 서신을 어찌 알게 되었는지 궁금했지만, 묻지 않았다. 아련은 아무것도 모른 채 이 월국을 떠나 태국으로 가야 했다. 전쟁이 벌어진다 해도 이 월국의 땅에서 생길 일이니, 태국에서의 아련은 최소한 안전할 것이었다.

"무슨 소리를 하는지 모르겠군. 양국의 왕이 서신을 주고받는 것은 그대가 아는 것보다 훨씬 일상적인 일인 것을. 이 자리에서 꺼낼 일이 아니야."

아련은 가슴이 터질 것만 같았다. 무슨 말을 한대도 이 사내는 그녀가 바라는 답을 하지 않을 것이었다. 그의 모든 말이, 몸짓이, 그녀에게 아무것도 묻지 말고 돌아서 달라 빌고 있었다. 아련은 미어지는 심정에도 한 방울의 눈물조차 흘리지 않았다. 마음처럼 울어버리고 나면, 지금의 상황을 인정하게 되는 것만 같았다. 절대 결코 울 일이 아니었다.

"알겠어요. 태양의 아이로서, 흑왕의 제안을 받아들이도록 하지요. 하지만!"

"…?"

"나 또한 분명한 목적이 있어 위험을 무릅쓰고 이 월국에 온 것이니, 며칠만이라도 신탁을 찾을 시간을 줘요. 서고 주변을 벗어나는 일도, 당신 앞에 나타날 일도 없을 거예요."

"…"

"마지막 부탁이에요."

"사흘. 딱 사흘 말미를 주도록 하지. 만일 그때까지 신탁을 찾지 못한다고 해도, 그대는 이곳을 떠나야 해."

"알겠어요."

국천이 더는 할 말이 없다는 듯, 먼저 몸을 돌려 자리를 떠났다.

국천의 팔에 걸린 팔찌가 그녀의 눈에 들어왔다. 직접 묶어 걸어준 거였다. 조금 전까지만 해도 한자리에 뒤엉켜 함께 있었는데. 이제 다시는 닿을 일 없는 먼 곳으로 멀어지는 기분이었다.

"울지 마. 울면 안 돼."

서 있을 기력도 없는 아련은 스스로를 채근하듯 중얼거렸다. 행여나 돌아보지는 않을까, 이게 다 농이었다고 하지는 않을까, 헛된 기대들은 마음의 안개가 되어 눈앞을 자꾸 흐리게 했다.

국천은 끝내 그녀를 뒤로 하고 모퉁이를 돌아 시야에서 사라져 갔다. 아련은 하늘 아래 갈 곳이 사라진 기분이었다. 국천의 말대로 사흘 후면 태국으로, 본래의 일상으로 돌아가면 될 일일까. 그러면 모든 것이 없던 일처럼 흘러가버리고 말까.

아련은 힘겹게 발을 떼 걷기 시작했다. 한 걸음 한 걸음이 커다란 바위를 짊어진 것처럼 무겁기만 했다. 그녀는 아무 생각도 없이 서고로 걸음을 옮겼다. 무슨 일이라도 하지 않으면 미쳐버리고 말 것 같았다.

아련이 한참 만에 걸음을 떼자 내전의 모퉁이에서 국천이 조심스레 모습을 드러냈다. 그는 금방이라도 픽 쓰러질 것 같은 아련을 바라보며 입술을 앙 다물었다. 그의 곁으로 한울이 다가왔다. 국천은 조금도 놀라지 않고 엄하게 지시했다.

"서고 주변의 등불을 더 환히 밝혀 주게. 일말의 어둠도 여인을 두렵게 해선 안 되네."

"…알겠네."

한울은 국천의 신하가 아닌, 하나뿐인 벗으로서 그의 마음을 헤아렸다. 어떤 위로의 말도 필요치 않았다. 아니 할 수 없었다.

아련은 아무도 없는 텅 빈 서고 구석에 자리를 잡았다.

바닥에는 그녀가 보다 만 신탁 두루마리들이 마구 널려 있었고, 팔찌를 만들고 남은 옷감들도 정리되지 않은 채 그대로였다. 아련은 옷감을 쥐어 품에 안아보았다. 마치 그것이 국천과 아련을 연결해주는 유일한 물건이라도 된다는 듯.

옷감에 얼굴을 묻었다. 변한 것은 아무것도 없었다. 서고 안은 여전히 조용했고, 창문으로 새어 들어오는 은은한 달빛은 언제나 같았다.

무엇이라도 집중할 것이 필요했다. 아련은 옆에 놓인 아무 두루마리나 잡아 읽어 내려가기 시작했다. 신탁 속에 그녀를 구할 무언가가 있다면 얼마나 좋을까. 그녀는 정신없이 신탁에만 집중했다.

"집중하자. 이게 내가 여기 있는 이유야. 나는 신탁을 찾아야해."

신탁을 읽던 아련의 어깨가 가늘게 떨려왔다. 그녀의 눈에서 내리는 비가 두루마리 위에 작고 깊은 웅덩이들을 만들기 시작했다.

아무도 없는 곳에서 홀로 우는 울음이라면, 괜찮을 것도 같았다. 다잡고 있던 마음의 빗장이 툭 풀려버렸다.

"신탁을 찾아서… 엉엉… 태국으로 돌아가면 돼. 엉엉, 아무 일도 아니야. 아무 일도…."

아련은 껵껵 숨이 넘어갈 듯 오열했다. 어찌할 바를 모르겠다는 듯 제 가슴을 쿵쿵 때리며 아파했다. 한 번도 경험해본 적 없는 고통이었고, 한 번도 가져본 적 없는 마음이었다.

이럴 땐 어찌해야 하는지, 알려줄 사람이 없었다. 물어보고 싶은 오직 한 사람은 그녀에게서 떠나가 버렸다.

서고의 문 밖으로 아련의 서러운 울음소리가 새어나왔다. 그리고 차마 서고로 들어가지 못한 채 문 앞에 서 있던 국천은 문을 쓰다듬기만 할 뿐, 열지 못했다. 결국 국천은 자리를 떠나지도 못하고 문에 기대 앉아버렸다.

땅에서 멀어졌던 달이 다시 내려와 희고 큰 빛을 비추었다. 국천은 서고의 문 앞에 앉아 그녀의 슬픔도 가만히 가라앉기만을 기다렸다.

서고 구석에 앉아 한없이 울기만 하던 아련은 숨을 가다듬으며 주위를 보았다. 국천과 함께 있을 때면 세상 겁날 것이 없었는데, 이제 와보니 무엇 하나 눈에 익은 것이 없었다. 켜켜이 쌓인 두루마리들마저 이물스럽게 보였다. 혼자 있다는 것이 이리도 서러웠던 적이 있었나 싶었다.

자신을 경배하고 존경하는 수많은 사람들에 둘러싸여 있을 때는 오히려 혼자 있는 것이 편하다 생각했었는데⋯. 지금은 오롯이 혼자 감당해야 할 이 고독과 외로움이 너무 크게 느껴졌다.

똑똑.

서고의 문을 두드리는 소리에 아련은 벌떡 일어나 눈물로 범벅된 얼굴을 옷깃으로 닦아냈다. 조심스레 문을 열자 문 앞에는 음식 담긴 쟁반을 든 한울이 서 있었다.

"식사시간이 되어 들렀습니다."

아련은 한울이 들고 있는 쟁반을 보았다. 아련이 국천에게 맛있다고 난리를 부렸던 음식들로만 차려진 간결한 식사였다.

혹시라도 국천이 함께 온 것은 아닐까 싶어 슬쩍 한울의 뒤를 살폈다. 하지만 어디에도 국천의 모습은 보이지 않았다. 아련의 마음을 모두 알기라도 한다는 듯, 한울이 낮고 건조한 음성으로 말했다.

"전하께서는 국사에 열중하시느라, 종일 내전에만 계십니다."

"네, 그러시겠지요."

아련이 한울에게서 식사가 담긴 쟁반을 받아들었다.

"대장군께서 직접 챙겨주시니 감사하긴 한데, 이러지 않으셔도 돼요. 다른 궁녀들과 함께 하면 됩니다."

"머무르시는 동안에는 하시는 일에 방해가 되지 않도록 숙식의 편안을 긴밀히 살피라는 전하의 명이 있었습니다."

"어디 가지도 말고 누굴 만나지도 말라는 말처럼 들리네요."

"그런 것이 아니라⋯."

"그런 것이 아니겠죠, 물론. 아무튼 알겠어요. 잘 먹을게요."

아련이 가볍게 목례를 하고 돌아서려는데, 그가 말을 덧붙였다.

"전하께서 걱정하고 계십니다."

"…."

아련은 이를 꽉 깨물어 쏟아지려는 눈물을 참아야 했다. 국천이 그녀를 걱정하고 있다는 말 때문이 아니었다. 지금 이 순간, 한울을 통해 들어야만 하는 국천의 안부가 서글펐고, 그녀의 마음속을 가득 메운 것이야말로 국천에 대한 걱정이었기 때문이다.

"저는 걱정할 필요 전혀 없으니, 어심(왕의 마음)을 먼저 살피시라 전해주시어요."

"…알겠습니다."

한울이 돌아가고, 아련은 혼자 앉아 그가 가지고 온 식사를 오물오물 먹기 시작했다. 무슨 맛인지, 어떤 향인지 분간조차 되질 않았다.

"맛이 변했네…."

아련은 몇 숟갈 뜨지도 않은 쟁반을 밀어놓고, 다시금 신탁 두루마리들을 꺼내 읽기 시작했다. 글자들이 눈에 들어오진 않았지만, 국천에 대한 생각을 떨치기 위해서는 오직 이 길뿐이었다. 아련은 두 눈을 부릅뜨고 신탁을 읽어 내렸다.

***

그렇게 또 하루가 지나고, 아련이 월국을 떠날 날이 다가오고 있었다.

국천은 내전에서 한울과 은밀한 대화를 나누기 위해 모든 신료들을 물리고 독대 중이었다.

"만일 태국의 군사가 월국을 침범해 온다면, 그 피해가 어떠할 성싶은가?"

"상상조차 해보지 않은 일이라…. 사실 월국의 군사들은 그저 궁을 지키는 수비대에 지나지 않는 전력이지 않은가. 국가 간의 전쟁에서 어떤 일이 벌어질지는 가늠하기 어렵네."

"그렇겠지. 내가 본 태국의 군사들은 우리 군사들보다 갑절은 크고, 강해 보였네만."

"결코 전쟁이 일어나선 안 되네."

"알지, 누구보다 내가 가장 잘 알아."

"자네가 데리고 온 태국의 여인이, 평범치 않은 신분인 것이겠지. 작금의 사태에 영향을 미칠 만큼."

"…내 할 말이 없네."

"사정을 캐묻겠다는 것이 아니야. 허나 그 여인을 태국으로 돌아가게 하는 것이 일국의 왕으로서 이 일을 해결하려는 자네의 의지임은 분명하겠지?"

국천은 억지로 고개를 끄덕였지만 말은 하지 않았다. 제 목숨이라도 내주고 아련을 얻을 수 있는 것이라면 기꺼이 그리하겠지만, 담보해야 할 목숨의 무게가 너무 엄중했다. 월국의 힘없는 백성들을 볼모로 잡을 수는 없는 일이었다.

"다른 방법이 있다면, 내 모든 것을 걸고라도 그리하겠어. 하지만 나의 머리로는 어떤 방책도 떠오르질 않아."

"자네의 벗으로서, 신하로서, 오직 자네만을 위해 살기로 한 나이지만 이번만큼은… 모두를 위해 결정해주길 바라네. 이 월국은 자네의 나라야."

"여인이 태국으로 간다고 해도 태국과의 전쟁은 피할 수 없을지도 몰라."

"주군을 위해, 나라를 위해 싸울 준비는 언제나 되어 있었네."

국천의 마음이 더욱 깊은 곳으로 내려앉았다. 도무지 헤어날 길이 보이질 않았다. 물색없게도 이 순간 국천의 마음이 바라는 것이라고는 아련의 맑은 웃음을 한 번 더 보는 것뿐이었다. 그녀의 티 없는 미소와 명랑한 목소리라면 모든 근심을 날려 버릴 것 같았다.

아련은 신탁들 속에서 어떤 특이점도 발견하지 못한 채 속절없이 흐르는 시간을 아까워하고 있었다. 이제 월국의 밤이 한 번만 더 지나면 그녀는 태국으로 돌아가야 했다. 무를 수도, 미룰 수도 없는 약속이었다.

속이 갑갑했던 아련은 서고를 나와 신수의 정원 근처를 조심스럽게 걸었다.

밤이 되어 어슴푸레해진 달빛이 정원을 비추었다. 달빛을 받은 신수의 앙상한 가지들이 더욱 날카롭게 보였다. 아련은 어떤 생각도 하고 싶지 않았다. 그래서 그저 뚜벅뚜벅 서고와 정원 주변을 맴돌며 걸었다.

답답하기는 국천 또한 마찬가지였다. 아련을 서고로 보낸 이후 내전에만 틀어박혀 단 한 발짝도 나서지 않았다. 한울을 통해 아련도 서고 밖으로 전혀 나오지 않는다고 들었다. 국천은 멀리서라도 아련의 기운을 느끼고 싶었다.

아련은 산책을 하던 도중 다시금 두통이 오는 것을 느꼈다. 월국에 온 이후 간헐적으로 이어지던 두통이었다. 국천은 아련이 신수를 만졌기 때문에 아픈 것이라 여겼지만, 아련의 두통은 불규칙적으로 생겨났다.

"너무 생각을 많이 해서 그런가…."

아련은 며칠 사이 너무 무리를 한 탓이라 여기고 공기를 크게 들이마셨다. 맑은 바람을 쐬니 왠지 두통도 가시는 기분이었다. 방향을 틀어 돌아서려는 순간, 아련은 자신의 눈을 의심할 수밖에 없었다. 그녀의 눈앞에 서 있는 것은… 국천이었다.

그녀가 서고에 있는 동안 단 한 번도 볼 수 없었던 그가, 앞에 있었다. 아련만큼 국천도 당황한 기색이 역력했다. 서고 주변을 잠시 돌다 돌아가려 했을 뿐인데, 아련이 국천을 기다리기라도 한 것처럼 그의 앞에 서 있었다. 아련은 저도 모르게 몸을 돌려 서고 쪽으로 걸음을 내딛었다.

"잠시만."

국천의 목소리가 온 사방을 뒤덮는 천둥처럼 아련의 귀를 울렸다. 아련은 한 걸음도 움직일 수가 없었다. 시간이 멈춘 것처럼 그에게 등을 보인 채 멈춰버렸다.

"그대의 시간을 방해하려던 것은 아니야. 산책을 나선 것이라면 계속하도록 해."

아련이 가까스로 숨을 내쉬며 국천을 돌아보았다. 아련은 다시 돌아가려다 말고 어쩔 줄 몰라 망설이는 국천을 바라보았다. 그녀의 입에서 어디서 솟은지 모를 용기가 튀어나와 버렸다.

"산책 정도는, 함께해도 되잖아요. 그냥 걷는 것뿐인데."

잠시 눈빛이 떨리던 국천은 긴 숨을 한 번 뱉고는 그녀에게 다가왔다. 두 사람은 아주 가깝지도 멀지도 않게, 딱 손을 뻗으면 닿을 거리를 두고 함께 걷기 시작했다.

아무 말도, 행동도 필요하지 않았다. 두 사람은 쏟아지는 달빛 아래를 그저 걷기만 했다. 함께 걷는 것만으로도 모든 것이 다 치유되는 기분이었다.

국천의 눈에 정원 구석에 있는 작은 바위 두 개가 들어왔다. 국천이 먼저 바위에 걸터앉았다.

"앉지. 오늘 같은 날도 다신 없을 듯하니."

아련은 대꾸 없이 옆에 앉았다.

국천은 먼 곳의 달을 응시하는 아련의 옆모습을 보았다. 이대로 손을 뻗기만 하면 단숨에 그녀를 품에 안을 수 있을 만큼 가까웠다.

국천의 시선을 느낀 아련이 그를 보지 않고 말했다.

"신탁은 찾지 못했어요. 이대로라면 내일 나는 아무것도 없이 태국으로 돌아가야 하겠죠?"

"그럴 수도 있겠지."

"당신을 만난 후로부터 지금까지의 모든 일이, 다 꿈인 건 아닐까 싶어요."

"…."

"차라리 꿈이라면 좋겠어. 깨고 나면 자연히 잊고 말 꿈이라면… 좋을 것 같아."

"꿈이 아니더라도 모든 것은 잊게 되어 있어."

"그럴까요?"

국천은 애써 담담한 척하려 했지만 달빛에 반사된 그녀의 모습을 보노라니 심장이 두근거리는 걸 참을 수 없었다. 이대로라면 자신의 심장소리가 아련에게까지 들릴 것만 같았다.

"떠나는 마당이니 못할 말도 없지요. 나는 지공을, 아니 전하를 만나 너무 좋았고, 또 너무 싫었어요."

"…."

"지공을 만나 있었던 모든 일들이 하나 빠짐없이 새로운 것들뿐이라 막 설레고, 가슴 뛰어 좋았고… 또 그것들이 내 주제에 감히 감당할 수 없는 마음들뿐이라 너무 싫었어요."

"나빴던 것들 먼저 잊어 달라 하면, 욕심이겠지."

"당연히 욕심이죠. 나 같은 여인을 그리 매몰차게 내버린 사내가 품을 마음 치고는."

"내버리다니…. 말이 좀 심한데."

아련이 문득 국천의 얼굴을 돌아보며 씨익 웃었다. 국천이 그리도 보고 싶었던 맑고 순수한 그 웃음이었다.

"지공도 웃어줘요. 우리 서로 마지막 모습이 울고, 인상 쓰는 모습인 건 너무한 것 같아."

아련을 보던 국천의 입가에 어색한 미소가 걸렸다.

"또 그렇게 웃는다. 그 표정 진짜 재수 없다니까. 왕이시니 주위에 좋은 말 해주는 사람들밖에 없어서 그걸 모르지. 나처럼 바른말 해주는 사람이 딱 있어야…."

아련이 말을 마치기도 전에 국천이 그녀를 와락 끌어당겨 품에안았다.

"내가… 내가 어찌하면 된단 말이야?"

"지공…."

"그대를 곁에 두기 위해서 내가 어찌하면 좋으냐 말이야?"

"그걸 나한테 물으면 어떡해요…."

"그대가 잠시만 눈앞에서 사라져도 온 세상이 다 뒤집어져. 보이는 것도 들리는 것도 아무 의미가 없어져."

"…."

"미칠 것만 같아. 이대로 그대를 품에 안고 먼 곳으로 도망칠 수만 있다면… 그리하고 싶어."

"이대로 아무도 없는 곳으로요?"

"그대를 볼 수 없는 것이 내게 내려진 형벌이라면… 차라리 죽는 것이 나아."

아련이 국천의 볼을 쓰다듬었다.

"당신이 나를 위해 무엇도 버리지 않았으면 좋겠어요. 당신을 희생해서 얻어야 하는 것이라면 나는 이대로 사라져도 좋아요."

아련의 뺨으로 한 줄기 눈물이 흘러내렸다. 국천의 입술이 아련의 뺨에 닿았다. 그리고 그녀의 이마로, 코끝으로, 입술로 닿았다.

국천과 아련은 오래도록 서로의 입술을 그리워했던 것처럼 격

렬하고도 깊은 입맞춤을 나누었다. 숨이 가빠오도록 서로의 입술
을, 숨결을 탐하고 또 탐했다.

피융! 피융!

궁궐의 하늘로 작은 불꽃이 피어올랐다.

아련이 불꽃을 보며 국천에게서 입술을 떼었다.

"무슨 일이 있나 봐요."

국천도 고개 들어 불꽃을 보았다. 무월신의 신당이 있는 곳이었다.

"새로운 신탁이 있다는 표식이야. 신당의 무녀들이 피우는 것이지."

"그렇군요…."

국천은 아련을 번쩍 안아 올리며 그녀의 얼굴을 바라보았다.

"오늘, 나와 함께 있어 줘."

아련은 부끄러운 듯 국천의 목덜미를 감싸 안으며 그의 품에 얼
굴을 묻었다.

국천은 아련을 품에 안은 채 서고가 있는 곳으로 성큼성큼 걸어
갔다. 하늘을 수놓는 작은 불꽃들이 아련의 커다란 눈망울로 들어
왔다.

국천은 손끝 하나하나 신경 쓰며 조심스레 아련을 바닥에 눕혔
다. 국천이 아련의 얼굴을, 허리를, 온몸을 쓰다듬으며 꼭 안아주
던 그때였다.

아련의 시야가 흐려지며, 참을 수 없는 두통이 시작되었다. 처음
에는 머릿속을 손가락으로 꼭꼭 누르는 것 같던 통증이 점점 머리

를 조여오는 고통이 되었다. 아련의 입에서 신음이 터져 나왔다. 아련은 국천의 팔을 움켜쥐며 비명을 질렀다.

아련의 상태가 심상치 않다는 것을 느낀 국천이 어깨를 흔들었다.

"무슨 일이야! 왜 그러는 거야?"

"머리가 너무 아파요. 윽… 머리가… 깨져버릴 것 같아."

아련이 엄청난 고통을 견디지 못하고 국천의 품으로 픽 쓰러졌다.

국천은 정신은 쓰러진 아련을 안고 내달렸다. 눈에 뵈는 게 아무것도 없었다. 오직 자신의 품 안에서 눈을 감고 있는 여인에 대한 걱정과 두려움만이 그를 움직이게 했다.

"의원, 의원을 불러라!"

국천의 고함에 내전이 금세 분주해졌다. 급히 달려온 의원이 아련의 상태를 살폈다. 국천은 의원 옆에 바싹 붙어 앉았다.

한참 동안 아련의 맥을 짚어보던 의원이 국천에게 머리를 조아리며 고했다.

"혈과 맥을 흐르는 기운이 모두 극도로 약해져 있는 상태이옵니다."

"그게 무슨 말인가? 그래서 어찌하면 된다는 말이야!"

"특이한 병증이 있는 것은 아니옵고, 몸이 쇠하여 의식을 잃은 것이오니, 몸을 보하고 안정을 취한 후 차도를 살펴야 할 것이라 사료되옵니다."

"허면 이 여인이 이리 정신을 잃고 몸을 가누지 못하는 것이 단지 기운이 없어 그런 것이라?"

"어제 오늘의 일은 아니었을 것입니다. 사지를 흐르는 혈맥이

제대로 통하는 것이 없고, 호흡도 불안정한 것이 항시 피로하고 불편하였을 것인데….”

더는 할 말이 없다는 듯 의원이 말끝을 흐렸다. 아련은 잠든 듯 눈을 감고 있었다. 국천의 마음이 한없이 먹먹해졌다. 월국으로 오고 나서 몇 번쯤 아련이 두통을 호소했던 적이 있었다. 그러다가도 금세 기운 넘치게 굴었기에 국천은 그녀의 상태를 깊이 고민하지 않았다. 무심했던 자신에 대한 자책감과 미안함이 밀려왔다.

“보신에 좋은 탕약을 올리도록 하겠사옵니다, 전하.”

“가장 좋은 약재와 정성으로 살펴주길 바라네.”

의원이 내전을 나간 후, 국천은 그녀 곁에 앉아 얼굴을 조심히 쓰다듬었다. 정신이 돌아오는 듯 아련의 눈꺼풀이 파르르 떨렸다.

눈을 뜬 아련은 앞에 앉아 있는 이가 국천이란 사실에 저도 모르게 미소를 지었다. 여전히 몸은 무겁고 머릿속은 뿌연 안개가 낀 듯 갑갑했지만, 세상 근심 모두 떠안은 듯한 국천의 표정을 보니 외려 그에게 또 걱정을 안긴 것 같아 미안할 뿐이었다.

국천은 자신을 보며 배시시 웃는 아련이 야속하기도 하고, 미안하기도 한 마음에 뭐라 말을 꺼내야 할지 몰라 머뭇거렸다. 아련이 먼저 입을 뗐다.

“그런 얼굴 하지 말아요. 한숨 자고 일어났더니 이리 개운할 수가 없는데.”

“자고 일어나긴… 숨이 넘어갈 정도로 아팠던 이가 누구인데.”

“진짜예요. 이제 괜찮은 것 같아요.”

아련이 몸을 일으키려 하자 국천이 등을 받치며 부축해주었다.

아련은 등에 닿은 국천의 손바닥이 묵은 체증을 모두 내려가게 해
주는 약이라도 되는 것 같았다. 그가 등을 부드럽게 쓸어주자, 정말
기운이 솟아나는 기분이었다.

"혹시 월국에 온 이후로 계속 몸이 안 좋았던 건가? 솔직히 말
해봐."

국천의 말이 맞았다. 아련은 월국에 온 이후로 시도 때도 없이
두통과 어지럼증을 느끼곤 했었다. 그 증세가 미약하여 말하지 않
았지만, 월국의 희고 푸른 달빛과 차가운 공기가 그녀를 더욱 쇠
약하게 하는 듯한 느낌을 받았다.

불처럼 뜨겁고 쨍한 태양빛을 한 번 본다면 온몸에 활기가 생길
것 같기도 했지만, 결코 국천에겐 말할 수 없었다.

"나 또한 과거 태국에 처음 갔을 때, 알 수 없는 증세로 몇 날 며
칠을 앓기도 했었어. 그대 또한 그럴 수 있음을 간과한 내 탓이
니… 미안해."

"아니에요. 나 정말 괜찮아요."

"이제 곧… 돌아가면, 그대의 몸도 괜찮아질지 모르지."

국천이 힘겹게 말을 꺼냈다. 아련은 대꾸하고 싶지 않았다. 화제
를 돌리고자 애써 다른 말을 찾아냈다.

"신탁… 불꽃을 피웠던 그 신탁 말이에요. 가서 확인해야 하는
것 아닌가요?"

"그래야지. 허나 지금은 그대의 건강이 먼저야."

"나는 그 신탁이 궁금해요. 당신이 내게 말해주지 않는 지금의
모든 일들, 알려 달라 조를 맘은 아니지만, 당신이 그 신탁을 보았

으면 해요. 내게도 말해주면 더 좋고."

사실 지금 같은 때 신탁이라면 모든 일을 제쳐두고 가서 확인해야 할 일이기는 했다. 꽤 오랫동안 월국에는 신탁이 없었다. 태국과의 정세가 수상한 이때, 국천은 갑작스러운 신탁 또한 심상치 않은 일임을 알고 있었다.

"서고에서는 아무것도 찾지 못했다고 했지?"

"네."

국천은 일어나 아련에게 손을 내밀었다.

"일어날 수… 있겠나?"

아련이 손을 맞잡으며 있는 힘껏 몸을 일으켜 세웠다.

"전하께서 손을 잡아주시면, 흑산이라도 오를 수 있죠."

"함께 가지. 지난 밤 내려진 새로운 신탁은 서고에 없는 것이니. 혹시 모르지… 그것이 그대가 찾는 신탁일지도."

국천은 아련을 데리고 무월신의 신당으로 향했다. 그곳에는 무녀들 중 우두머리인 대무녀 명진이 국천을 기다리며 다소곳이 앉아 있었다.

명진은 국천과 함께 온 아련을 보고 흠칫 놀라 몸을 떨었다. 무언가 범상치 않은 기운을 느낀 탓이리라. 하지만 명진은 그 어떤 것도 묻지 않았다. 국천 또한 곁에 있는 아련을 소개하지도, 언급하지도 않았다.

"신탁의 불꽃을 보았네."

명진이 정좌를 한 후 집중하듯 눈을 감았다. 잠시간의 고요가 흐른 후 명진의 두 눈이 번쩍 뜨였다. 조금 전과는 다르게, 아무 초점도 생기도 없는 눈빛이었다. 명진의 입에서 낮게, 공명과도 같은 소리가 울렸다.

"장벽이 울고 있다. 늑대의 욕망인지 진양의 배신인지 알 수 없구나. 나, 무월의 후예여. 월국의 만월을 지키라. 태양의 죽음을 막아라. 오직 그대의 몫이다."

국천과 아련의 눈빛이 흔들렸다. 태양의 죽음을 막는 것이 어찌월국의 왕에게 내려진 신탁일 수 있단 말인가. 그리고 태양의 죽음이란 무엇을 뜻하는 것인가 말이다.

하지만 아련은 직감적으로 그것이 자신의 죽음을 말하는 것임을 느꼈다.

대무녀 명진이 계속해서 말을 이어갔다.

"장벽을 넘어선 태양에게 남은 것은 잔혹한 죽음뿐. 사특한 늑대에 사로잡힌 여왕은 태양을 범하고 갈가리 찢고 말 것이니. 장벽이 무너질 것이다. 태초의 혼돈에 빠질 것이다."

아련의 손을 잡은 국천의 손아귀에 힘껏 힘이 들어갔다. 그녀를 태국으로 보내는 것이… 답이 아닐 수 있었다. 어쩌면 국천은 가장 듣고 싶었던 답을 들었는지도 몰랐다. 그것은 그녀를 제 품 안에 두고 지켜야 할 명분이었다.

아련의 마음은 달랐다. 태국의 여왕이 늑대에게 사로잡혀 있다면, 반드시 구해야 했다.

이는 태국의 명운이 걸린 일이었다. 태국의 마지막 왕족으로서,

태양의 아이로서 그녀는 돌아가야만 했다. 설사 죽음이 아가리를 벌린 채 자신을 기다리고 있다 하더라도.

서로 다른 생각으로, 국천과 아련은 마주잡은 손에 더욱 힘을 주었다. 신탁을 모두 마친 듯 긴 숨을 내쉬던 명진이 갑자기 일어나 아련에게 다가왔다.

국천은 아련을 뒤로 물러나게 하려 했지만, 아련은 오히려 앞으로 나서 당당히 명진을 보았다.

"태양의 아이여, 진양의 후예여. 사악한 죽음을 피하고 장벽을 오르라. 해와 달이 이미 그 기운을 맞대었고, 모든 끝은 시작되고 말았다. 떠나라. 그 끝으로 가거라."

태국에서 만났던 무녀 기료가 했던 신탁과 같은 것이었다.

국천은 온몸에 소름이 돋는 기분이었고, 아련은 담담하게 명진의 말을 곱씹었다. 모든 신탁을 마친 명진이 힘을 잃고 그 자리에 픽 주저앉았다.

아련이 그녀를 부축하려 하자 국천이 말렸다.

"신력이 쇠하여 그런 것일 뿐, 함부로 손을 대어선 안 돼."

아련이 안타깝게 바라보는 잠시, 명진은 스스로 정신을 차리고 정좌하여 앉더니 국천에게 절했다. 자신이 지금까지 말한 모든 것을 하나도 기억하지 못하는 듯했다. 그녀는 어떠한 말도 더하지 않고 신당의 다른 방으로 자리를 옮겨버렸다.

아련의 머릿속으로 온갖 생각들이 밀려왔다. 앞으로 해야 할 일들이 막막하고, 또 두려웠다. 피할 수 있는 것이 하나도 없었다. 한참이나 생각에 빠져 있던 아련이 문득 국천의 시선을 느꼈다.

"그대가 찾던 신탁이 이것인가?"

"그럴까요?"

"다른 것이 있다 한들 소용없겠지, 이제."

국천이 아련의 어깨를 단단히 붙잡았다. 아련의 복잡한 마음을 다 아는 것 같았다. 국천의 눈빛이 그녀를 꿰뚫는 듯했다.

"나와 함께 있어줘. 모든 것이 그대를 지키기 위해서였다고 하면… 믿어주겠나?"

"처음부터 믿지 않은 적이 없었어요. 못나게도."

아련은 국천의 손이 떨리고 있음을 느꼈다. 국천은 지금 무슨 생각을 하고 있을까. 자신을 태국으로 보내야겠다던 국천이 신탁을 듣는 순간 바뀌었다. 그가 걱정하고, 괴로워했던 또 다른 일들은 모두 자신 때문이었던 걸까. 하지만 아련의 상황 또한 완전히 바뀌고 말았다.

그녀는 국천에게서 한 발짝 물러섰다. 국천이 어찌 나올지 헤아리지 않기로 했다. 결국 해야 할 말이었다.

"나… 예정대로 태국으로 돌아갈 거예요."

"무슨 소리야? 신탁을 듣지 않았나. 태국의 왕실은 이미 늑대의 왕 이귀가 장악했을지도 몰라."

"그러니까 더욱!"

"…?"

"신탁대로 여왕께서 나를 죽이려 할지도 모르지만… 만약 여왕께 무슨 일이 생긴 거라면, 여왕께는 내가 반드시 필요해요."

"아무 대책도 없이 어찌 그리 막무가내인 것이야!"

"막무가내 아니에요. 내가 할 일은 분명해요. 태국으로 가서, 여왕을 뵈어야겠어요."

국천은 아련의 당돌함에 할 말을 잃었다. 그의 품 안에서 여리게만 보였던 아련이 아니었다. 그녀는 태양의 아이로서, 태국의 왕자 아우라로서 국천 앞에 서 있었다. 하지만 그렇다고 해서 그녀를 이대로 사지에 들일 수는 없었다. 국천의 시름이 깊어졌다.

"오늘, 태국으로 갈 거예요. 그렇게 해줘요."

"그럴 수 없어. 알잖아."

아련과 국천의 눈빛이 팽팽하게 부딪쳤다. 서로 조금도 물러설 기색이 아니었다. 세상 그 무엇과도 바꿀 수 없는 연심을 품은 사내와 여인인 동시에, 국가의 명운을 어깨에 진 채 살 수밖에 없는… 슬프고도 가련한 운명들이었다.

아련이 먼저 국천을 달래듯 부드럽게 말을 꺼냈다.

"월국의 왕께서 돌보아야 할 백성이 있고, 땅이 있듯 내게도 왕족의 책임이 있어요. 우리가 잠시 떨어져 있다 해도 변치 않을 마음이 있으니, 나는 두렵지 않아요."

"말도 안 되는 소리…."

"걱정하는 것처럼 마구잡이로 나설 생각도 아니고, 내 몸은 내가 지킬 수 있으니 걱정 말아요."

국천은 아련의 말이 귀에 하나도 들어오지 않았다. 그가 생각하는 것은 제 곁을 떠난 아련이 겪게 될 위험을 어떻게 하면 막을 수 있을까, 오직 그뿐이었다.

"안 되겠어."

"보내주지 않는다면, 어떻게든 방법을 찾아낼 거란 거 알잖아요."

"그래도…."

아련이 소매를 걷어 팔목에 찬 팔찌를 보였다. 그리고는 국천의 소매를 걷어 똑같은 모양의 팔찌를 자신의 것에 맞대어 보였다.

"어설퍼 보여도 태양의 아이가 월국의 왕과 한 약속을 어길 것 같아요? 때가 되면, 우린 다시 만나게 될 거예요. 믿어줘요."

국천은 아련을 어떻게 하면 말릴 수 있을지 더는 생각이 나질 않았다. 산사태처럼 쏟아지는 생각들 탓에 머리가 멈추어버린 것 같았다. 비상시국이었다. 국천은 월국의 왕으로서, 아련의 사내로서 대체 어떤 결정을 해야 할지 알 수 없었다. 사방이 꽉 막혀 갇힌 기분이었다.

아련 또한 이러지도 저러지도 못하고 망설이기만 하는 국천을 보며 가슴이 다 찢기는 듯했다. 그럴 수만 있다면, 이대로 영원히 국천 곁에 숨어 모른 척 살고도 싶었다.

국천이 말하는 대로, 하자는 대로 하면 도망칠 수 있을까 하는 마음도 들었다.

그렇지만 그녀의 현실은 그렇지 못했다. 그녀가 평생을 지고 살아온 운명이란 것이 그녀를 그리 쉽게 놓아줄 리 없었다. 누구보다 잘 알고 있었다.

"한 식경 후, 장벽에서 만나요. 당신이 나를 보내주든, 나 스스로 길을 찾든…. 지공의 대답은 그곳에서 들을게요."

아련은 차마 더는 국천을 보지 못하겠는지 신당을 빠져나갔다. 아련이 나가버린 신당 안에서 국천은 한 걸음도 움직이지 못했다.

아련은 시간이 어찌 흘렀는지도 몰랐다. 떠난다는 인사를 나눌 여유도 없이 그녀는 흑산 등성이에 위치한 장벽으로 향했다.

어쩌면 국천은 이곳에 오지 않을지도 몰랐다. 아니면 아련을 붙들어 둘 방책을 세울지도 몰랐다. 아련이 장벽에 기대 쪼그려 앉아 있던 그때였다. 국천이 아련의 시야에 들어왔다.

한마디 말도 하지 않고 국천은 장벽에 손을 대 틈새를 벌렸다. 어떤 인사도, 당부도 없이 무거운 얼굴로 벌어진 틈새를 바라볼 뿐이었다. 아련은 차가운 국천의 눈빛에 뭐라 말도 꺼내지 못하고, 조심스레 쏟아지는 햇살 앞에 섰다.

이대로 이 장벽을 넘어서면, 국천을 다시 볼 날이 올 수 있을까.

아련은 눈을 질끈 감고 장벽을 넘어섰다. 오랜만에 마주하는 태양빛이 그녀를 찌를 듯이 덤벼들었다. 그녀는 뒤를 돌아 아직 벌어져 있는 틈새로 국천을 보았다.

국천의 눈빛은 아련을 향해 있었다. 아련은 그제야 너무도 먼 곳에 국천이 있다는 것을 실감했다.

아련이 장벽의 틈으로 다시 손을 내밀려는 찰나, 국천의 몸이 불쑥 장벽 밖으로 튀어나와 그녀의 손을 잡아챘다.

국천의 예상치 못한 행동에 그를 이해할 수 없다는 듯 아련이 바라보았다. 국천은 장벽을 넘어 아련과 같이 태국 땅을 밟고 서 있었다. 그리고 예의 미소로 아련을 품에 안으며 말했다.

"이게 내 대답이야. 늑대든 여왕이든, 그대의 곁을 지키는 것."

다시, 태양으로

국천과 아련이 건너온 장벽의 틈새가 완전히 닫혔다.

끓어오르듯 열기를 내뿜는 태양이 두 사람을 내려다보았다. 밝고 따스한, 예전 그대로의 태국이었다.

하지만 아련은 오랜만에 마주한 햇빛이 눈부셔 눈을 제대로 뜰수 없었다. 살갗에 닿는 미지근한 공기마저 낯설게 느껴졌다.

"눈을 감고 잠시만 가만히 있어."

그녀에게 익숙한 목소리, 국천의 음성에 아련은 처음 월국의 땅을 밟았을 때가 떠올랐다. 그때 그도 같은 심정이었을까? 대체 어쩌자고 이 사내는 또 다시 태양의 땅을 밟고 서 있단 말인가.

아련의 표정에서 근심을 읽었는지 국천이 먼저 말을 꺼내려는 그녀의 입을 가로막았다.

"월국의 왕으로서, 무월신의 후예로서 신탁을 따라 온 것이니 걱정할 셈이라면 접어둬."

"이건 내 일이에요. 당신에겐 너무 큰 위험이라고요."

"만월을 지키고, 태양의 죽음을 막는 것. 신이 허락하신 일이자…."

"그래도…."

"내가 선택한 일이야. 그대를 혼자 보내느니 억지로라도 붙잡을 방도를 찾았을 거야."

무쇠보다 단단하게 선 국천이 햇빛을 가리고 아련에게 그늘을 만들어주었다. 평생을 보아온 높은 곳의 태양 빛보다 국천의 몸이 만들어주는 커다란 그늘이 아련은 오히려 편안하게 느껴졌다.

"태양의 죽음이란 것이 정말 나의 죽음을 의미하는 것이라 해도 두렵지 않아요."

"그대는 처음부터 두려울 것 없었어. 내가 있는 한."

"이제 보니 간지러운 말 진짜 잘해."

"흠흠, 내가 무슨."

국천은 아련 앞에만 서면 속마음이 모두 튀어나왔다. 무엇이든 감추고 참는 것이 최선인 줄 알고 살았던 그의 삶에 느닷없이 뛰어 들어온 이 여인은 국천의 작은 마음 하나도 가만히 두는 법이 없었다. 이전의 국천이라면 상상조차 못할 낯 간지러운 말도 그녀 앞에서는 고삐 풀린 망아지처럼 입 밖으로 튀어나와 버렸다.

"그대가 또 얼마나 요란을 떨며 사고를 칠지 눈을 감아도 훤한데. 내 보호자 된 입장으로다가…."

"언제부터 지공이 내 보호자가 다 되셨을까?"

"그 말꼬리 잡는 버릇만 고쳐도 사람 구실 할 것을!"

아련이 혀를 쭉 빼며 국천을 놀렸다. 서로의 목숨을 걸고 나선 걸음의 무게를 잠시나마 잊어보려는 듯, 두 사람은 괜한 농을 부리며 마음을 풀었다. 하지만 웃고 있는 아련의 마음에도 풀리지 않는 걱정은 여전했다. 그녀는 조심스레 이야기를 꺼내고 말았다.

"월궁은 어찌하고 온 거예요? 전하의 부재는 필시 큰일이 될 텐데."

국천은 아무 걱정 말라는 듯 그저 미소만 지을 뿐이었다.

아련은 대답하지 않는 그의 심정을 더 파헤치고 싶지는 않았다. 지금 이곳에 있는 국천을 믿을 수밖에 없었다.

같은 시각, 월궁의 내전 앞에서 한울이 멀리 있는 흑산을 바라보고 있었다.

혼례도 치르지 않아 후사조차 없는 왕이 신탁의 부름을 명분 삼아 은밀히 궁을 떠났다. 모든 것은 한울에게 맡긴다 하였으나 앞으로의 일들은 막막하기만 했다.

지난날의 잠행들과는 느낌이 달랐다. 언제 돌아올지도, 어찌 돌아올지도 모를 일이었다. 심지어 국천은 '유사시'에 왕실 유지를 위한 밀지까지 남겼다. 하늘에 가득 찬 달을 보는 그의 얼굴에 착잡한 기운이 서렸다. 한숨은 더욱 깊어져갔다.

아련과 국천은 장벽 근처의 숲을 걷고 있었다. 두 사람이 처음 만났던 나무 아래를 지나던 아련이 감회가 새로운 듯 나무를 올려다보았다. 국천의 눈치를 살폈지만, 그는 여길 전혀 기억하지 못하는 듯했다. 하기야 숲속의 나무들이 다 거기서 거기일 테니.

"조심해. 미친 여자가 열매처럼 열리는 귀신 들린 나무이니."

"뭐라고요?"

국천이 피식 웃었다. 머리에 꽃가지를 주렁주렁 달고 나무 위에서 뚝 떨어진 아련에게 깔렸던 그곳이었다.

"잘못하면 머리 위로 미친 여자가 막 떨어지고 그러던데. 내 그날 무월신을 뵈러 가는 줄 알았네만."

"기억도 참 흉악하게 하시네. 미친 여자가 떨어지다뇨! 운. 명. 적. 만. 남! 좋은 말 두고."

"운명도 참 가혹하시지. 두 번 만났다간 저승길 동무될 뻔했어."

"이래도 나만 말꼬리 잡는다지."

토라진 아련이 걸음을 재촉하기 시작했다. 국천은 그런 아련이 귀엽기만 했다. 그는 아련의 걸음을 얼른 따라잡아 나란히 걸었다.

"그런데 이대로 궁으로 가는 거야? 아무 대책도 없이?"

"미친 여자랑 무슨 대책을 세우시게요?"

아련은 더욱 걸음을 빨리 했다. 국천은 금세 아련의 보폭을 앞서 나갔다. 그와 떨어지려 아련은 거의 달리다시피 했고, 국천은 산보하듯 여유롭게 그녀를 따라붙었다.

아련이 당도한 곳은 일경 저잣거리 구석에 위치한 주막 희망가였다.

아련은 주막의 주인 기료를 보자 반갑게 인사했다. 기료는 국천과 아련을 알아보고 깊이 고개를 숙였다.

국천은 아련의 꿍꿍이가 무엇인지는 몰라도 여기로 오니 차라리 안심이 되었다. 그는 품속에 가지고 온 물건의 안위를 살피듯 가만히 가슴에 손을 대었다. 국천의 마지막 방책이자 아련과 자신의 명줄이 되어줄지도 모르는 월국 왕실의 비밀스런 물건이었다. 국천은 이내 아련의 뒤를 따라 희망가의 안채로 들어갔다.

기료는 간소한 주안상을 챙겨 안채로 들어왔다.

여전히 성성한 국천을 보며 기료는 마음속 깊은 곳에 응어리져 있던 불안을 씻어 내렸다.

"근자에는 걸음이 뜸하시어 어디 먼 곳이라도 가신 것인가 걱정했습니다."

아련은 기료의 물음에 뜨끔해 눈이 저절로 커졌다. 기료의 신력이라면 두 사람이 월국에 다녀왔단 것쯤 예측하는 것이 어렵지 않음을 아는 국천은 그저 어깨를 으쓱했다.

아련은 간만에 본 기료의 솜씨 좋은 수육을 일단 한 점 집어 먹으며 대답했다.

"멀리 여행을 좀 다녀왔어요. 그런데 저자가 오늘따라 왜 이리 한산한 거죠?"

"일경을 떠나 계셔 모르셨겠지만, 하루이틀의 일이 아닙니다. 군사들이 저자와 마을 할 것 없이 어찌나 삼엄한 경계를 하고 다니는지…. 뛰어노는 아이들조차 눈치가 보여 숨어버렸지요."

국천이 끼어들어 기료에게 물었다.

"경계라니… 무엇을?"

"찾는 것이 있는 듯했습니다. 온 일경 바닥을 샅샅이 헤집고 다니며 조금이라도 수상한 자가 있으면 모두 추포해가고…. 지금도 조심하셔야 합니다. 괜히 눈에 띄어 좋을 일이 없으니까요."

아련은 그들이 '찾는 것'이 무엇인지 알고 있었다. 열흘 넘게 사라진 왕자를 찾으려 얼마나 지독한 수색이 있었을지 보지 않아도 뻔했다. 또한 자신 때문에 불편을 겪었을 백성들에게 미안한 마음이 들었다. 아련은 기료를 보며 다시 한 번 미안한 마음을 품을 수밖에 없었다. 지금 아련이 태국에서 부탁할 만한 사람은 기료뿐이었다.

"내 자네에게 긴히 부탁할 것이 하나 있는데."

기료는 침착한 눈빛으로 아련을 보았다.

"말씀하시지요."

진지한 아련과 담담한 기료의 눈빛이 허공에서 부딪쳤다.

***

태궁의 대전에서는 여왕과 대승상 유정이 독대 중이었다. 여왕은 예민하고 날카로운 눈빛으로 비스듬히 기대 앉아 유정의 말을 기다렸다.

"태국의 모든 군사를 동원하여 왕자님을 찾고 있습니다. 허나…."

여왕이 유정의 말을 듣고 싶지도 않다는 듯 손사래를 치며 그의 말을 가로챘다.

"찾지 못하였겠지."

여왕이 끓어오르는 분기를 참지 못하고 성을 내며 유정을 다그쳤다.

"왕자와 가장 가까이 지내던 이는 대승상이 아니던가? 대체 일이 이 지경이 되도록 뭘 한 게야! 왕자가 궁을 비운 지 열흘이 넘어가는데!"

꼼짝 않고 여왕의 화를 고스란히 받던 유정이 슬며시 고개를 들어 여왕을 보았다. 조금도 기죽지 않고, 오히려 뜻 모를 묘한 미소까지 띠고 있었다. 여왕의 목덜미가 서늘해졌다.

"소신을… 믿지 못하시옵니까?"

유정이 여왕의 눈을 똑바로 마주보자, 여왕의 동공에 순간적으로 짙은 녹색 빛이 스쳐지나갔다. 여왕은 머리가 아픈 듯 관자놀이를 꾹 누르며 유정을 보았다.

"내 언제 대승상을 믿지 않은 적이 있던가…. 다만 수상한 시기에 일이 틀어질까 걱정이 되어 그러지."

"기우이십니다. 빠져나갈 틈 없이 방책을 세우고 있사오니 걱정마소서."

여왕은 기력이 빠지는 듯 몸을 더 기울여 거의 눕다시피 했다. 그런 여왕을 보며 유정은 무심하게 목례를 할 뿐이었다.

***

국천과 아련은 희망가를 나와 근처 마을 뒷산을 올랐다. 높은 산은 아니었으나 나무가 울창하고 잔 바위가 많아 오르는 데 수월치 않았다. 게다가 굽이굽이 흐르는 계곡물도 만만찮은 방해물이었다.

앞장서 가던 아련이 갑자기 우뚝 멈춰 섰다. 큰 비라도 퍼부었는지 졸졸 흐르던 개울이 지금은 물이 불어나 유속이 제법 세져 있었다. 바위로 된 징검다리에 한 발짝 내딛기도 겁이 났다.

아련이 멈춰 선 이유를 눈치 챈 국천은 계곡의 깊이와 유속을 가늠해보았다. 폭이 넓은 개울이긴 해도 위협적일 정도는 아닌데…. 아련이 이리 겁을 먹는 게 잘 이해가 되질 않았다.

세상 무서운 것 없는 아련이 딱 하나 끔찍한 것이 있다면 바로 물에 빠지는 것이었다. 이렇게 마구 흐르는 물줄기를 보면 오금이 저리고 겁부터 났다.

어린 시절 물에 빠진 적이 있어 그런 것이라는 어머니 말을 듣긴 했지만, 정작 그녀는 물에 빠졌던 기억이 나지 않았다. 어쨌든 아련은 지금 세상에서 가장 무서운 것을 대면하고 있었다. 국천이 어서 건너가자는 듯 아련의 팔을 잡아끌었다.

"무서우면 내가 잡아줄게. 나를 잡아."

"아니, 어차피 두 사람이 함께 건널 순 없는 지라…."

아련이 발이 떨어지지 않는 듯 우물쭈물하던 그때, 국천이 갑자기 계곡으로 뛰어 들었다.

"꺅! 조심해요!"

아련이 기함을 하며 소리 질렀지만 국천은 아랑곳 않고 물속을 걸었다. 국천의 허리 정도까지 차는 깊이였다. 국천은 징검다리처럼 놓인 바위 옆으로 와 아련에게 손을 내밀었다.

"이렇게 하면 함께 건널 수 있지."

"진짜… 미쳤어."

국천은 손가락을 퉁 튕겨 아련의 얼굴에 물을 뿌리고는 웃었다.

아련은 국천의 손을 잡고 첫 번째 바위에 발을 디뎠다. 그의 손을 꽉 움켜쥐며 두 번째 바위로, 세 번째 바위로, 아련은 한 걸음씩 앞으로 걸어가기 시작했다.

"손 놓지 말아요. 장난치지도 말고. 나 진짜 지금 다리가 막 후들거리고 눈앞이 다 노란색이니까…."

"앞이나 똑바로 보고 걷지. 작은 개울 하나 건너는 게 뭐 그리 무섭다고."

말과는 다르게 국천의 손에 더 힘이 들어갔다.

그렇게 아련은 바위 위를 걷고 국천은 물속을 걸었지만 두 사람은 분명 나란히 손을 잡고 함께 계곡을 건너고 있었다. 아련이 거의 계곡을 다 건넜을 때였다. 바위에 걸린 나무줄기를 보지 못하고 아련이 밟고 말았다. 몸이 순식간에 기우뚱 하더니 기어이 미끄러져 물속에 빠져버렸다. 국천이 받칠 새도 없이 순식간에 일어난 일이었다.

당황한 나머지 국천의 손마저 놓치고 바위라도 잡으려 허우적거리던 그때, 그녀의 몸이 허공으로 붕 날아올랐다. 마치 어른이 어린아이를 물에서 건지듯 국천이 아련을 단숨에 들어 올려 품에 안았다.

놀란 국천이 버럭 소리를 질렀다.

"앞을 보랬다고 정말 앞만 보는 거야? 옆도 보고, 아래도 잘 보아야지!"

"지금 화내는 거예요? 물에 빠져서 죽을 뻔한 사람한테?"

"꽉 잡아. 이왕 젖은 것, 건너편까지 이대로 가."

물을 잔뜩 먹은 아련이 국천의 목을 더욱 휘어감아 안으며 켁켁거렸다.

"죽을 것 같으니까 빨리 물 밖으로 나가요."

아련의 약한 모습에 국천은 왠지 모를 장난기가 스멀스멀 올라왔지만, 아련이 계속 켁켁거리자 아까운 표정을 지으며 물속을 성큼성큼 걸어나갔다.

쫄딱 젖은 생쥐 꼴이 된 아련은 덜덜 떨면서도 발걸음을 재촉했다. 약속 장소가 멀지 않았다. 국천과 아련은 산등성이를 지나 더 깊은 숲으로 들어갔다.

아련은 장소가 헷갈리는지 여기저기를 두리번거렸다. 그러던 중 길을 발견한 듯 수풀을 헤치고 불쑥 뛰어나갔다. 작은 길 하나가 나오고, 길은 숲속으로 다시 연결되어 있었다.

아련이 수풀과 나무 사이를 헤치고 나갈 때마다 주위의 잔가지들을 쳐내주던 국천이 무언가를 발견한 듯 그녀의 목덜미를 낮추며 숨었다. 아련이 발견한 작은 길로 인기척이 다가왔다.

아련은 누군지 안다는 듯 나서려 했지만, 국천은 손가락을 입에 대며 아련을 억지로 끌어 앉혔다. 작은 길 위로 나타난 이는 시종 단심이었다.

주위를 살피며 조심스레 다가오는 단심을 보자 아련이 국천을 흘기며 말했다.

"이곳을 아는 이는 단심이와 나 말고는 아무도 없다니까요."

아련이 단심에게 손을 흔들며 인사하려는 순간, 국천의 눈에 단심의 뒤를 밟는 정체불명의 괴한들이 눈에 들어왔다. 얼핏 본 것만 둘이었다. 국천은 아련의 입을 콱 막으며 품으로 그녀를 숨겼다.

영문도 모르고 뿌리치려는 아련에게 국천은 눈짓으로 괴한들이 있는 곳을 가리켰다. 국천의 눈빛이 닿는 곳에 나무와 수풀이 미세하게 움직이더니 휙, 하고 거무스레한 인영들이 스쳐지나갔다. 아련의 눈에 짙은 경계심과 불안함이 서렸다.

단심은 아련과의 약속 장소로 걸어가고 있었다. 단심의 뒤를 쫓는 건 괴한들뿐만이 아니었다. 아련과 국천 또한 조심스레 단심을 따라갔다.

빠직.

단심이 걸음을 멈추었다. 단심을 쫓던 괴한들도 기척을 숨기고 그 자리에 멈추었다. 아련은 요란한 소리를 내며 부서진 썩은 나무 둥치에서 발도 못 떼고 그 자리에 박힌 듯 서 있었다. 단심이 고개를 길게 빼고 주위를 살피기 시작했다.

국천은 숲속의 괴한들이 조심스레 수풀을 가르며 두 사람이 있는 쪽으로 다가오는 것을 느꼈다. 국천은 조심스레 아련의 손을 잡고 그녀를 등 뒤로 숨겼다. 눈은 계속 괴한들의 움직임을 살폈다.

슥슥.

풀이 밟혀 눕는 소리가 점점 가까워졌다. 예민해진 국천의 눈에는 살기가 어렸다. 국천은 허리춤에 찬 검을 언제라도 빼들 수 있게 긴장을 늦추지 않았다.

"누구… 있어요?"

단심이 겁에 질려 품에 안은 보따리를 세게 끌어안았다.

부스럭.

작은 산짐승이 내는 소리일 뿐이었다. 하지만 공포에 사로잡힌 단심은 수풀이 움직이는 것을 보고 눈을 질끈 감았다. 그녀는 더는 안 되겠다는 듯 오던 길을 되돌아 뛰기 시작했다.

그때, 부리나케 달려 나가는 단심 앞으로 숲에서 누군가가 튀어나왔다.

"꺅!"

그대로 나자빠진 단심의 목으로 날이 선 검이 드리워졌다. 검은 복면을 쓴 괴한들이었다. 두 사람 중 하나가 단심에게 검을 들이대며 위협했다.

"살려주셔요…."

"어디로 가던 것이냐?"

"쇤네 어디도 가려던 것이 아니옵고… 산속에서 길을 헤맨 것뿐입니다요."

괴한이 검을 더 깊이 들이대었다. 단심의 목에 빨간 금이 그어졌다. 그 자리에 그대로 생채기가 생겼다.

"길을 헤매다 광증 걸린 백성에게 화를 입은 것으로 치면 되겠구나."

"살려주십시오… 엉엉."

"네년이 가려던 곳으로 가면 된다. 누군가를 만나려던 것이 분명할 터!"

눈물 콧물을 쏟으며 덜덜 떠는 단심을 보던 아련이 참지 못하고 몸을 일으키자, 국천이 그녀를 확 주저앉히며 벌떡 일어났다.

"깊은 산중에서 무기조차 없는 가녀린 아녀자를 겁박하는 것인가?"

국천이 수풀 속에서 모습을 드러내자 괴한들이 바로 달려들 태세를 취했다.

"뭐하는 놈이냐?"

"궁금할 것도 많구나. 그저 갈 길 가면 조용히 끝날 일인데."

괴한들이 서로 눈빛을 교환하더니 바로 국천에게 덤벼들었다. 잘 훈련된 실전의 검법이었다. 국천은 상대의 검로를 모두 예상한 것처럼 가볍게 몸을 날려 공격을 받아쳤다.

괴한들의 검술이 대단하다고는 하나 국천에 비할 것은 아니었다. 국천은 급소만을 노리고 공격하는 괴한들을 금세 제압했다.

괴한들이 피를 흘리며 정신을 잃고 쓰러지자 그제야 단심이 국천을 알아보고 서럽게 울었다. 수풀 속에 있던 아련도 단심에게 다가왔다.

단심은 여인의 복색을 한 아련을 알아보고는 더 숨이 넘어가게 울기 시작했다.

"어찌… 엉엉… 이러십니까. 어찌 이러셔요! 엉엉, 누가 보면 어쩝니까. 아니, 어디 계셨습니까? 엉엉… 걱정돼서 죽고 무서워서 죽고, 쉰네는 이미 골백번 죽었습니다!"

아련이 단심을 끌어안으며 다독거렸다. 가까스로 눈물을 그친 단심은 아련이 어디 다친 곳은 없는지부터 살폈다.

"단심아, 알고… 있었던 게냐?"

"차라리 진양신을 속이셔요. 제가 곁에서 뫼신 것이 몇 년인데. 왕자 아기씨인지 공주 아기씨인지도 몰랐을까 봐요. 다만 저 같은 것이 감히 아는 체할 일이 아니기에 그저… 잘 모시면 된다 여긴 게지요."

"고맙다. 비밀을 지켜주었구나."

"왕자님, 아니 공주님 모시다 줄어든 명줄이나 책임지셔요! 대체 어딜 갔다 이제사 나타나신 거예요?"

"그건 차차 설명하기로 하고…."

눈물의 상봉을 한 두 여인의 시간을 방해하고 싶지 않았던 국천은 슬그머니 뒤돌아 딴청을 부렸다.

"지공, 일단 자리를 좀 옮겨야겠어요. 저 치들은 숲으로 잠시 옮겨두고요. 최대한 나중에 발견이 되는 편이 좋겠지요."

국천은 아련의 말에 토를 달지 않고 괴한들을 수풀 속으로 옮겼다. 괴한 중 하나가 정신이 들려는 듯 끙끙거렸다. 국천은 아련과 단심이 있는 곳을 슬쩍 보았다. 두 사람은 서로에게 집중하느라 국천을 신경 쓰지 않았다.

국천은 고통에 몸부림치는 괴한들의 급소에 검을 찔러 넣었다. 살려두면 분명 사달의 씨앗이 될 것이었다. 국천은 주위의 나뭇가지들로 괴한들의 시체를 덮어두고 아련에게 돌아왔다.

"두 사람 다 결국 숨이 끊어지고 말았어. 시신은 잘 덮어두었으니 어서 자리를 옮기지."

아련은 놀란 눈으로 국천을 보았지만 어쩔 수 없는 일이었다. 지금은 제 목숨 구하는 것이 가장 먼저였다.

"단심아, 가자. 우리가 만나기로 했던 그곳으로 가면 안전할 거야."

단심은 눈물을 훔치며 일어섰다. 세 사람은 부러 뒤돌아보지 않았다. 다만 걸음을 재촉할 뿐이었다.

국천과 아련, 단심이 도착한 곳은 산속 깊은 곳에 자리한 작은 움막집이었다. 오랫동안 사람이 살지 않은 듯 먼지가 가득 쌓인 그곳에는 나무를 깎아 만든 낡은 장난감들과 서책 몇 권만이 뒹굴고 있었다.

아련이 오래된 추억을 떠올리며 움막 안을 들여다보았다.

"단심이와 내가 몰래 궁을 빠져나와 놀던 곳입니다. 나와 내 오라비가 단심이를 처음 만난 곳이기도 하지요."

"막골 부잣집서 시종으로 있던 제가 악독한 주인마님께 험한 일을 당하고 도망쳐 숨어 살던 곳이에요. 꼭 같은 얼굴을 한 아우라 도련님과 아련 아가씨를 처음 뵈었을 땐 산속의 정령이 나타난 것 같았다니까요."

"그 후로 가끔 마음 답답할 때면 찾아와 쉬던 고마운 비밀 놀이터가 되었지요."

국천은 어린 시절 아련이 오라비와 가지고 놀았을 장난감들과 답답한 궁을 빠져나와 읽었을 서책들을 보며 마음이 먹먹해졌다. 하지만 감회도 잠시, 아련은 단심을 앉혀놓고 그간의 이야기들을 쏟아내었다.

그녀가 월국에 다녀왔다는 이야기부터 시작해 태궁 안에 무언가 위험이 도사리고 있는 게 분명하다는 것까지.

한참 동안 아련의 이야기를 듣기만 하던 단심이 가지고 온 보따리에서 서신을 꺼내 내밀었다. 그것은 아련이 태국을 떠나기 전 그녀에게 주었던 것이었다.

"왕자님께서 열흘이 지나도 돌아오지 않으면, 대승상께 전하라 하셨지요. 제가 더는 안 되겠다 싶어 대승상을 찾아갔는데, 쇤네 도저히 서신을 전할 용기가 나질 않더라고요. 뭔가 이상하기도 했고…"

"내가 혹시라도 잘못되면 대승상은 알아야 할 성싶어 월국에 간다는 것을 적은 서신이었지. 그런데 뭐가 이상해?"

아련이 눈을 크게 뜨고 단심에게 되물었다.

"제가 대승상을 뵈러 집무실로 찾아갔는데, 집무실 근처가 휑한 것이 아무도 없는 듯하여 돌아오려던 참이었습니다. 헌데 집무실 문틈으로 시커먼 연기가 새어나오는 것이 아닙니까."

아련은 단심의 말에 집히는 것이 있었다. 마지막으로 여왕을 독대하였을 때 보았던 검은 연기! 여왕의 몸을 휘감으며 피어오르던 검은 연기가 떠올랐다.

"그래서 어찌 되었는데?"

"혹시 불이라도 난 건가 걱정되어 우물쭈물하는데, 갑자기 집무실 문이 벌컥 열리더니 그 안에서 여왕 폐하께서 나오시는 게 아닙니까."

"…?"

"저도 모르게 몸을 숨겼는데, 문 밖으로 나온 여왕 폐하께서 마른기침을 하시는 족족… 시커먼 연기가 입에서 나오고… 뒤따라 나온 대승상이 여왕 폐하의 등을 가만히 쓸어내리셨습니다."

국천과 아련이 단심의 뒷말을 궁금해 견딜 수 없다는 듯 몸을 당겨 앉았다.

"그런데 그 손이… 사람의 것이 아닌 듯했습니다. 검은 털이 수북한 것이…. 마치 짐승 같기도 하고."

국천과 아련은 그 자리에 굳어버린 것처럼 놀랐다. 아련이 꿈에서 보았던 검은 손의 사내가 단심이 본 대승상일지도 몰랐다.

"아무튼 숨도 못 쉬고 숨어 있다가 그 길로 줄행랑 쳐버렸습니다요."

"그 후에 단심이 네게 별일은 없었고?"

"없었는데… 오늘 왕자님께서 희망가의 주모를 통해 보내신 연락을 받고 나선 길부터 뭔가 일이 생기긴 한 것 같았지요. 아까 그 괴한들도 그렇고…."

"다행히 기료 아줌마가 말을 잘 전해주었구나."

"궁에 들어오는 고기나 식재료를 관리하는 이와 함께 왔던 걸요."

기료의 신력을 잘 아는 국천은 그녀가 궐에 출입하는 이의 정신을 흘려 아련의 말을 단심에게 전한 것이라 생각했다. 아련은 단심마저 위험에 빠진 것은 아닌가 걱정이 되었다.

"너까지 위험에 들게 한 것 같아 내 마음이 무겁구나. 다시 궐로 돌아가는 것은 위험할 성싶으니 몸을 피해 있는 것이 낫겠지?"

"왕자님은, 아니 공주님은 어쩌시려고요?"

아련은 자신의 손을 꼭 잡아주는 국천을 향해 고개를 끄덕였다.

"돌아가야지."

"예?"

"나의 궁으로."

국천은 그리 말할 줄 알았다는 듯 낮은 한숨을 쉬었다.

"분명 여왕 폐하께 무슨 일이 생긴 것이니, 이대로 숨어 있을 수만은 없어. 그러려고 돌아온 것도 아니고."

단심은 아련의 단단한 결심이 답답하기도 하고, 서글프기도 하다는 듯 차오르는 눈물을 닦아내며 대답했다.

"저도 궁으로 돌아가렵니다."

"뭐?"

"어차피 오늘 저를 따라온 놈들은 이미 죽고 없잖아요. 차라리 이대로 궁으로 돌아가 아무 일 없었던 것처럼 있는 편이 나을지도 몰라요."

"그래도 너를 의심하는 자들이 궁에 있을 것인데…"

"제가 먼저 돌아가 왕자궁의 경계를 살피고 있을게요. 걱정 마셔요. 제가 우리 천방지축 왕자님도 모셨는데, 뭔들 못하겠습니까."

단심은 더 기다릴 것도 없다는 듯 자리를 박차고 일어났다.

국천과 아련도 덩달아 일어나며 그녀를 안타깝게 보았다.

"시간을 지체하면 더 의심을 살 수도 있으니, 저는 먼저 궁으로 돌아가겠어요."

"단심아."

단심은 이미 선 결심을 흐트러뜨리고 싶지 않은 듯 가지고 온 보따리를 건네며 웃었다.

"새 의복과 하명하신 먹거리 조금…."

아련은 보따리를 품에 안으며 글썽거리는 눈으로 단심의 손을 잡았다.

"고마워. 내 결코 단심이 너를 위험하게 하는 일은 하지 않을 거야."

단심은 국천을 바라보며 깊이 고개를 숙였다.

"범상찮은 분이시란 것은 예감하고 있었습니다. 부디 저희 왕자님을 지켜주시어요."

단심은 국천의 정체는 알지 못했지만, 월국에서 왔다는 사내가 분명 아련의 현재와 미래에 큰 영향을 끼칠 사람이란 것만은 직감했다.

"나 또한 잘 부탁하겠소."

단심은 다시 한 번 인사를 하고 움막을 떠났다. 단심의 뒷모습이 보이지 않을 때까지 아련은 그녀의 모습을 눈으로 좇았다.

단심이 움막을 떠난 후, 남겨진 아련과 국천은 움막 안에 앉아 몰아치는 일련의 사건들을 복기라도 하듯 멍하니 생각에 잠겼다.

"엣취!"

아련의 재채기에 국천이 깜짝 놀랐다. 그러고 보니 다 젖은 옷을 제대로 말리지도 못하고 정신없이 예까지 왔던 것이다. 아련은 그제야 한기가 오르는 듯 단심이 가지고 온 새 의복을 갈아입으려 주섬주섬 옷가지를 챙겼다. 아련이 국천의 눈치를 보며 헛기침만 해댔지만 그는 그런 행동을 눈치 채지 못하고 멀뚱멀뚱 바라보기만 했다.

"기침이 심하네. 고뿔이라도 걸리면 어떡하려고. 역시 태국은 볕이 좋군. 나는 벌써 어느 정도 옷이 말랐는데."

"그죠? 옷을 갈아입으면 되는데. 갈아입을 옷도 있는데…. 지공이 그렇게 앉아만 계시니 제가 어떻게 해야 할지를 모르겠네요."

"아! 흠흠."

민망해진 국천이 후다닥 일어나 움막 밖으로 나갔다. 아련은 국천의 쏜살같은 행동에 웃음이 났다. 아련은 그사이 얼른 옷을 갈아입었다.

"들어와도 돼요!"

아련은 바짝 묶어두었던 머리를 풀어 탈탈 털었다. 긴 머리를 휘날리는 아련을 보자 국천은 괜한 긴장감이 들었다. 그녀 가까이 앉지 못하고 움막 구석으로 가서 정좌를 했다. 머리를 풀어헤친 아련은 경직되어 있는 국천을 이상하게 보았다.

"갑자기 내외하는 기분이 드는 것은 나의 느낌적인 느낌일까요?"

"아니 뭐. 그리 머리를 풀고 흔들어대니, 나로서는 좀 무섭기도 하고."

"무섭긴 뭐가아?"

아련이 장난기가 드는 듯 머리를 더 나풀거리며 국천에게 다가왔다. 국천이 아련의 이마를 손가락으로 꾹 밀어냈다.

"꽃 한 송이만 달면 딱이겠어."

"꽃? 내가 원래 꽃이 좀 어울리긴 하는데."

"산속에 숨어사는 미친 여자로 딱이라고."

"뭐라고요? 진짜 한 번을 곱게 이야기해주는 법이 없어!"

아련이 콩콩거리며 국천을 때리자 국천이 그녀의 손을 피하려다 두 사람은 얼떨결에 확 끌어안은 모양새가 되고 말았다. 아련이 당황스러운 듯 품에서 벗어나려 하자 국천이 더욱 세게 끌어안았다.

"뭐야, 진짜."

"우리가 이 정도에 부끄러울 사이는 아니지 않나?"

아련은 그 말을 인정하는 듯 가만히 그의 어깨에 머리를 기대었다. 아직 완전히 마르지 않은 국천의 품에서 적당히 시원한 바람이 불어오는 듯했다.

아련이 갑자기 국천의 목을 팔로 감싸더니 옆으로 픽 누워버렸다. 국천과 아련은 졸지에 서로를 마주보며 옆으로 누웠다. 아련은 국천의 허리를 더욱 세게 끌어안으며 눈을 감았다.

"내가 연설을 좀 보았는데, 연인끼리 물에 빠지고 그러면 체온을 보호하기 위해 서로 막 끌어안고 자고 그러던데요."

조금 전까지 위험했던 상황은 까맣게 잊은 듯한 아련의 애교에 국천은 찬찬히 그녀의 머리를 쓸어 넘기며 이마에 부드러운 입맞춤을 했다.

"서책도 서책 같은 것을 보아야지. 하지만… 틀린 말은 아니군. 내가 읽은 의서에도 체온을 보하고 목숨을 구하는 데에 인체만한 것이 없다 본 것 같거늘."

"우리 이렇게 마주보고 있을 날이 다시 올까요?"

국천은 대답대신 아련을 더 깊이 끌어안았다. 그가 천천히 그녀의 등을 토닥여 주었다. 아련은 세상에서 가장 넓고 푸근한 국천의 품 안에서 가만히 눈을 감았다. 앞으로 다가올 일들을 모두 잊고 싶을 만큼 평온하고도 따스한 기운이 움막 안을 맴돌았다.

***

국천과 아련은 좁고 눅눅한 움막 안에서 서로 몸을 포갠 채 단잠에 빠져 있었다.

등을 돌리고 기대어 자던 아련이 뒤척이며 돌아 눕자 그 기척에 국천이 먼저 눈을 떴다. 국천은 누운 채로 잠든 아련의 얼굴을 바라보았다. 이토록 작고, 여리고, 가녀린 여인이 앞으로 감당해야 할 수많은 일들이 떠올라 마음이 무거웠다.

국천의 시선을 느끼기라도 한 듯 아련이 지그시 눈을 떴다. 비몽사몽이던 아련이 국천의 가슴팍을 밀어내며 말했다.

"민망하게. 자는 사람을 그렇게 쳐다보고 있어요."

"…"

"나 막 못생기게 자고 그런 거 아니죠? 마음이 불편해서 그런가 제대로 자지도 못했네."

국천이 손으로 아련의 입가를 슥 문지르며 웃었다.

"침까지 흘리면서 세상모르고 자놓고선. 그대는 잘 때가 제일 예뻐."

"어머, 남사스러운지도 모르고 그런 말을!"

"요 입 딱 다물고 조용히 잘 때가 제일 예쁘다고."

"흥!"

아련이 벌떡 일어나 앉아 마른세수를 하며 부스스한 얼굴을 매만졌다.

온갖 꼴 다 보았다고는 하나 막 잠에서 깬 퉁퉁 부은 얼굴이 자랑은 아니었다. 아련은 머리카락을 가지런히 모아 묶고는 새침한 얼굴로 국천을 흘겨보았다.

국천이 그녀에게 바짝 다가와 앉았다. 그는 품에서 주머니를 꺼내더니 그 안에 있던 목걸이를 아련에게 걸어주었다. 작은 돌멩이가 장식처럼 달려 있고 가죽 줄로 묶인 투박한 목걸이였다.

"이게 뭐예요? 선물… 그런 건가?"

국천이 부드럽게 미소 지으며 아련을 보았다. 긍정도 부정도 아닌 묘한 웃음이었다.

"혹시 월국에서 보았던 별똥별을 기억하나?"

"그럼요. 하늘 위에 반짝이던 별이란 것이 뚝 떨어지자 지공이 알려주었잖아요."

"맞아. 그 별의 조각으로 만든 목걸이야."

별의 조각이라…. 아련은 목걸이에 걸린 돌멩이를 유심히 보았다. 돌은 더 이상 빛을 내지는 않았지만, 하늘의 별을 땅에 사는 인간이 가질 수 있다는 게 신기했다.

"모양새가 허름하게 보일지는 몰라도, 왕실의 물건이야. 나의 아버지가 어릴 적 내게 주셨던 물건이지."

"그리 귀한 걸 내게 주면 어쩌해요."

"그 어떤 사악한 힘도, 신성한 별의 기운이 막아줄 거야."

아련은 자신의 심장 근처에서 흔들리고 있는 별의 조각을 만져 보았다. 국천의 말처럼 어떤 신묘한 울림이 느껴지는 것 같았다.

"나의 아버지, 월국의 선왕께서 늑대들에 의해 돌아가시던 날, 어쩌면 나는 그 목걸이를 가지고 있어 운 좋게 살아남았는지도…."

아련이 목걸이를 다시 빼려 하자 국천이 목걸이를 그녀의 옷 속으로 다시 감추어주었다.

"지공이 지녀야 할 물건이잖아요."

"아니, 나는 이제 스스로를 지킬 힘이 있으니 걱정 없어. 내가 그대를 지킬 수 있도록 그대가 나를 도와주는 거라 생각하면 좋겠군."

아련은 국천의 마음이 담긴 목걸이를 손바닥으로 가만히 덮어 보았다. 별의 조각이 가지고 있다는 어떤 대단한 힘보다 국천의 말이, 마음이 더 크게 느껴졌다.

"고마워요. 나 지공에게 기대기만 하는 그런 사람이 될 생각은 애초에 없었지만, 이제 더 힘이 나요. 아무것도 안 무서워."

"무서워해야 해. 앞으로 닥칠 모든 것들을 하나 빠짐없이 무서워하고, 조심하고, 또 피할 수 있으면 피해야만 해. 그래야 이겨낼 수 있어."

아련은 자신을 염려하는 국천의 마음을 잘 알았기에, 당차게 고개를 끄덕이는 것으로 국천의 말에 동의했다.

움막을 나서자, 태국의 빛나는 태양이 그 위용을 자랑하듯 하늘 위에 떠 있었다.

아련은 잔뜩 찌푸린 얼굴을 한 채 손바닥으로 하늘을 가렸다.

"이런 말 하는 것 우습겠지만, 본래 태양이 이리 눈부신 것이었나요?"

"우스운 말이 맞기는 맞지. 월국인인 나도 멀쩡한데, 그대가 이러는 것이 말이 된다고 보나?"

"그런가?"

아련은 손가락 사이로 태양을 훔쳐보듯 바라보았다. 하지만 너무나 눈부신 빛에 이내 고개를 숙여버리고 말았다. 처음 보는 태양도 아닌데, 아련은 괜히 부끄러운 마음이 들었다.

아련은 궁으로 돌아가기 전에 맑고 청아한 숲속의 공기를 마음껏 마셔보려 양 팔을 크게 벌리고 빙빙 돌았다.

움막 앞을 돌던 아련이 무언가 생각난 듯 우뚝 멈춰 섰다. 홀린 듯 그녀를 바라보던 국천이 순식간에 검을 고쳐 잡았다.

"무슨 일이야?"

"우리… 궁으로 돌아가기 전에, 내가 보여줄 게 있어요."

"…?"

"월국에 천월대가 있다면 태국엔 망양굴! 따라와요."

"참으로 한가한 마음이로다."

"빨리!"

아련이 쪼르르 앞장서 달려가기 시작했다. 국천은 황당하기도, 어이없기도 했지만 이내 그녀의 뒤를 따르는 수밖에 없었다.

다람쥐처럼 나무 사이사이를 날렵하게 통과한 아련이 국천을 이끌고 도착한 곳은 어느 동굴이었다. 그 깊이를 가늠할 수 없을 만큼 크고 캄캄한 동굴 앞에 선 아련은 자랑하듯 두 손을 번쩍 들어올렸다.

"여기예요!"

"여기가 대체 어디지?"

"태국에서도 별을 볼 수 있는 곳!"

아련은 국천의 팔을 끌어 동굴 안으로 들어갔다.

몇 발 안으로 내딛었을 뿐인데도 빛 한 점 들지 않는 어둠이 펼쳐졌다. 국천을 끌고 더 깊이 들어가던 아련이 다 왔다는 듯 멈춰 서서 까치발을 하더니 국천의 눈을 가렸다.

"잠시만 기다려봐요. 내 별천지를 보여줄 테니."

국천은 아련이 또 시답잖은 장난을 치려나 보다 생각해 반항조차 않고 가만 있어주었다. 아련은 다 되었다는 듯 국천의 눈을 가린 손을 빼며 물러났다.

"짠!"

그것은 참으로 경이로운 광경이었다. 눈앞에 반짝거리는 별들이 가득했다.

까만 동굴 벽을 가득 채운 별들은 희고 투명한 빛을 내며 영롱하게 반짝였다.

국천의 놀란 표정이 어지간히 마음에 들었는지 아련이 신이 나 폴짝거렸다.

"어때요, 예쁘죠? 월국 하늘의 진짜 별만큼 정말 아름답지 않아요?"

국천은 그제야 동굴 벽과 천장을 유심히 살펴보았다. 완전한 어둠인 줄 알았던 동굴 틈새로 가늘게 새어 들어온 빛이 벽에 붙은 투명한 암석에 반사되어 별처럼 보이는 것이었다.

"태양 빛이 거의 비추지 않는 곳이에요. 빛을 잃은 동굴이라 하여 망양굴이라 부르는 곳이죠. 꼭 월국 같지 않아요?"

국천이 고개를 끄덕이며 동굴 안을 둘러보았다. 국천과 아련이 서 있는 곳을 끝으로 동굴 안에는 시커먼 어둠의 심연이 펼쳐져 있었다.

"이 동굴은 어디로 연결 되는 것이지? 꽤 깊어 보이는데."

"나도 몰라요. 이보다 더 안으로 들어가 본 적은 없어서."

아련이 국천을 살피며 다시 말을 꺼내려 할 때, 동굴 깊은 곳에서 낮은 목소리 같은 것이 들려왔다.

"이게 무슨 소리지?"

"그러게요…. 사람인가?"

두 사람은 바짝 긴장하며 들려오는 소리에 집중했다. 하지만 소리는 더 이상 나지 않았다. 아련은 짐짓 안심하며 국천을 바라보았다.

"우리 두 사람의 목소리가 울려서 그런 것일지도 몰라요."

"그럴지도…."

국천은 뭔가 개운치 않았지만, 더는 어떤 기척도 느껴지지 않았기에 아련의 손을 잡으며 동굴 입구로 발걸음을 돌렸다.

"아름다운 별을 보았으니 이만하고 돌아가지."

"좀 더 있어도 좋은데."

아련이 아쉬운 듯 동굴을 둘러보았다. 자신이 태국을 떠나 느꼈던 외로움과 소외감, 그리움 같은 것을 국천 또한 느끼고 있으리라 여겨 데려온 터였다.

국천은 쉬이 발걸음을 떼지 못하는 아련의 마음을 눈치 채기라도 한 것처럼 그녀의 어깨를 따뜻하게 감싸주며 웃었다.

"고마워. 그대 덕에 잠시나마 검은 하늘의 평온함을 느꼈으니."

아련은 그제야 마음이 풀리는 기분이었다. 국천과 아련은 캄캄한 동굴을 다시 돌아나가기 시작했다. 동굴 입구가 보이는 지점에 다다랐을 때, 아련이 벽을 보고 고개를 갸우뚱했다.

"이상하네."

"뭐가?"

"여기 이 그림…. 문양 말이에요. 분명 서책에서 보았던 것인데."

국천은 아련이 가리키는 벽을 보았다. 벽에는 알 수 없는 기이한 문양들이 선명하게 새겨져 있었다.

"이게 무슨 의미라도 있는 건가?"

"내 기억이 맞다면…."

"뭔데 그러는 거야."

"이건 '바타'들의 문양이에요."

"바타?"

"태국의 가장 끝, 진양신에게조차 버림받은 불모의 땅에 사는 이들이지요."

"이 비옥한 태국에도 불모의 땅이 있단 말이야?"

"비도 오지 않고, 농사를 지을 수도 없는 뜨거운 모래만이 가득한… 죽음의 땅이에요."

"그런 곳에 사람이 산다고?"

"나도 본 적은 없어요. 그저 서책에서만 보았을 뿐. 혹자는 그들이 짐승이나 다름없다고도 하고, 진양신에게 큰 죄를 지어 벌을 받는 것이라고도 하고."

"…."

"사람을 잡아먹고 산다고도 하는데, 그래서 그들을 만나 살아 돌아온 이가 아무도 없다고…."

"어느 곳에나 있는 괴담 같은 거군."

"그럴 수도 있지만 이것은 분명 내가 보았던 '바타'들의 문양이에요. 그들이…."

"그들이?"

"영역 표시를 할 때 남기는 문양."

국천은 정말 겁에 질린 것 같은 아련을 보며 피식 웃었다. 아이들을 겁주기 위해 꾸며낸 것이 분명한 미신을 믿는 그녀가 철없다 느껴졌다.

"식인귀들의 이야기는 이만하면 되었고, 궁으로 돌아가야지?"

아련은 별것 아닌 것처럼 대하는 국천이 얄미워 홱 몸을 틀어 동굴 밖으로 나가버렸다. 국천은 무심하게 벽에 그려진 문양을 다시 한 번 보고는 아련을 따라 나갔다.

국천과 아련이 나간 뒤 동굴 깊은 곳에서는 우웅거리는 소리가 다시 들려왔다. 하지만 이미 동굴을 벗어난 두 사람은 그 소리를 듣지 못했다.

아련은 자신이 평소 드나들던 왕자궁의 개구멍이 아닌 태궁의 가장 큰 문 앞에 서 있었다. 하지만 그녀 곁에 국천은 보이지 않았다.

아련은 크게 심호흡을 한 후 궐문을 지키는 수비대에게 다가가섰다. 왕자를 알아본 수비대가 머리를 조아리며 예를 갖추었다.

"여왕 폐하께 왕자가 돌아왔다 전하라."

아련은 그 어느 때보다 위엄 있는 목소리로 소리쳤다. 그녀의 눈빛에는 일말의 망설임도, 두려움도 없었다. 사라졌던 왕자가 돌아왔단 사실에 허둥대던 수비군 한 명을 아련이 붙잡았다.

"너는 나의 명을 받들어야 할 일이 있다."

병사는 왕자의 매서운 눈빛에 압도당해 고개를 숙인 채 명령을 기다렸다.

왕자의 귀환으로 태궁은 발칵 뒤집혔다. 소식을 먼저 들은 대승상 유정이 여왕이 있는 대전으로 달리다시피 걸음을 재촉했다. 대전에 당도한 유정은 계단 아래 서 있는 아련을 보고 움찔 놀라고 말았다.

유정이 그동안 알고 있던 아련의 모습이 아니었다. 아니 정확하게 말하자면 그녀를 감싸고 있는 기운이 달라졌다. 아련의 눈이, 손짓이, 온몸이 내뿜는 기운이 유정을 뒷걸음질 치게 할 만큼 뜨거웠다.

"왕자 저하! 돌아오신 것입니까. 온 태국이 저하의 실종에 큰 난리를 겪었사옵니다."

아련은 대답 없이 유정의 눈을 뚫어지게 바라보다 이내 예전의 웃음으로 대했다.

"정말 미안하게 되었네. 나 때문에 얼마나 걱정을 하였는가."

유정이 아련 앞에 머리를 조아리고 부복했다.

"이리 강녕하게 돌아오신 것만으로 소신은 죽어도 여한이 없사옵니다!"

엎드린 유정을 바라보는 아련의 눈빛이 서늘했다. 하지만 유정이 고개를 들어 아련을 보자 그녀는 언제 그랬냐는 듯 미소 지었다.

"그렇겠지. 항시 나를 가장 아끼고 염려하는 이가… 대승상 아니었는가."

"저하를 안전히 모시지 못한 소신을 벌하여 주시옵소서."

그 순간, 아련의 얼굴에서 웃음기가 사라졌다.

"누가 그러던가, 내가 안전치 못하다고?"

아련의 차가운 말투에 유정이 당황했을 때, 대전의 문이 벌컥 열리고 여왕이 나왔다.

"왕자!"

아련이 여왕 앞에 허리를 숙여 인사했다.

여왕은 당황한 기색을 감추지 못하고 유정과 아련을 번갈아보며 상황을 파악하려 애썼다.

"소자, 돌아왔사옵니다. 폐하께 심려를 끼쳐드린 죄 달게 받고자 왔으니 벌을 내려주소서."

"어찌…. 대체 어찌 된 일이더냐?"

아련은 고개를 들어 여왕을 바라보았다.

"혼자… 있었던 게야?"

아련은 대전 앞 계단으로 다가오는 누군가를 찾는 듯 고개를 돌렸다.

그때 그녀의 곁으로 다가오는 사내가 있었으니, 늠름한 태국의 의복을 차려입은 국천이었다. 아련이 국천을 당겨 제 옆으로 세우며 여왕을 똑바로 바라보았다.

"소자, 월국에 다녀왔사옵니다."

여왕을 향한 아련의 당찬 목소리가 대전 앞에 쩌렁쩌렁 울렸다.

* * *

대전으로 들어간 아련과 국천은 여왕 앞에 긴장한 채 서 있었다.

모든 신하들과 궁녀들을 물리고 대승상 유정만이 여왕의 바로 아래 서서 그들을 바라보고 있었다.

아련은 제 곁에 선 국천을 슬쩍 보았다. 아련은 단단하게 자신을 지키고 선 국천이 곁에 있으니 두려울 것이 없었다.

여왕의 눈빛이 놀라움과 분노, 당황으로 마구 흔들렸다. 사실 왕자가 월국에 있을 것이라는 확고한 심증으로 월국의 왕을 압박하긴 했다. 심지어 전쟁마저 불사할 것이라 으름장을 놓았다. 왕자의 귀환은 그에 대한 답신일지도 몰랐다. 하지만 작금의 상황은 여왕의 판단을 흐리게 만들었다. 어찌 이리 당당할 수가 있단 말인가.

마치 무언가를 준비해서 돌아오기라도 한 것처럼. 각성해버린 태양의 아이는 태국에게, 아니 태국의 여왕에게 위험한 존재였다.

여왕은 유정을 노려보았다. 그와 나누었던 앞으로의 모든 계획이 다 틀어지고 말았다. 유정은 여왕의 눈빛을 무시했다. 그는 꼿

꽂이 아련과 그녀 곁에 선 국천을 보고 있었다.

여왕이 애써 들끓는 마음을 누르며 물었다.

"대체 어떻게… 장벽을 넘어간 것이냐?"

"그저 진양신의 신비라고밖에는 설명할 수 없는 일이었습니다. 소자가 광증에 걸린 백성들이 장벽 근처로 모인다는 말을 듣고 호기심에 잠행을 나섰다가 우연히 장벽의 틈을 발견하였습니다."

아련의 말을 듣던 여왕과 유정의 눈빛이 부딪혔다. 불신과 의심이 가득한 눈빛이었다. 여왕이 한숨을 쉬며 고개를 끄덕였다.

"무사히 돌아온 것을 보니 감사한 마음뿐이로구나."

"폐하의 심정에 누를 끼친 죄인입니다. 송구하옵니다."

"그간의 사정은 면밀히 살펴야 할 것이야. 헌데 옆에 선 자는 너의 무예 스승이 아니더냐. 혹 이자와 함께 있었던 게냐?"

국천이 예를 갖추자 아련이 나섰다. 그녀는 여왕의 질문에 망설임 없이 대답했다. 더는 피하지 않겠다는 신호였다.

"예, 이자는 저의 무예 스승이자…."

아련을 바라보는 유정의 눈빛이 날카로워졌다.

"월국인이옵니다."

"왕자 네가 지금 무슨 말을 하고 있는 것이냐! 월국인이라니. 이 신성한 태궁에 월국인이 침범하게 둔 것이란 말이냐!"

"소자 이 자리에서 죽는대도 말씀은 모두 드려야겠습니다. 이자는 저를 지키기 위해 수차례 생사의 기로를 넘었으며 비록 진양신의 가호를 받는 태국의 땅에서 태어나지 못했다고 하나 제 사람이 분명하옵니다."

"참으로 어리석구나! 애초에 너를 현혹하려 접근한 자가 분명하다. 이런 멍청한…. 더는 들을 것도 없다. 당장 저자를 추국하여 처단할 것이니 그리 알거라!"

여왕의 일갈에 유정이 대전 밖에 선 군사들을 부르려 했다. 아련이 여왕 앞에 무릎을 꿇고 엎드렸다.

"멈추시오, 대승상."

고개를 숙인 아련의 목소리에 유정은 물론, 여왕마저 등골이 서늘해질 지경이었다.

아련의 온몸에서 아스라이 붉은 기운이 올라오고 있었다. 모두 아련이 뿜어내는 열기를 느낄 즈음 그녀가 입을 열었다.

"태양의 아이입니다. 소자, 진양신께서 태국의 하늘을 지키고 태양의 영광을 온 세상에 전하라 명하신 태양의 아이이옵니다. 그런 제가, 사악한 기운을 감지하지 못했을 것이라 여기십니까?"

"지금 내 명을 거역하려는 것이냐!"

"오히려 태국에 득이 되는 자입니다. 태국의 누구도 제대로 알지 못하는 월국에 대한 정보를 모두 알려줄 자이지 않습니까?"

태국에서 태양의 아이는 감히 왕조차 어찌할 수 없는 신격화된 존재였다. 어쩌면 백성들은 자신들을 다스리는 여왕보다, 태양의 아이가 이 나라의 평화와 안녕을 지켜준다고 믿었다.

아련은 태어나 처음으로, 자신이 태양의 아이라는 것을 드러내 보이고 있었다. 더는 여왕의 순진한 꼭두각시가 되지 않겠다고 선언을 하는 것이나 다름없었다. 먼 과거에 어린 아우라가 일찍이 깨우쳤던 것처럼.

목석처럼 섰던 국천이 아련 옆으로 함께 무릎을 꿇었다. 국천의 어깨가 아련에게 닿자 그녀의 몸을 휘감던 붉은 기운이 스르르 가라앉았다. 이 모습을 본 유정이 이를 갈았다.

"우연한 일로 장벽을 넘게 되었으나 찬란한 태양을 본 소인은 더는 월국에서 살지 않겠다는 마음을 품게 되었습니다. 그 후 왕자님을 뵙게 모시게 되었으니 이 또한 운명이라 여겼습니다. 앞으로도 성심을 다할 것을 맹세하옵니다."

여왕은 이러지도 저러지도 못했다. 그녀의 얼굴에 초조한 기색이 역력했다. 태양의 아이가 이리 나서버린다면 아무리 여왕이라 해도 마음대로 할 수는 없는 일이었다. 유정이 더는 가만히 있을 수만은 없다는 듯 조심스레 나섰다.

"왕자 저하께서 이리 확고한 믿음과 의지를 보이시니 저자의 처분은 잠시 미뤄두시고, 일단 무사히 돌아오신 왕자님께서 몸과 마음을 쉬시도록 하는 것이 어떠하실는지…."

유정은 부드러운 눈빛으로 여왕을 바라보았다. 일단 지금은 무엇도 함부로 해서는 안 될 때였다. 한 걸음 물러나 후일을 도모해야 할 것이었다.

월국에서 아련이 무엇을 보고 알게 되었는지 쉬이 털어놓지 않을 성싶었다. 아련이 태양의 아이로서 가진 힘까지 동원하려 한다면 그에 합당한 대우로 맞아주면 될 일이었다.

유정의 눈빛에 여왕의 몸이 잠시 떨리는가 싶더니, 이내 피곤한 기색이 되었다. 여왕은 이마를 감싸 쥐었다.

"그래, 그만하자꾸나. 오늘은 네가 무사한 것이 더 감사한 날이니. 추후에 왕자는 내게 고할 것이 많을 것이다."

"예, 폐하."

아련과 국천이 대전을 나가자 유정이 끓어오르는 분노를 견딜 수 없는 듯 주먹을 불끈 쥐었다. 그의 손등에 검고 두꺼운 털이 올라왔다. 유정은 소매를 끌어내려 손을 감추고는 여왕을 답답한 표정으로 바라보았다.

**

대전을 나온 아련과 국천은 왕자궁으로 향했다. 왕자궁 주변은 평소보다 두세 배 넘는 수비군들이 진을 치고 있었다. 아련은 촘촘하게 경계를 선 수비군들을 보며 쓴웃음을 지었다.

"나를 지키려는 것인지, 가두려는 것인지. 모르겠네요."

"지은 죄가 있으니, 이 정도는 견뎌야지."

아련을 발견하고 단심이 부리나케 달려왔다. 아련과 단심은 부둥켜안으며 재회의 기쁨을 나누었다.

"왕자님! 성성하게 돌아오셔서 다행이에요. 여왕 폐하께 가셨다기에 무슨 사달이 날까 노심초사 했습니다요."

"괜찮다. 아무 일 없었어. 단심이 너는, 괜찮은 거야?"

단심이 왕자궁을 둘러싼 수비군들을 눈으로 훑으며 속삭이듯 말했다.

"지켜보는 눈이 많아 눈치가 보이긴 한데, 그날 일은 아무도 모르는 것 같아요."

"다행이다."

"아이고 우리 왕자님 꾀죄죄한 몰골 좀 보셔요. 그릇 하나 안으시면 밥벌이되시겠어요."

"뭐야? 지금 나를 거지꼴이라 놀리는 거냐?"

단심이 헤, 웃으며 아련의 옷에 묻은 먼지를 털어냈다. 아련은 단심의 밝은 모습을 보니 이제야 태국에 돌아온 기분이었다.

"침소에 드시겠습니까? 좀 쉬셔야지요. 산속 움막이 숨을 만한 곳은 되어도 사람 살 곳은 못 되는데…."

"응, 그리고 먹을 것도 좀 준비해줘. 배가 등에 붙어 숨이 안 쉬어질 지경이야."

"어련하시겠어요."

아련이 국천을 침소로 데려가려 하자 돌아서던 단심이 도끼눈을 하고 둘 사이를 가로막았다. 단심의 기세에 놀란 국천이 움찔하며 뒷걸음질 쳤다.

"뭐 하시는 겁니까?"

"왜 이러시나?"

"나리께서도 침소에 드시게요? 두 분이서 함께요? 예전엔 사내 대 사내로 봐드렸지만 이젠 아니죠!"

아련이 단심의 마음을 알겠다는 듯 웃으며 그녀를 말렸다.

"단심아, 그런 식이라면 이미 우리 두 사람은 갈 데까지 간 것이나 다름없어."

"네? 갈 데까지 가요? 어딜요! 어디까지 가셨는데요! 설마!"

당황한 국천이 끼어들어 말을 가로챘다.

"이 여인들이 대체 무슨 소리를. 그렇게까지 간 것은 아니고. 아니, 그리 멀리 간 것이 아니라. 아니, 멀리 다녀오긴 했는데."

"세상에. 저 그냥 콱 사발에 코라도 박아야지요. 우리 왕자님을 지키지 못한 죄…."

"아이고, 우리 단심이야말로 너무 멀리 간다. 그만하고 먹을 것이나 가지고 오렴."

아련이 마구 밀어내듯 하자 단심은 어쩔 수 없다는 듯 음식을 가지러 자리를 떴다.

국천이 아련을 보며 피식 웃었다. 아련도 웃음이 났다. 생사를 가를 긴장 속에서 바짝 얼어 있던 마음이 일순 풀어지는 기분이었다. 아련은 목젖이 보이도록 크게 웃고, 또 웃었다.

"태양의 아이와 아련의 간극이 너무 큰 것 아닌가?"

"그러니까요. 좀 전까지만 해도 명줄이 끊겼다 붙었다 했는데, 지금은 또 세상 이렇게 우스운 일이 있는가 싶고."

"그대가 너무 태세 전환이 빠른 것이야. 동물에 비한다면… 거의… 금붕어 급이랄까."

"아주 온갖 금수를 다 갖다 대시지요. 언제 사람대접 받아보나, 나는?"

"그리고 그게 그대의 가장 큰 장점이긴 하지."

국천이 아련의 얼굴을 빤히 보다가 진지한 얼굴로 대답했다. 국천 자신이 생각하기에도 끈적하고 느끼한 목소리였다.

"그럼 우린 침소로 들까요?"

"어디서 많이 들어본 말인데."

"지공만 나를 놀릴 줄 아나?"

침소로 들어온 아련은 잘 정돈된 침상에 팔 다리를 대자로 벌리며 누워버렸다.

국천은 고개를 절레절레 흔들면서도 느긋한 얼굴로 제멋대로인 그녀를 지켜보았다.

침상 위에서 이리저리 뒹굴던 아련이 행복해 죽겠다는 얼굴로 국천을 맑게 바라보았다.

"내가 다시 월국에 가게 된다면 이 침상을 만든 장인도 데려갈 거예요."

"…."

"월국엔 좋은 나무도 많던데, 어찌 이런 기술이 없나 몰라."

"그대가 다시 월국에 가게 된다면, 그리하지."

"…."

아련이 다시 월국에 갈 수 있는 날이 오기는 할까? 아련은 생각 없이 뱉은 말이 두 사람 사이에 어색한 적막을 만들고 말았다는 사실을 깨달았다.

당장 눈앞에 닥친 일들을 쫓아 예까지 오긴 했지만, 자신이 태국으로 결국 돌아온 것처럼 국천도 언젠가는 돌아가야 하겠지. 아련은 갑자기 머리가 복잡해져 발을 동동 구르며 이불에 얼굴을 묻어버렸다.

"깊이 생각하지 말지. 그대와 어울리지 않아."

"하, 생각이 꼬리를 물고, 마음의 굴을 파고, 그러면 또 슬퍼지고."

"지금 그대에게 닥친 일부터 해결한 후에 고민하자고. 우리 두 사람이 함께."

아련은 누운 채로 국천을 보았다. 무심한 표정으로 서책을 뒤적이는 국천의 옆모습이 그리 든든할 수가 없었다. 아련은 침상을 손바닥으로 팡팡 두드리며 국천에게 손짓했다.

"피곤할 텐데, 좀 쉬시지요?"

아련의 도발에 국천이 묘한 미소를 보였다.

국천은 몸을 일으켜 누워 있는 아련 옆으로 가 앉았다. 국천은 아련의 머리를 쓸어 넘기며 그윽한 눈빛으로 보았다.

"매력 발산이라도 하는 것인가?"

"뭐, 억지로 하지 않아도 매력이 철철 넘치는 것을 어찌할 수 있나."

국천이 스르륵 아련 곁으로 누우며 그녀의 허리를 꽉 잡아챘다. 국천의 단단한 몸이 아련에게로 밀착되자 아련은 저도 모르게 숨을 흡, 들어 마셨다. 눈은 놀란 토끼눈처럼 동그래졌다.

"감당할 수 있겠어?"

"뭐…."

국천의 손가락이 아련의 얼굴을 쓸어내리더니 그녀의 목선을 따라 앞섶으로 내려왔다. 아련은 국천의 손길에 정신이 아득해져 아무 생각도 들질 않았다.

"세상에나!"

우당탕탕!

때마침 음식 쟁반을 들고 들어오던 단심의 목소리에 놀란 국천이 빛의 속도로 일어나 의자에 앉았다.

아련은 단심이 들어온 것이 다행이다 싶기도 했고, 또 한편으론 얄밉기도 했다. 그녀는 복잡 미묘한 심정으로 침상에 반듯하게 앉았다.

"단심이 왔니?"

"청춘이라고는 하지만 너무 하시네, 우리 왕자님?"

"흠흠, 얘가 무슨 소릴 하는 거야. 배고파 죽겠다. 밥이나 먹자, 빨리."

단심이 국천을 쩨려보며 탁자 위에 음식을 내려놓았다. 국천은 아무렇지도 않은 듯 딴청을 부렸다. 휘파람을 불기까지 했다. 아련도 침상에서 내려와 국천 앞에 마주 앉았고, 단심은 도저히 안심이 되지 않는 듯 두 눈을 부릅뜨고 지켜 섰다.

***

같은 시각, 태국의 장벽을 끼고 어마어마한 속도로 달리는 형체가 있었다.

한참을 달리던 '그것'은 장벽을 벗어난 숲에서 우뚝 멈춰 섰다. 평범한 태국 복장의 사내였다. 그는 길을 찾는 것처럼 주위를 둘러보며 숨을 고르기 시작했다. 그리고 그때, 약초를 캐고 있는 약초꾼이 눈에 들어왔다.

약초꾼은 놀란 눈으로 그 자리에 굳어 있었다. 그는 약초꾼을 향해 비릿한 미소를 보였다.

"어라, 들켜버렸네. 나를 본 사람이 있으면 안 되는데."

순식간이었다. 눈을 깜박거릴 틈도 없이 약초꾼의 목에 선명한 발톱 자국이 생기더니 그대로 쓰러져버리고 말았다.

그가 쓰러진 약초꾼을 발로 툭 차며 걸음을 옮겼다. 그때, 그의 앞에 누군가 조용히 다가와 섰다. 그는 나타난 자가 누군지 이미 알고 있다는 듯 고개를 돌려 손을 흔들었다. 대승상 유정이었다.

"나 왔소, 형님!"

"눈에 띄지 말고 오랬더니. 마진이 네놈은!"

"그래서 바로 처리하지 않았소."

마진의 앞섶으로 삐져나온 나무 목걸이가 달랑거렸다. 월국의 만일 축제 때 늑대탈의 사내가 달고 있던 그것이었다.

"처리해야 할 일이 있다. 네놈의 방식대로."

유정이 차분하고도 서늘한 눈빛으로 마진을 보며 웃었다.

***

아련은 삼엄해진 경비를 실감하며 왕자궁 후원에서 국천과 무예 수련에 매진하고 있었다.

하지만 말이 수련이지 두 사람 사이를 흐르는 기운은 누가 보아도 연인들의 사랑놀음이나 다름없었다. 왕자궁 주변을 돌아다니는 궁인들과 군사들이 이상하게 볼 지경이었다. 국천은 감시하듯 맴도는 군사들의 시선이 영 신경 쓰이는 듯 미간을 찌푸렸다.

"이거 원, 우리 안에 갇힌 가축이 따로 없군. 사방에 구경꾼들이 이리 많아서야."

"어쩔 수 없어요. 저들도 이미 알고 있을 거예요. 지공이 월국인이란 것을. 신기하기도 하겠죠. 월국인을 처음 보았는데. 그것도 태국의 왕자와 함께 있는 월국인이라니. 나 같아도 다시 한 번 보겠네."

"뭐, 월국인은 눈이 세 개 다리가 네 개쯤 달린 줄 알았으려나?"

"사람인 줄도 몰랐을 걸요. 나도 그랬는데 뭘."

국천이 가볍게 휘두르던 검을 멈추고 아련을 보았다.

"그대도?"

"그럼 나라고 뭐 달랐을까 봐? 나야 순수한 맘으로 지공이 태국인이라 믿었으니까 나중에 알게 되었어도 놀라지 않았을 뿐이죠. 월국 사람도 다 이렇게 생겼구나 한 거지."

"참 가깝고도 먼 나라군. 태국과 월국은."

아련은 국천의 심정이 편치 않다는 것을 눈치 채고 괜히 더 검을 크게 내리치며 기합을 넣었다. 국천의 신경이 불편한 어느 곳에 머물게 하고 싶지 않았다.

국천은 아련의 어설픈 동작에 웃음을 터뜨렸다. 그리고는 그녀의 자세를 교정해주었다.

"팔꿈치가 이리 벌어지면 안 된대도. 실전이었으면 벌써 단칼에 팩, 쓰러지고 말았어."

"내가 칼 맞기 전에 지공이 지켜줄 텐데 뭐가 걱정이에요."

"무예를 수련하는 자의 마음가짐이 이리 의존적이어선 곤란한데."

아련이 검을 들고 춤을 추듯 장난을 치기 시작했다. 난데없는 춤사위에 국천은 못 말리겠다는 듯 팔짱을 끼고 지켜보기만 했다. 국천의 기분을 돋우기 위해 시작된 아련의 춤이 점점 더 진지해지더니 어느덧 아름다운 검무가 되었다.

누군가를 죽이고, 베기 위한 검이 아니라 오롯이 검의 기운을 느끼며 흐르는 우아하고도 유려한 몸짓이었다. 음악도, 형식도 없이 그저 마음 가는 대로 흐르듯 움직인 것뿐이었지만 국천은 그 어떤 연회나 숙련된 무희들에게서도 느껴본 적 없는 감동을 받았다.

"가끔 혼자 있을 때 놀던 건데, 이번 건 정말 미친 여자 같았죠."

국천이 고개를 가로로 흔들며 박수를 쳤다.

"딱, 그대다운 몸짓이었는걸."

"욕이에요, 칭찬이에요?"

"아름다웠어. 내가 본 그 어떤 춤도 비견할 수 없을 만큼."

"지금 우릴 훔쳐보는 사람들 표정은 그게 아닌 것 같은데."

"응?"

국천이 둘러보자 언제 그랬냐는 듯 궁인들과 군사들이 고개를 획획 돌리며 어색한 걸음을 옮기기 시작했다.

왕자궁의 경계가 삼엄해져 불편하기는 아련도 마찬가지였다. 답답한 마음에 궁을 벗어나고 싶기도 했지만 현재로서는 거의 불가능한 일이었다.

월국에 다녀온 후 여왕은 몇 번이나 아련을 불러 그간의 사정을 세세히 물었다. 불시에 불러들이는 일도 잦아졌다. 월궁에서 지냈다는 얘기만 빼고 월국에서 보고 들은 것을 몇 번이고 고했다. 대승상 유정도 왕자궁에 자주 들러 다도를 청했다.

"대승상께서 납시었습니다."

단심의 목소리에 아련이 후원으로 들어오는 대승상을 보았다.

국천은 본능적으로 손에 쥔 검을 세게 움켜잡았다. 아무리 보아도 안심할 수 없는 자였다. 유정의 정체가 늑대들의 힘과 연관이 있음을 알게 된 이후로 경계심이 바짝 서는 것은 당연한 일이었다.

유정 또한 국천의 경계심을 모르는 바 아니었으나, 시종 무심한 태도로 국천을 대했다.

아련은 군사들을 둘러보며 뼈 있는 말투로 유정에게 말했다.

"대승상께서 이 몸을 걱정하는 마음이 왕자궁을 이리 감싸고 있으니 참으로 안심이 되네."

"별 말씀을 다 하십니다. 마마의 안전을 염려하는 것이야말로 신하의 유일한 도리이지요."

"갈 곳이라곤 왕자궁의 후원뿐인데, 무슨 일이 있을래야 있을 수 있겠는가?"

유정이 아련의 속내를 모두 알고 있다는 듯 계속해서 사람 좋은 미소로 일관했다.

"워낙에 자유분방하시고 용감한 성정을 가지신 왕자님께서 답답하실 줄은 잘 알고 있습니다. 허나 모든 것은 왕자마마를 위한 것이라 여겨주시면 어떻겠습니까?"

"그러하겠지."

"허나 왕자마마의 심신의 갑갑증을 살피지 못하는 것 또한 불경스러운 죄이지요. 하여 소인이 곧 있을 연례행사에 왕자마마께서 참석하실는지 여쭤보고자 하는데…."

"연례행사?"

아련의 눈이 반짝거렸다. 맞다, 이맘때면 늘 하는 행사가 있었다. 왕족들도 궁을 벗어날 수 있는 공식 행사! 그것은 바로 '여우 사냥'이었다.

여우사냥은 아련과 국천이 잠시 몸을 숨겼던 움막이 있는 산과 그 주위의 숲을 사냥터 삼아 여우를 잡는 왕실의 행사였다. 태궁 의 뛰어난 무관들을 비롯해 왕족들도 참여하는 이 사냥에서 가장 큰 여우를 잡는 이에게는 여왕이 직접 상을 하사했다.

아련은 실제 여우를 잡아 보진 않았지만 어렸을 때부터 결코 빠 지지 않았던 행사였다. 개구멍 잠행이 아니라 공식적으로 궐을 나 갈 수 있었기에, 아련은 이 연례행사를 가장 좋아했다.

어렸을 적 오라비 아우라와 함께 나갔던 이 여우사냥에서 단심 이 숨어 있던 움막도 발견했고, 망양굴도 처음 가보았다.

국천은 아련의 얼굴이 기대감으로 상기되는 것을 느꼈다. 그런 아련을 흐뭇하게 바라보는 유정의 표정이 왠지 마음에 걸리긴 했 지만 그녀를 말릴 방도는 없어 보였다.

"갈 것이오. 내가 빠지면 섭섭한 행사가 아닌가!"

유정은 그럴 줄 알았다는 듯 아련의 말을 받아쳤다.

"그렇기는 하지만, 왕자님께서 혹여 그간의 피로와 여독에 힘드 시기라도 할까 걱정입니다."

"걱정은 무슨! 내 꼭 갈 것이니 그리 알게. 금번에는 이 사람도 함께!"

아련이 국천을 보며 씩 웃었다. 국천은 마지못해 입을 뗐다.

"영광으로 알고 모시겠습니다."

유정은 국천을 보며 고개를 끄덕였다.

"무예 스승의 실력이야 내 이미 잘 알고 있으니, 왕자님을 잘 보필하길 바라네."

유정과 국천의 미묘한 눈빛이 서로 부딪혔다. 두 사람은 서로의 속내를 결코 드러내지 않으려는 듯 무심한 표정으로 서로를 바라볼 뿐이었다.

아련은 궁을 벗어날 핑계가 생겨 기쁨을 감추지 못했다. 게다가 이번엔 국천도 함께 하는 사냥이 아니던가, 더욱 신나는 일이었다. 아련은 단심을 불러 자신의 활을 챙길 것을 명했다.

"여우사냥엔 검이 아니라 활이죠! 내가 근거리 싸움엔 약해도 원거리엔 엄청 강하다고요. 실력 발휘 좀 해봐야겠어!"

"어찌 그리 위기감이라고는 하나도 없는 건지. 지금 그대가 한가로이 사냥이나 즐길 상황은 아닐 텐데?"

"알아요, 다 알아. 헌데 이런 기회 있을 때 탁 트인 곳에서 몸도 풀고 그러는 거지."

"사냥이라면 어떤 사고가 있을지도 모르고."

"단 한 번도 사고가 있었던 적 없으니 걱정 말아요. 사냥하는 이들을 지키는 군사만도 기십이 따라가는데."

국천은 활시위를 당겨보며 정신이 팔린 아련을 불안하게 쳐다보았다. 그가 사냥에서 살펴야 할 것은 여우가 아니라 아련이었다.

***

　아련이 새 사냥복을 맞추고, 활을 정비하며 시간을 보내는 사이 어느덧 사냥 날이 다가왔다.

　단심은 아련의 새 사냥복을 받으러 침방에 들렀다.

　아련의 사냥복을 만든 침선장(옷을 만드는 장인)의 안색이 좋지 않았다. 단심이 침선장의 눈치를 보며 물었다.

　"왕자마마의 사냥복을 찾으러 왔소만."

　"아, 여기 있소."

　"침선장은 연신 고개를 갸웃거리며 무언가를 찾는 듯했다. 그의 이상한 행동이 신경 쓰였던 단심은 옷을 받아 가려다가 되물었다.

　"왜, 무슨 일이라도 있소?"

　"아니, 보통 사냥복은 상할 염려가 있어 두 벌씩 만들어 두는데, 왕자마마의 사냥복 중 한 벌이 아무리 찾아도 보이질 않아서. 색과 문양이 특이하여 다른 이가 입지도 못할 텐데."

　"아, 뭐 어쩔 수 없지요. 한 벌이면 일단 괜찮으니…. 나중에 다시 만들어 두시면 되겠네."

　"그래야 할 것 같소."

　왕자의 나머지 사냥복을 찾느라 분주한 침선장을 뒤로 하고 단심은 새 사냥복을 전하러 걸음을 옮겼다.

　아련은 새 사냥복을 입고 머리에 깃털이 달린 장식까지 하고는 마음에 쏙 드는 듯 행색을 이리저리 살폈다. 국천은 이미 열 번은 더 이야기한 '예쁘네. 잘 어울려'를 무한 반복하며 질린 표정으로 서 있었다.

"예쁘네. 잘 어울려."

아무 감흥 없는 국천의 목소리가 마음에 들지 않았던 아련은 그를 옆 눈으로 째려보았다.

"어떻게 예쁜데요?"

"매우. 아주. 정말."

"영혼이 없어. 영혼이."

"맞아, 혼이 빠질 지경이야."

"잘 좀 봐요. 내가 정말 특별히 주문한 사냥복인데."

"단심의 말에 의하면, 매년 '정말 특별히 주문한' 사냥복이 의복 창고에 가득하다던데."

"멋 부리고 백성들 앞에 나서는 게 얼마 만인데요! 내가 딱 나서면 저자의 백성들이 벌떼처럼 몰려들어서 막 울고불고 우리 왕 자님 그런다니까."

국천은 더는 아련의 생색을 못 들어주겠다는 듯 손사래를 치며 도망가려 했다. 아련은 도망가려는 그의 허리를 확 붙들어 안으며 씩 웃었다.

"우리 지공도 이리 차려 입으니 여우 열 마리는 잡을 용맹한 사냥꾼 같네요."

"그대의 차림을 보아 하니 여우 잡는 데는 전혀 관심 없어 보이는데?"

"뭐, 내가 안 잡아도 다들 잘 잡더라고요. 죽어라 도망치는 여우에게 활을 쏘는 것도 그다지 기분 좋은 일은 아니고."

국천은 아련의 머리 장식을 반듯하게 잡아주며 손으로 그녀의 얼굴을 쓸어내렸다.

"조심해야 해. 내가 아무리 그대 곁에 있다 하더라도. 조심, 또 조심."

"애 취급하지 말아요."

서로를 그윽하게 바라보던 국천과 아련은 왕자궁 바깥의 소란을 느끼고 밖으로 나왔다.

대승상 유정을 비롯해 무관들이 사냥복을 입고 대기했다.

유정이 준비된 말을 대령하며 아련에게 인사를 했다. 말에 올라탄 아련이 고갯짓을 하자 모두가 일사분란하게 움직이기 시작했다.

사냥을 나선 일행들은 궐을 빠져나와 저자를 지났다. 백성들이 사냥 행렬을 구경하려 몰려와 있었다. 그들 대부분은 태양의 아이를 기다리는 것이었다. 감히 아련의 얼굴도 제대로 쳐다보지 못했지만 아련의 행차는 백성들에게 큰 구경거리이자 소원을 비는 자리이기도 했다.

백성들에게 손을 흔들어주던 아련은 국천을 보며 어깨를 으쓱했다. 잘난 척하는 표정까지 곁들여서. 국천은 아련의 장난에도 아랑곳 않고 주위를 경계하느라 눈빛이 더욱 매서워졌다.

사냥터에 도착한 군사들이 먼저 주변 경계를 위해 일제히 달려

나가기 시작했다. 정찰이 어느 정도 완료되자 군사 하나가 커다란 뿔 나팔을 꺼내 불었다.

뿌우!

사냥의 시작을 알리는 신호였다. 유정이 무관들과 군사들을 향해 외쳤다.

"군사들은 왕자마마의 주변을 떠나지 말라! 그리고 가장 큰 여우를 잡아 여왕 폐하께 충성을 보이라!"

유정의 말이 끝나기도 전에 아련은 고삐를 당기며 달려 나갔다. 국천도 아련을 따라 달리기 시작했다.

아련과 국천, 무관들이 거의 사냥터 안으로 들어가자 유정도 말고삐를 당기며 천천히 숲속으로 들어갔다. 누구도 듣지 못한 유정의 낮은 목소리에 먼발치의 수풀이 움직였다.

"이제 여우사냥을 시작해볼까."

아련과 국천이 간 반대 방향으로 말을 탄 사람의 형체가 획, 지나갔다. 그는 아련과 같은 사냥복을 입고, 같은 털색을 가진 말을 타고 있었다.

산과 숲 곳곳에서 여우들의 울음소리가 들려오기 시작했다. 아련과 국천은 소리를 따라 고삐를 더욱 세게 당겼다.

비타 창하

아련은 사위가 조용해졌음을 느끼고서야 슬슬 말을 멈추었다.

그녀의 옆에는 국천밖에 없었다. 그녀는 따라오는 군사들을 따돌리기 위해 일부러 산속 여기저기를 마구 헤매듯 달려온 것이었다.

아련은 말에서 내려 나무에 고삐를 잘 묶어두고는 만족스런 마음에 두 팔을 크게 벌리며 콩콩 뛰었다.

국천도 말에서 내리며 아련의 유치한 행동이 어이없단 듯 웃었다.

"사냥을 하러 와서는 술래잡기나 하고 있군."

"사냥이란 본래 여럿이 우르르 몰려다니면 안 되는 거예요. 고독한 기다림! 그것이야말로 사냥꾼의 미덕이라고요."

"허, 그대의 모습은 그저 어른들 눈을 피해 뛰어 놀고 싶은 어린애 같은데?"

"어른은 무슨…. 내가 누굴 피할 급은 아닌데."

사삭.

수풀이 움직이며 작은 짐승이 지나가는 소리가 들렸다. 국천은 몸을 낮게 숙이며 활을 꺼내 들었다. 아련은 활에는 손도 대지 않고 옆에 있는 돌멩이 하나를 집어 들더니 수풀 속으로 휙 던졌다. 아련이 돌을 던지자 놀란 노루 두 마리가 후다닥 도망쳐버렸다.

"뭐하는 거야?"

"어머, 나는 딱 맞출 수 있을 줄 알았는데. 생각보다 날렵한 노루일세."

"장난해? 고독한 기다림 어쩌고 하더니 애당초 사냥할 마음도 없구만?"

아련이 씩 웃으며 앞장서 걷기 시작했다.

"배가 고파 잡아먹을 것도 아니고, 뭐 하러 애먼 짐승 쏘아 죽이냐고요. 산은 본래 눈으로 보고, 귀로 듣고, 코로 냄새 맡는 게 가장 좋은 법이에요."

"어이가 없군. 그러니까 그냥 산행이나 하다 가자?"

"하고 싶은 게 있어요."

아련이 눈을 말똥하게 뜨며 국천을 보았다. 국천은 아련의 다음 행동을 도무지 예측할 수 없었다.

"뭘 하고 싶은데?"

"흐흐…."

아련이 느닷없이 숲속을 깡총거리며 달리기 시작했다. 그녀는 국천을 힐끔 돌아보며 할 수 있는 한 최대로 상큼하고 귀여운 목소리를 냈다.

"나 잡아 봐아아라!"

국천은 아련을 쫓지 않고 멍하니 뛰어가는 그녀를 보고만 있었다. 국천이 자신을 따라오지 않자 아련도 멈춰 서서 국천을 팩 노려보았다.

"어쩌라고?"

"나. 잡. 아. 봐. 라! 월국의 백성들이 그대를 모태홀로라고 하더니만… 쯔쯧, 다 이유가 있네. 내가 이렇게 뛰면 허허 웃으면서 달려오고, 나를 확 붙들어 껴안고. 그러면 되는 건데!"

국천은 도무지 이해가 되지 않는다는 듯 인상을 쓰며 고개를 흔들었다.

"어찌 아무 의미도 없이 그리 힘을 빼려는 것인지. 그대가 먹어치운 산속의 풀과 고기에게 사과할 일이야."

아련은 국천을 잡아먹을 듯 노려보고 있었다. 국천은 그제야 마지못해 느릿느릿한 걸음으로 다가갔다.

아련은 국천의 미적지근한 반응이 얄미워 혀를 쭉 내밀었다.

"사내가 이리 눈치도 없고 기운도 없으니 인기도 없는 거죠!"

"뭐라?"

"진짜 매력 없어. 매력이 없으면 체력이라도 있어야지."

국천을 놀리던 아련이 후다닥 달리기 시작했다. 국천의 눈빛에 승부욕이 피어올랐다.

"잡히면."

"뭐라고요? 안 들려!"

"죽는다."

국천이 아련을 향해 전속력으로 달려 나갔다. 국천이 자신을 잡아먹을 듯 쫓아오자 아련도 덩달아 미친 듯이 달렸다. 웃자고 한 놀이가 죽자고 뛰는 경주가 되어버렸다.

국천과 아련은 두 마리의 짐승처럼 바위와 나무 사이를 요리조리 피하며 산속을 달렸다.

그때였다. 앞뒤 없이 달리던 아련이 눈앞에 절벽을 보고 급히 멈추려 했지만 이미 늦어버린 후였다.

"꺅!"

"조심해!"

절벽으로 뚝 떨어지는 아련을 향해 국천이 손을 뻗어보았지만 닿지 않았다. 국천의 안색이 창백해졌다. 그는 아련을 찾으려 절벽 아래를 눈으로 쫓았다.

"여기요!"

아련의 목소리였다. 다행히 절벽 중간에 튀어나온 부분이 있었다. 그곳에는 작은 동굴이 있었고, 아련은 동굴로 굴러 떨어진 것이었다.

"신이시여, 감사합니다…."

국천은 괜한 장난으로 아련을 허망하게 잃을 뻔한 자신을 탓하며 쌩쌩한 아련의 목소리에 감사하고 또 감사했다.

"괜찮은 거야? 다친 곳은 없어?"

아련이 기어 나와 국천을 향해 손을 흔들었다. 손바닥과 팔꿈치가 조금 까지긴 했어도 크게 다친 곳은 없었다. 떨어진 높이를 감안하면 천만다행이었다.

"괜찮아요! 근데… 어떻게 다시 올라가죠?"

아련이 민망한 표정으로 국천을 올려다보았다. 국천은 배시시 웃는 아련의 얼굴을 보고 기가 막혀 웃음밖에 안 나왔다.

***

국천과 아련이 절벽에서 곤욕을 치르고 있을 동안, 그들이 있는 곳과는 정반대 지점에서 군사들이 무언가를 쫓아 달리고 있었다.

"이쪽이다! 왕자마마의 말이 달리는 것을 보았다!"

"왕자마마 맞아? 아깐 저쪽으로 가시는 것 같던데."

"눈에 띄는 사냥복을 입지 않으셨나. 이쪽으로 가는 것을 보았어."

"이렇게 좌충우돌하시니 우리만 죽어나지."

"또 놓치면 대승상 불벼락이 떨어질 텐데."

군사들이 달리는 곳에서 얼마 떨어지지 않은 곳에 아련과 같은 사냥복을 입은 사람이 말에서 휙 뛰어내렸다. 월국의 만월 축제 때 늑대탈을 쓰고 있던 마진이었다.

그는 사냥복을 홀러덩 벗어 바위 아래 깊숙이 쑤셔 넣어버렸다. 나무에 말고삐를 묶은 마진은 땅에 납작 엎드린 자세로 가만히 눈을 감고 귀를 쫑긋거렸다.

"찾았다."

마진이 눈을 번쩍 뜨며 비릿한 미소를 지었다. 그는 주위를 휙 둘러보더니 이내 달리기 시작했다. 말을 타고 달릴 때보다 몇 곱절은 빠른 속도였다.

순식간에 마진이 사라져버린 숲속 곳곳에서 왕자를 찾는 군사들의 목소리가 웅성웅성 들려왔다.

***

아련은 뭔가 잡고 올라올 만한 것을 찾으러 간 국천을 기다리며 동굴 앞을 서성였다. 동굴 입구는 작았지만 깊이는 가늠할 수 없을 정도로 깊어 보였다. 괜스레 안쪽을 기웃거렸다.

아, 하고 소리도 내어보았다. 돌아오는 것은 희미한 메아리뿐이었다. 아련은 문득 온몸에 한기가 오르는 것을 느꼈다. 누군가 지켜보고 있기라도 한 것처럼. 괜히 큰 소리로 기침을 하며 동굴 밖으로 나가려 했다. 그 순간, 누군가 아련의 입을 틀어막으며 그녀를 동굴 안으로 쑥 끌어당겼다.

당황한 아련이 필사적으로 발버둥을 쳤다. 그녀를 뒤에서 덮친 괴한의 목에 걸린 나무 목걸이가 눈에 들어왔다. 마진은 아련의 복부를 사정없이 강타했다. 날카로운 고통이 그녀의 몸으로 퍼져나갔다.

결국 아련은 정신을 잃고 마진의 억센 손에 이끌려 동굴 안으로 끌려 들어가고 말았다.

국천은 기다란 나무줄기 몇 개를 엮어 꽤 긴 밧줄을 만들었다. 이 정도면 충분히 닿을 길이가 될 것이었다. 국천은 서둘러 절벽으로 돌아와 아련에게 소리쳤다.

"이봐, 내 이것을 던져줄 테니…."

아련이 보이지 않았다. 국천은 몇 번이나 더 아련을 불러보았으나 아무 대답도 없었다. 그녀가 스스로 올라왔을 만한 흔적도 없었다. 애초에 가능한 일도 아니었다.

국천은 이상한 낌새를 느꼈다. 그는 밧줄을 나무에 묶고 직접 동굴이 있는 곳으로 내려갔다. 어디에도 아련이 없었다. 아뿔싸, 국천의 심장이 철렁 내려앉았다.

국천은 동굴 안을 들여다보았다. 동굴 안에서 눈에 익은 물건이 보였다. 아련이 국천과 함께 만들어 찼던 팔찌였다. 강제로 잡아 뜯긴 듯 망가진 팔찌를 보자 국천은 망설임 없이 달리기 시작했다.

아련은 동굴 깊은 곳으로 끌려가고 있었다. 온통 어둠뿐인 동굴 속은 미로처럼 복잡했다.

마진은 아련을 어깨에 들쳐멘 채 익숙하게 방향을 잡아 달렸다.

정신이 든 아련이 눈을 떴다. 손과 발이 포박되어 있다는 사실을 깨달은 그녀는 입에 물린 재갈이라도 풀어보고자 온 힘을 다해 봤지만 소용없는 일이었다.

아련이 정신이 들었음을 눈치 챈 마진이 그녀를 바닥에 팽개치듯 내려놓았다. 아련은 그제야 마진의 얼굴을 보았다. 그녀의 기억 속에는 없는 이였다. 대체 무슨 이유로 자신을 납치한 것인가. 이자가 원하는 것은 무엇인가. 아련은 머릿속이 혼란스러웠다.

마진은 아련의 얼굴 가까이에 제 얼굴을 들이대며 웃었다. 아련은 머리끝부터 발끝까지 소름이 돋는 기분이었다.

"이쯤이면 되려나."

"읍읍!"

"풀어주고 싶지. 근데 풀어주면 시끄러울 거잖아."

"읍!"

"죽고 나면, 그때 풀어줄게. 어떻게 된 게 다들 죽어야 조용하더라고."

아련은 그의 목소리에서 단 한 번도 느껴본 적 없는 무자비한 살기를 느꼈다. 공포가 엄습해왔다.

아련은 조금이라도 그에게서 떨어져보려 온몸을 꿈틀거리며 움직였다. 그녀를 찾고 있을 국천이 떠올랐다. 제발 그가 찾을 때까지 살아있어야 했다.

마진은 그녀의 몸부림이 재미있다는 듯 이죽거리며 가만히 지켜보았다. 이미 잡은 고기를 어찌 잡아먹을까 기다리는 굶주린 짐승처럼.

"아, 지금 바로는 아니야. 이 상황을 정리해줄 범인도 등장하셔야 하고, 증인들도 불러야 하고."

"...?"

"궁금해? 궁금하긴 하겠네. 딴 것도 아니고 네 목숨이 날아가는 마당인데. 그치? 비밀인데 내가 하나만 알려줄까?"

아련은 어떻게든 이 상황을 벗어나고자 뒤로 묶인 손을 휘저으며 무언가 잡히기만을 간절히 바랐다. 포박된 손만 풀 수 있다면 살길이 생길 수도 있었다. 마진은 아련의 절박함이 우습다는 듯 무시하며 말을 이었다.

"영광스런 태양의 아이시잖아. 근데 그게 누군가에게는 영광이 아니라 방해가 될 수도 있는 거거든. 근데 또 이게 아무데서나, 아무렇게나 죽여버릴 순 없고. 그러니 잘 짜여진 판이 좀 필요한 모양이야."

아련의 손에 날카롭게 갈린 돌 하나가 잡혔다. 아련이 손목을 묶은 줄을 끊으려 하는 그 순간, 마진이 그녀의 손에서 돌을 휙 빼앗으며 그녀의 뺨을 후려쳤다. 아련의 몸이 휘청하며 옆으로 쓰러지고 말았다.

"쫌! 가만히 있으라니까. 말을 하면 들어 처먹어야지. 안 그래도 곧 죽을 거야, 응? 근데 우리 왕자님이 죽으면 누가 죽였나 하고 사람들이 궁금하지 않겠어? 딱 그때! 왕자님이랑 붙어 다니는 그 월국놈… 그놈이 범인으로 딱이란 말이지."

"…!"

"그리 멍청해보이진 않았으니까 곧 있음 나타날 거야. 뭐 바로 정리하고 떠도 되는데, 나도 간만에 나들이라서. 나랑 조금만 더 놀다가 하직하시면 돼. 응?"

동굴 안을 헤매던 국천의 눈에 아련의 벗겨진 신발이 눈에 들어왔다. 그리고 조금 더 가니 아련의 깃털장식이 보였다. 마치 누군가 일부러 흘리기라도 한 것처럼 국천에게 길을 인도하고 있었다. 하지만 국천은 그것들을 차분히 의심할 여유가 없었다. 당장 그녀를 찾아야 했다.

국천은 허리춤에 찬 검을 뽑아들었다. 누구라도 눈앞에 나타난다면 모두 베어버릴 듯한 살기였다.

눈에 보이는 것도, 들리는 것도 없었다. 검을 쥔 국천의 손이 분노로 떨려왔다. 그러다 문득 동굴 벽의 무언가가 반짝 빛나는 것을 보았다. 그리고 그제야 깨달았다. 이곳은 아련과 국천이 함께 왔던 망양굴이었다.

마진은 기다리기 지루하다는 듯 하품을 하며 기지개를 켰다. 곧 품에서 날카로운 단도를 꺼내들었다.

"이제 그만 정리하고 사라질 때가 되었네. 잘 가쇼."

마진이 아련을 향해 다가왔다. 이럴 때 태양의 아이의 힘이 발휘되기라도 한다면 얼마나 좋을까. 하지만 깊은 어둠 속에서 그녀는 오히려 몸의 기운이 다 빠져나가는 듯했다.

마진이 있는 힘껏 단도를 내리 꽂으려는 그 순간, 아련은 모든 것이 끝났다 여기고 눈을 질끈 감아버렸다. 그녀는 국천이 나타나지 않기만을 바랐다. 그녀가 죽고 난 후, 국천이 죄를 뒤집어 쓸 것을 생각하니 죽는 것보다 더 두려웠다.

픽!

그녀의 심장을 겨냥한 단도의 날카로움이 느껴지지 않았다. 그녀는 살며시 눈을 떴다. 눈앞에 믿을 수 없는 광경이 펼쳐져 있었다. 마진이 동굴 벽에 몸을 처박고 쓰러져 있었고, 그 앞에는 국천보다도 더 큰 키와 덩치를 가진 사내가 무심한 표정으로 마진을 보며 서 있었다.

난데없는 상황에 얼이 빠진 마진이 무작정 사내에게 덤벼들었다.

"넌 뭐야? 이 새끼, 죽고 싶구나!"

마진이 엄청난 속도로 사내에게 단도를 휘둘렀지만 그는 유연하게 피해내며 얼굴을 큰 주먹으로 내리 찍었다. 어찌나 세게 내리쳤는지 두개골이 부서지는 듯한 소리가 날 정도였다.

마진이 정신을 잃고 쓰러지자 사내가 무심한 눈길로 아련을 돌아보았다.

그는 우악스러운 손놀림으로 아련의 손을 묶은 줄을 획 뜯어버렸다. 아련은 서둘러 재갈을 빼며 다그치듯 물었다.

"누구시오?"

"…"

검게 그을린 얼굴에, 커다란 손을 가진 시원한 눈매의 사내였다. 제대로 정돈된 복색이 아닌 천을 대충 기워 만든 옷을 입었다. 그는 꾸물거리며 일어서려는 마진에게 시선을 옮겼다. 초주검이 된 마진이 비겁하게 목숨을 구걸하며 도망치려 했다.

"살려 주십쇼…. 목숨만…."

사내가 관심 없다는 듯 마진에게서 등을 돌리자 마진이 마지막 힘을 짜내어 그의 등에 단도를 꽂으려 했다. 마진의 행동을 알아챈 아련이 큰 소리로 외쳤다.

"조심해요!"

돌아본 사내는 마진의 목을 움켜쥐며 단도를 빼앗아버렸다. 그리고는 마진의 단도로 그의 목을 베어버리려 했다.

"죽이면 안 돼요! 그자는…."

사내는 아련의 말을 무시하고 그대로 마진의 목에 검을 박았다.

마진의 목덜미에서 피가 콸콸 쏟아지며 그의 몸뚱어리가 축 처졌다. 사내는 피가 뚝뚝 떨어지는 손으로 아련에게 다가왔다.

"왜 죽이면 안 되지?"

사내의 입가에 옅은 미소가 걸렸다. 아련은 정말 궁금하단 듯 자신을 빤히 보는 사내의 눈빛이 섬뜩했다. 그의 눈빛은 다른 곳을 볼 수 없게 하는 마력이 있었다. 아련의 몸이 덜덜 떨려왔다. 그때, 익숙한 목소리가 동굴 안을 울렸다.

국천이었다. 국천은 피가 낭자한 처참한 상황을 보자마자 사내에게 검을 겨누었다.

아련의 곁으로 다가와 그녀 앞을 막아섰다.

긴장감이 흐르는 가운데 국천은 아련의 얼굴을 흘깃 보았다. 뺨이 벌겋게 부어 있었다. 가슴을 동여맨 흰 천이 드러날 만큼 헝클어진 매무새와 떨고 있는 그녀의 손을 보자 국천은 저절로 이가 갈렸다.

우웅.

국천의 검이 매서운 검기를 뿜어냈다.

아련은 국천의 손이 얼음장보다 더 차갑게 식는 것을 느꼈다. 아련이 알던 국천이 아니었다. 당장이라도 모든 것을 얼려버릴 듯한 국천의 냉기가 두려워질 정도였다.

아련은 국천의 손을 더 세게 쥐었다. 그녀의 온기가 그에게 조금이라도 닿길 바라는 바람이었다. 아련의 입에서 가느다란 쇳소리 같은 음성이 흘러나왔다.

"저 사람이 아니에요. 나를 해치려던 자는 이미 죽었어요…."

아련이 손가락으로 구석에 쓰러져 있는 마진을 가리켰다.

국천과 사내의 시선이 마진의 주검으로 향했다. 그리고 그 순간 마진의 주검이 꿈틀거리며 관절이 마구 비틀렸다. 그의 시체는 순식간에 검회색의 늑대로 변하였고, 늑대는 금세 먼지가 되어 공중으로 흩어져버렸다.

내내 무표정하던 사내의 미간이 찌푸려졌다. 사내는 늑대와 국천, 아련을 번갈아보며 흥미롭다는 듯 입을 열었다.

"인간의 살기를 가진 늑대라…. 장벽을 넘은 자들인가?"

사내는 국천에게 한 걸음 슬며시 다가섰다. 마치 신기한 구경거리라도 만났다는 듯이.

국천의 검 끝이 사내의 턱에 닿을 거리였지만 사내는 그저 상대를 빤히 바라만 볼 뿐이었다. 고요한 듯해도 두 사내를 휘감은 기운은 팽팽한 적의를 품고 있었다. 아련은 마진의 목숨을 단숨에 끊어버린 사내의 힘을 보았기에 작금의 상황이 한없이 두려웠다. 그녀는 두 사내의 기운에 압도되지 않으려 애를 쓰며 힘겹게 몸을 일으켰다. 그녀가 국천의 손을 잡아당겼다.

"저 늑대를 죽이고 나를 구해준 사람이에요. 검을 거두어요, 지공."

사내는 이 상황이 불편한 듯 손등으로 국천의 검을 툭 쳐내며 국천의 몸 쪽으로 휙 다가왔다. 순간의 일이었다. 사내가 손바닥으로 국천의 멱살을 잡아채려 했다. 국천은 아련의 손을 놓았다. 그대로 몸을 뒤로 젖히며 잡고 있던 검을 회전시켜 사내의 어깨를 베어버렸다.

사내는 가까스로 국천의 검을 피했다. 하지만 온전히 피하지는 못했는지 사내의 어깻죽지에 붉은 실금이 생겨났다.

국천의 표정에는 어떤 감정의 변화도 없었다. 개미 새끼 한 마리라도 아련을 위협하는 것이 있다면 일말의 자비도 허락하지 않을 것이었다.

자신의 어깨에 난 상처를 슬쩍 본 사내의 눈썹이 씰룩였다. 저 앞에서 이 정도 버티는 강한 상대를 만난 것이 참으로 오랜만이었다. 사내는 주먹을 쥐었다 폈다 하며 새어나오는 웃음을 참지 않았다.

다급해진 아련이 가누기도 힘든 몸을 움직여 온 힘을 다해 물었다.

"당신의 정체를 밝혀주시오. 목숨을 구해준 일은 내 반드시 사례할 일이오만, 만약 우리에게 위해를 가할 셈이라면… 서로가 온전히 이곳을 벗어날 수는 없을 것이오."

사내는 아련의 얼굴을 빤히 보았다. 그리고 국천을 보더니 이상한 듯 고개를 갸웃거렸다.

"태국의 여인과 월국의 사내라. 그냥 지나치기엔 정말 신기로운 조합인데?"

계속해서 이죽거리기만 하는 사내의 태도에 국천은 검을 고쳐 잡았다.

"그러는 넌 누구지?"

그때 아련의 눈에 들어오는 것이 있었다. 사내의 손목에 그려진 문신. 분명히 아련이 알고 있는 것이었다. 그것은 지난날 아련이 망양굴에서 보았던 문양과 같은 모양이었다.

"손목의 그 문신. 당신… '바타'로군요."

멈칫거리는 사내의 얼굴에 놀란 기색이 역력했다. '바타'의 문양을 아는 태국의 여인이라. 바타의 전설을 아는 이는 많았으나 그 문양을 알고 있는 자들은 한정되어 있었다. 사내는 아련이 필시 그들의 기록을 가지고 있는 왕실 소속의 사람임을 직감했다.

"태국의 왕족이라도 되는 건가."

아련은 사내의 눈을 똑바로 바라보았다. 그리고 어깨를 곧추 세우며 한마디 한마디 힘을 주어 뱉었다.

"태국의 영토 가장 끝에서 왕실의 통치가 닿지 않는 자유의 삶을 살겠다 선언한 자들이 아닌가. 어찌 태국의 수도까지 온 것인가?"

사내는 아련의 근엄한 말투가 웃겨 죽겠다는 듯 크게 웃어재꼈다. 그러더니 이내 차가운 말투로 아련에게 이야기했다.

"하하하, 왕실의 통치가 닿지 않는 삶? 우리가 뭘 선언을 해? 그저 불모의 땅에 버려둔 것이 아니고?"

국천은 아련을 비웃는 사내의 태도가 마음에 들지 않았지만 그에게서 뿜어져 나오던 미묘한 살기가 사라졌음에 그나마 안도했다.

사내는 여전히 이 상황이 우습다는 듯 빈정거렸다.

"태국의 어린 왕족이라고는 왕자 하나뿐인 줄로 아는데. 이제 보니… 왕자가 아니라 공주였나 보군?"

사내가 아련을 가까이 보려 다가오자 국천의 검이 사내의 목젖에 겨누어졌다. 사내가 침만 꿀꺽 삼켜도 목이 베일 정도로 국천의 검에는 힘이 실려 있었다. 국천이 낮은 목소리로 으르렁거렸다.

"장난질 그만하고, 바타인지 뭔지 가던 길을 가는 것이 어떤가?"

사내에게서는 더 이상 어떤 적의도 느껴지지 않았다. 국천은 사내가 갑작스레 적의를 감추고 반응하지 않는 것이 더 수상했다. 사내는 한 걸음 물러나며 양 손바닥을 펼쳐 보였다. 진정하라는 표시였다.

"왕족과 척을 질 생각은 없으니 그만하지. 나 또한 눈에 띄어 좋을 일이 없거든."

사내가 시원하고도 깊은 눈매로 미소를 지었다. 지금까지는 큰 덩치의 산짐승 같기만 하던 사내에게서 때 묻지 않은 순수가 느껴졌다.

"혹시… 이 망양굴이 바타들의 땅과도 연결이 되는 것이오?"

아련의 물음에 사내는 어깨를 으쓱하며 대답하지 않았다. 그리고는 크게 기지개를 켜며 옷을 툭툭 털었다. 이제 그만 가봐야겠다는 듯.

"나온 김에 일경까지 구경이나 갈까 했는데, 시간이 지체되어 안 되겠군. 그래도 꽤 재미있었소. 지금부터 서로 갈 길 가는 걸로 합시다."

아련은 국천을 향해 고개를 끄덕였다. 이제 그만 동굴을 나가야 한다는 신호였다.

사내는 국천과 아련을 뒤로 하고 지체 없이 동굴 안쪽으로 돌아서 걸어가기 시작했다. 아련은 사내의 등 뒤에 대고 말했다.

"목숨을 구해준 것은 감사하오! 잊지… 않으리다."

사내가 걸어가며 대답했다.

"인사는 차차 받도록 하지!"

"…?"

"태양이 없는 굴이니 조심해서들 가시오."

"이보시오!"

아련이 그를 불러 세웠다. 사내가 몸을 돌려 아련을 보았다.

"이름이 무엇이오? 그대의 이름이라도 알아두어야 내 추후에라도 보답을…."

"…."

사내가 자신을 미덥지 않게 바라보는 국천의 눈빛을 느끼고는 입을 열었다.

"…창하."

사내는 그대로 몸을 돌려 동굴 안 어둠 속으로 사라져갔다.

창하가 사라지자 아련은 동굴 안에 국천과 단 둘뿐이라는 것을 깨닫고 그제야 안도의 숨을 내쉬며 주저 앉아버렸다. 목숨이 하늘로 붙었다 땅으로 붙었다 한 차례 태풍이 쓸고 지난 간 듯한 기분이었다.

국천은 주저앉은 아련에게 겉옷을 벗어 걸쳐주었다. 아련이 고개를 빼꼼 들어 국천을 바라보았다. 그리고는 서 있는 국천의 다리에 머리를 기대었다. 온몸의 기력이 다 빠져나가는 듯했다. 그녀를 숨 막히게 했던 공포와 긴장도 동시에 사라져갔다.

"살았다."

그녀의 낮은 읊조림에 국천은 그녀를 마주보고 쭈그려 앉았다. 헌데 가늘게 뜬 국천의 눈빛에 무언가 불만이 서려 있었다. 아련은 평소 같지 않은 국천을 의아하게 쳐다보았다.

"왜요?"

"목숨을 구해준 이에 대한 고마움이 아. 주. 대단하더군?"

"네?"

"생각해보니 나와 처음 만났을 때도, 내가 그대를 구해주니 나의 이름을 물었지? 하, 내가 모태홀로가 맞긴 맞지. 그리 순진한 얼굴로 사내의 이름을 척척 물으며 보답이 어쩌고…. 참 나."

"아니, 그것은 목숨을 구해준 것도 고맙긴 한데 바타를 처음 보아 신기한 마음에…."

"두 번 신기했다가는 무예 스승 삼겠다 모셔가겠어?"

국천이 벌떡 일어나 아련을 쳐다보지도 않고 손을 내밀었다.

"일어나. 돌아갈 시간이야."

아련은 삐친 국천의 모습이 생소했다. 한 번도 그녀에게 사소한 감정의 흔들림을 보인 적 없는 국천이 질투를 다 하고 있지 않는가!

언제나 눈앞에 닥친 어마어마한 일들에 묻혀 평범한 연애는 없을 것 같던 두 사람 사이에 복잡하고도 미묘한 연인의 감정이 피어올랐다. 아련은 이 순간이 왠지 싫지 않았다. 그녀는 괜히 더 응석을 부리고 싶었다. 팔과 다리를 축 늘어뜨리고 불쌍한 척 국천을 바라보았다.

국천은 아련을 얄밉다는 듯 바라보면서도 내심 걱정이 되는 듯 이리저리 살폈다.

"왜, 못 걷겠어?"

"당연하죠. 내가 오늘 이리 치이고, 저리 차여서 얼마나 힘들었는데…."

국천이 깊은 한숨을 쉬었다. 그가 절대 못 본 척 넘길 수 없는 아련의 저 미소, 눈빛. 그는 당할 재간이 없다는 듯 아련 앞에 몸을 낮춰 앉았다.

"업혀."

"그럴까요?"

아련이 축 늘어뜨리고 있던 팔을 잽싸게 뻗으며 국천의 등에 폴 짝 뛰어 업혔다.

국천은 아련을 업은 채로 동굴 밖으로 천천히 걸어 나갔다. 아련은 국천의 넓은 등에 얼굴을 대고 편안한 듯 눈을 감았다.

망양굴 바깥 멀지 않은 곳에 유정이 군사들과 함께 있었다.

한차례 몸을 부르르 떨던 유정은 말에서 내리더니 맨주먹으로 나무를 부서질 듯 쳤다.

"못난 놈….."

유정은 마진의 기운이 이 세상에서 완전히 사라져버렸음을 느 꼈다.

아련 혼자 그를 처치할 순 없었을 테고, 국천의 짓일 것이다. 아 련을 죽이고 바로 사라지라 그리 당부했건만, 그의 방심이 화를 부른 게 분명했다. 물론 아직 확신할 수는 없었다. 일단 확인을 해 야겠기에 유정은 군사들을 이끌고 망양굴로 향했다. 하지만 일이 틀어져버렸을 것 같다는 불안을 떨칠 수 없었다.

국천의 등에 업힌 채 동굴을 빠져나오던 아련은 무언가 생각 난 듯 발을 구르며 국천의 등을 때렸다. 국천은 갑작스런 아련의 발버둥에 놀라 넘어질 뻔했다.

"생각났어. 생각났어요!"

"아니, 대체 뭐가 생각이 났기에 이리 방정이야!"

"창하. 그 이름!"

"뭐? 이 여인이 정말 보자보자 하니까. 내 등에 업혀 딴 놈 생각을 하고 있었단 말야?"

"아니, 그런 것이 아니라. 창하, 그 이름이 뜻하는 것!"

"그게 뭔데?"

아련은 국천의 등에서 내려와 자신이 기억해낸 사실을 국천에게 말해주려 안달이 났다.

"바타들의 수장. 대대로 이름을 물려주는 것이 그들의 풍습이라고요. 그러니까 우리가 좀 전에 만난 그 사내가 일명 죽음의 왕, 창하라고요!"

"그게 그리 대단한 일인가?"

"당연하죠! 일경에 바타들의 대장이 나타났는데."

국천과 아련이 한참 실랑이를 하는 그때, 동굴의 입구에서 인기척이 느껴졌다.

국천은 아련의 입을 막고 귀에 속삭였다.

"늑대가 말한 증인들이 왔나 보군."

아련의 눈빛이 반짝였다. 마진이 이야기했던 가짜 범인은 국천이었고 이를 지켜볼 증인들이 나타날 것이라 했었다. 그렇다면 지금 저 앞을 지키고 서 있는 자가 마진과 내통한 그 증인일 것이라.

동굴 입구에서는 유정과 군사들이 진을 치고 기다리고 있었다. 군사들이 근방을 다 뒤지고 나서 집결한 곳이 바로 동굴 입구였다. 유정은 마치 누군가를 기다리는 것처럼 뚫어질 듯 동굴 입구를 노려보았다. 군사들의 시선도 무엇이 나올지 모를 동굴 입구에 붙박혔다.

그리고 그때, 동굴 안에서 이쪽으로 인기척이 흘러나왔다.

따각따각.

말발굽 소리였다. 유정의 입가에 불안한 미소가 걸렸다. 하지만 유정의 경직되었던 얼굴은 금세 놀라운 표정으로 바뀌었다. 동굴 밖으로 걸어 나온 것은 창하를 필두로 한 바타들의 무리였다. 금빛 갈퀴의 위엄이 넘치는 종마를 타고 나온 창하는 동굴 앞을 지키고 서 있는 유정을 예의 그 무심한 표정으로 내려다보았다.

***

아련과 국천은 동굴을 막 빠져나오자마자 거적 같은 망토를 뒤집어쓴 노년의 여인과 마주쳤다.

여인이 망토를 조금 벗자 엉망으로 헝클어진 회백색의 머리가 드러났다. 얼굴엔 깊은 골짜기 같은 주름이 가득했지만 눈동자만은 푸른 수정처럼 빛이 났다.

아련은 자신들이 빠져나온 동굴의 출구가 장벽 근처임을 깨달았다. 망토를 쓴 여인은 아련과 국천에게 다가오지도, 물러서지도 않고 그대로 멈춰 서 있었다.

아련은 여인의 눈동자가 보통 사람과는 조금 다르단 것을 눈치챘다. 여인의 눈동자엔 검은자위와 흰자위의 구분이 보이지 않았다. 그저 먹먹한 푸른빛을 띠고 있는 눈동자는 햇살에 반사되어 빛을 내는 연못 같았다.

그녀는 앞이 보이지 않는 맹인이었다. 하지만 두 눈은 분명 한 곳을 향해 시선을 고정하고 있었다. 여인은 앙상한 손으로 엉겅퀴 같은 머리칼을 곱게 잡아 묶고는 허리를 곧게 세웠다. 국천과 아련의 반응을 가만히 기다리는 듯했다.

국천은 분명 처음 본 여인이었지만 어딘지 모를 기시감을 느꼈다. 이내 혼란함을 떨쳐버리고 그녀에게 물었다.

"장벽에 볼일이 있는 자는 아닌 듯한데, 어찌 출입이 금지된 위험한 곳에 있는 것이오?"

여인의 입가에 아주 희미한 미소가 스치듯 지나갔다.

"빈궁한 생이라도 목숨은 질긴지라, 앞도 보이지 않는 노구를 이끌고 산속에 핀 꽃과 열매를 뜯어 먹으며 연명하고 있음을 불쌍히 여겨주십시오."

말로 설명할 수는 없었지만, 아련은 여인에게서 깊은 측은함이 느껴졌다. 곤궁한 삶을 사는 백성에 대한 불쌍함이라기보다 아련의 흐릿한 기억 속 어느 곳에 자리 잡은 어떤 처연함 때문이었다.

"몸도 성치 않은 노인이 숨어 살기엔 적절치 않은 곳이오."

"오래 두고 살다보면, 지옥도 내 집이 되는 것이지요."

"나 또한 갈 길이 바쁜 탓에, 더는 묻지 않겠네."

"감사합니다."

여인의 뵈는 것 없는 눈동자가 아련과 국천을 향했다.

국천과 아련이 그녀의 등 뒤로 사라지자 여인은 그들이 사라진 쪽으로 몸을 돌려 큰절을 했다. 여인은 엎드린 채 한참을 움직이지 않다가 고개를 들어 초점 없는 눈으로 먼 곳을 바라보았다. 여인의 목소리가 듣는 사람 하나 없는 허공으로 흩어졌다.

"미천한 자가 어찌 감히 인연을 말씀 드리겠습니까. 하지만 이리 뵈오니 하늘이 아주 없는 것은 아닌가 봅니다. 어쩌면 이 죄 많은 것이 기다리던, 그때가 되었을지도…."

***

국천과 아련의 눈에 세 줄기로 피어오르는 연기가 보였다. 국천은 놀란 기색이었다. 산에 불이라도 난 것인지 염려되었다. 아련이 태연하게 설명했다.

"사냥이 끝났어요. 우리가 궐로 돌아갈 시간이 되었단 뜻이죠."

"…?"

"여우를 잡은 자들이 피워 올린 연기예요. 여왕께 진상할 만한 여우를 잡은 자는 그 자리에서 불을 피워 사냥의 성공을 기념하죠. 저 연기가 세 개가 되면 사냥이 끝나는 거고요."

"그대를 사지로 몰았던 자는 어찌할 셈인가?"

"……."

죽은 마진의 배후에는 대승상 유정이 있었다. 아련은 당장이라도 유정을 잡아들여 추국해야 할까 고민도 했다. 하지만 섣불리 나설 수 없는 일이었다. 대승상의 배후에 또 누가 있는지도 몰랐다. 머릿속에 여왕의 얼굴이 떠올랐다. 둘 사이에 무슨 일이, 혹은 어떤 관계가 있는 것인지 알기 전까지 무작정 대승상을 몰아붙이는 것은 위험했다.

확실한 건 누군가 여우사냥을 나온 왕자를 해하려 했다는 것. 그래서 아련의 심장에 날카로운 칼이 겨누어졌다는 것이었다. 불현듯 아련은 마진의 살기 어린 얼굴이 떠올랐다. 공포가 그녀의 몸을 휘감았다. 두려웠다. 태양의 아이로서 살아왔던 따스한 햇살 속의 과거가 이제는 그녀가 죽어야 할 이유가 되어버렸다.

"돌아가고 싶지 않아."

아련은 한치 앞도 가늠할 수 없는 상황과 앞날에 대한 두려움을 속으로 삭이려 했다. 그런 아련을 보는 국천의 마음이 끝없이 내려앉았다.

국천은 아련의 몸을 자신과 마주보게 돌려 세우고는 그녀의 어깨를 단단히 감싸 잡았다.

"나를 봐."

아련은 고개를 숙인 채 대답하지 않았다. 이대로 국천의 눈을 바라본다면, 그의 음성에 대답한다면 눈물이 먼저 왈칵 쏟아질 것 같았다. 누구보다 아련을 걱정하는 국천을 알기에, 그녀는 고개를 들 수 없었다.

"내가 얘기했잖아."

"…"

"그대가 가고자 하는 곳이라면 어디든 가지 못할 곳이 없고, 그대가 하고자 하는 일이라면 무엇이든 하지 못할 일이 없게 해주겠다고."

낮고 부드러운 국천의 음성에 아련의 뒤엉켰던 마음이 조였던 힘을 풀고 조금씩 느슨해져갔다.

"나 괜찮…"

국천은 그녀의 눈두덩이에 입맞춤을 하고는 말을 이어갔다.

"아니, 안 괜찮아. 괜찮은 것 하나도 없어. 그대가 해야 할 말은 '괜찮아'가 아니라 '무섭고 두렵다, 괴롭고 힘들다' 이게 맞아."

아련의 눈에서 참고 참았던 눈물이 흘러내렸다. 아련은 울지 않으려 입술을 깨물기까지 했지만 이미 터진 눈물은 속절없이 흐르고 또 흘렀다. 국천은 무릎을 꿇듯이 몸을 낮춰 무너지는 그녀를 안아주었다.

"안 괜찮아도 괜찮아. 나와 있을 때만큼은."

아련은 국천의 품에 안긴 채로 설운 울음을 쏟아냈다. 그녀는 자신의 마음을 이리 무너뜨린 국천이 야속했다. 가슴팍을 주먹으로 쿵쿵 때리는 아련을 국천은 더 세게 안아주었다.

"나 진짜 괜찮은데…. 왜… 왜 자꾸 그래요, 엉엉…."

마음속에 고여 있던 응어리를 털어내고 난 아련이 서서히 울음을 멈추며 훌쩍거리는 소리를 냈다. 그녀는 창피한 듯 국천의 눈을 피했다. 국천은 그녀의 머리칼을 귀 뒤로 넘겨주며 말했다.

"그대가 돌아가고 싶지 않다면, 나와 함께 이대로 떠나도 좋아. 내 평생 그대를 행복하게 해줄 수 있는데."

아련은 국천의 목소리에 진심을 느꼈다. 평생이라… 말만 들어도 아련의 얼굴이 붉어졌다. 아련의 손이 국천의 손 위로 겹쳐졌다. 국천을 사랑스러운 눈길로 바라보던 아련이 입을 뗐다.

"그래도… 돌아가야 해요."

"…."

"무섭다고 도망치고, 두렵다고 모른 척해서 없던 일이 되는 건 아니니까."

국천은 차마 대꾸할 말을 찾지 못했다. 아련을 안타까운 눈빛으로 바라볼 뿐이었다.

"오라비가 죽던 날, 나는 그냥, 너무 무서웠어요. 그래서 스스로 기억마저 다 숨기고 도망치려 했던 걸지도 몰라요. 지금 난 그때의 내가 후회스러워요."

"그대가 할 수 있는 건 아무것도 없었어."

"그래서 도망가지 않겠단 거예요, 지금은. 내가 할 수 있는 게 있을 것 같아서."

국천은 아련이 내민 손을 잡아 자신의 곁으로 바짝 끌어당겼다.

"그렇다면 한 번 가보고. 이 몸이 있는데, 하늘님이 온대도 무서울 것 없지."

국천과 아련은 매어두었던 말을 찾아 내달렸다. 눈부신 태양이 두 사람을 따라가듯 달라붙어 그들의 온몸을 뜨겁게 비추었다.

***

　태궁에 도착한 아련과 국천은 옷도 갈아입지 않고 여왕이 있는 대전으로 향했다. 거기서 둘은 뜻밖의 인물과 마주쳤다. 바타들의 대장, 창하였다.

　창하는 아련의 길을 일부러 막기라도 한 것처럼 큰 그림자를 드리우며 당당하게 서 있었다.

　그는 새하얀 이를 활짝 드러내고 웃었다. 건강하게 그을린 얼굴색과 대조되어 미소가 더욱 눈에 띄었다.

　아련은 확 달라진 창하의 행색에 놀랐다. 지금은 짐승의 가죽을 섬세하게 무두질해 만든 독특한 가죽옷을 입고 있었다. 굶주린 산짐승 같았던 그의 모습이 온 산을 호령하는 맹수의 왕처럼 변해 있었다. 창하는 아련에게 커다란 손을 내밀며 웃었다.

　"왕자께서 무사히 돌아오신 모양이군."

　국천이 창하의 손을 거칠게 쳐내며 불편한 기색을 드러냈다.

　아련은 국천의 팔을 움켜잡았다. 어찌된 일인지 먼저 알아야 했다.

　"바타들의 대장, 창하가 아니오. 혹자들은 그대를 죽음의 왕이라 부른다지. 일경에 나타난 이유가 태궁에 있었던 것이오?"

　"하하, 뭐 죽음의 왕씩이나…. 꿀과 젖이 흐르는 천국에서 본다면, 그리 보일 수도 있으려나. 지옥이나 다름없는 척박한 땅에서 수없이 생사를 가르며 연명해야 하는 우리들이."

　"여왕 폐하를 알현하고 나온 것이오?"

　창하의 표정이 미묘하게 일그러졌다. 그는 여왕이 있는 대전을 슬쩍 돌아보더니 다시 아련의 눈을 똑바로 보았다.

"여긴 멀쩡하군."

국천이 창하의 장난 같은 태도를 참지 못하고 몰아붙이듯 날카롭게 물었다.

"그게 무슨 말이지? 변방의 미개한 백성이 어찌 일국의 왕자 앞에 그리 오만한 태도를 보이는 것인가?"

국천의 도발에 창하는 기분이 언짢은 듯 고개를 까딱거렸다.

"지금 이곳에서 제일 이상한 건, 당신이야."

창하가 허리에 손을 올리자 가죽 옷에 가려져 있던 날카로운 표창이 비죽 튀어나왔다.

"그만!"

아련의 카랑카랑한 목소리가 두 사내 사이로 울려 퍼졌다.

"지공, 어찌 이리 경솔하게 구는 것이오. 지금 우리에게 중요한 것이 무언지 잊었소?"

"그야…."

"창하, 바타들의 대장이자 먼 곳의 백성이여. 내 그대에게 목숨을 빚진 바 감사함은 잊지 않았소만, 어찌 이리 망극한 태도로 나를 대하는 것인가? 그대가 이 일경에 온 연유를 먼저 밝히는 것이 도리에 맞는데."

"내 말을 더 하려기도 전에 저자가 먼저…."

"애초에 근본부터가 글러먹은 자이거늘…."

"이제 둘 다 그만!"

아련의 눈빛이 서늘해졌다.

국천은 더 말해보아야 본전도 건지지 못할 것임을 직감하며 허공으로 시선을 돌렸다. 하지만 창하는 오히려 아련의 당돌한 태도가 흥미로운지 즐거움을 감추지 못한 얼굴이었다.

아련은 여전히 창하가 감추고 있는 의문을 풀어야 했다.

"초면도 아니니 편히 묻도록 하겠소. 무슨 일로 이곳에 온 것이오?"

"왕자께 말하기 전에, 여왕 폐하와의 약속이 먼저요. 왕자께 득이 될지, 해가 될지는 모르겠지만."

"약속? 그게 무슨?"

"모든 걸 말할 수는 없소. 다만 분명한 것은 나를 비롯하여 함께 온 바타들이 당분간 이 일경에 머물러야 한다는 것뿐이오."

"…?"

전설처럼 전해지기만 했던 바타들이 갑작스레 일경에 나타난 것부터 그들의 수장이 여왕과 어떤 약속을 했다는 사실까지 무엇하나 짐작할 수 없었다. 허나 여왕께서 허락한 일이라면, 아련이 토를 달 수 없는 것만은 확실했다. 그러다 문득 머리를 스치고 지나가는 생각이 있었다.

창하는 아련이 늑대에 의해 목숨을 잃을 뻔한 사건을 모두 보고 겪은 자가 아니던가. 그리고 그녀가 왕자가 아닌 공주란 사실도 알고 있는 자였다. 아련은 조심스레 창하의 심중을 떠보려 했다.

"망양굴에서 있었던 일을… 여왕께 고했는가?"

"내 근자에 겪은 일 중 가장 특이한 일이라 고민했지만…."

"했지만?"

창하의 눈빛이 미묘하게 떨렸다. 아련은 창하가 뭔가를 숨기려

한단 것을 눈치 채고 그를 더욱 채근했다. 창하는 자신이 여왕을 알현했을 때 느꼈던 그 이상하고도 무거운 기운을 떠올렸다. 특히 그 대승상이라는 사내! 창하는 설명할 수 없는 위험을 느꼈다. 망양굴의 늑대에게서 느꼈던 것처럼.

하지만 창하는 모든 것을 아련에게 설명하고 싶지 않았다. 바타들이 지금껏 멸족하지 않고 살아남을 수 있던 이유는 자신들을 제외한 그 누구의 생과 사에도 관여하지 않고, 그들의 안위만을 지키며 살아왔기 때문이리라. 창하가 입을 다물었던 것은 바타의 본능이었다.

"여왕께서 왕자의 안위를 걱정하는 마음이 크신 듯하여… 내가 끼어들어 고할 것은 아니라 여겼소."

"다행이군."

"왕자인지 공주인지도 모르는 마당에, 이방인이 섣불리 입을 놀렸다간 괜한 벼락을 맞을지도 모르는 일 아니오?"

까드득.

국천의 이가 갈렸다. 행여 아련의 비밀을 알게 된 창하가 그것을 가지고 거래라도 하려 든다면 무월신에 맹세컨대 그의 사지를 모두 갈라 흑산의 늑대들에게 먹이로 주리라. 국천의 분위기가 또다시 험악해지려는 걸 눈치 챈 아련이 한숨을 크게 쉬며 창하에게 말했다.

"말 한마디가 불씨가 되어 무엇을 태울지 모르는 곳이 태궁이오. 나와 있었던 모든 일은 잊는 편이 나을 것이니… 명심하시오."

창하는 건성으로 고개를 끄덕였다. 국천은 창하의 태도가 시종일

관 마음에 들지 않았지만 아련 앞에서 더 날을 세울 수는 없었다.

"자세한 이야기는 내 여왕께 더 들도록 하겠소. 그럼 이만 물러가시지요."

돌아가는 창하의 뒷모습을 놓치지 않고 바라보던 국천이 근심 가득한 눈빛으로 아련에게 말했다.

"창하라는 자, 경계해야 해."

"두고 봐야겠지요. 저자가 여왕 폐하와 했다는 그 약속이 무엇인지 알 때까지는."

"늑대들과 관련이 있는 자일까?"

"그런 것 같지는 않은데…. 늑대로부터 나를 구해준 사람이기도 하잖아요."

"그대를 속이려 한 것일지도 모르지."

"게다가 저자에게선 그 어떤 태국의 백성보다 더 강하고 뜨거운, 태양의 기운이 느껴지는 걸요."

"참 편한 것이로군. 그대의 그 느낌이란 것. 누군가를 그리 쉽게 믿을 수 있다니."

"믿는다는 것이 아니라…."

국천이 아련의 말을 다 듣지도 않고 대전을 향해 성큼성큼 걸음을 옮겨갔다.

여왕은 사냥을 잘 다녀왔냐는 의례적인 인사만 전했을 뿐, 그 어떤 것도 묻지 않았다.

아련은 여왕과 대승상을 유심히 살폈지만, 특이한 기색은 거의 느낄 수 없었다. 여왕은 조금 전 마주친 바타에 대해서도 일언반구도 없었다.

아련은 더는 아무 말도 하지 않고 대전을 나왔다. 대전을 감도는 무거운 공기를 견디고 서 있기 갑갑하기도 했다.

대전을 나서는 아련의 어깨가 한없이 무거웠다. 무언가 일이 잘못되고 있는 것만은 확실했다. 하지만 그 불안의 원인을 명민하게 짚어내기엔 아련의 몸과 마음이 모두 지쳐 있었다.

대전을 나온 아련은 자신을 기다리고 있는 국천을 발견했다. 월국에서 돌아온 이후, 아련에 대한 그의 보호 본능이 극도로 민감해져 있었다. 거기다 여우사냥은 국천을 더욱 예민하게 만들었다.

국천은 그녀의 온몸을 훑어 살피며 안위를 확인했다.

"어린애처럼 대하지 말라니까."

"어린애라면 차라리 낫겠다니까. 내 맘대로 가르치고 품에 데리고 있으면 좋으련만."

"아직도 나를 그리 몰라요?"

"내가 그대 곁에 있는 이유를 모르오? 나 또한 나의 일을 하는 것뿐."

단단한 국천의 말투에 아련은 괜시리 마음이 먹먹해졌다. 자신의 존재 이유를 아련을 지키기 위한 것이라 한 치의 망설임 없이 말하는 국천이었다.

"지공의 일은 나를 지키는 것이 아니에요."

"…?"

"물론, 지공이라면 나를 어떤 상황에서라도 지켜줄 거라 믿어요. 허나 지공은 월국의 왕이자 수많은 백성들의 보호자이기도 해요. 그러니 지공의 일은, 나를 지키는 것이 아니라 태국과 월국의 평화를 위협하는 일들로부터 모두를 구하는 것이지요."

"나의 대의와 소명을, 내가 잊었다 생각하는 거야?"

"그럴 리 없어요. 하지만 요즘의 지공은…."

국천은 아련의 어깨에 올렸던 손을 내리며 차분하게 말을 이었다.

"한 번도 내가 이곳에 온 이유와 목적을 잊어본 적 없어. 나의 걸음이 하늘의 뜻을 받들고, 그것이 그대를 지키는 길임을 의심해본 적 없어."

"알아요. 지공의 깊은 마음을 의심하는 것이 아니에요."

"그대는 내가 그저 여인에 빠져 왕족의 본분마저 내버린 그런 한심한 사내로 보이는 것인가?"

"어찌 그런 말을 해요? 내 말뜻은 그런 것이 아니잖아요."

"나를 걱정하는 마음은 고맙게 받겠어. 그렇지만 내가 할 일에 대해서까지 그대가 판단할 필요는 없어."

서로를 위하는 마음이야 어둠 속 촛불처럼 선명했지만, 두 사람 주위를 부는 바람이 자꾸 거세어져갔다. 태양의 아이로서, 월국의 왕으로서 감내해야할 미래와 목숨도 아깝지 않을 연인으로서 서로를 지켜주고 싶은 마음이 속절없이 엉켜들어갔다.

왕자궁으로 돌아오는 내내 두 사람은 단 한마디도 더 하지 않았다. 아련을 기다리고 있던 단심만이 둘 사이를 흐르는 숨 막히는 적막을 눈치 채고 어찌할 바 몰라 했다.

왕자궁 후원에 서 있던 국천이 먼저 적막을 깨고 입을 열었다.

"내 잠시 저자에 좀 다녀오겠소."

아련은 무슨 일로 가는 것이냐 묻고 싶었지만 차마 그러지 못했다. 퉁명스러운 국천의 말투가 마음을 상하게 했다.

국천이 꼭 저자에 볼일이 있어 뱉은 말은 아니었다. 다만 껄끄러운 분위기에 잠시나마 혼자 두는 편이 낫겠다 싶어 생각 없이 나선 걸음일 뿐이었다.

국천은 궁을 나선 김에 기료가 있는 희망가에라도 들러봐야겠다 마음먹었다.

국천이 저자의 점포들을 곁눈질로 구경하듯 살피며 걷고 있던 그때였다. 창하와 그의 수하로 보이는 바타 한 명이 어느 점포로 슥 들어가는 것이 보였다. 국천은 순간적으로 몸을 숨기고 창하의 움직임을 눈으로 쫓았다. 창하가 들어선 곳은 은을 세공하는 제법 큰 규모의 공방이었다.

국천은 창하의 행동을 염탐하듯 숨죽이고 지켜보았다. 창하가 수하와 함께 공방을 나와 사라질 때까지 국천은 그에게서 눈을 떼지 않았다.

은 공방이라…. 국천은 직감적으로 수상함을 느꼈다. 국천의 검 또한 은을 세공하여 만든 것이었다. 검에 은을 사용한 이유는 오직 하나뿐이었다. 늑대들을 상대하기 위함이었다.

늑대들은 은으로 만든 무기에 약했다. 때문에 대대로 월국 왕실의 모든 무기들은 은을 세공하거나 입혀 만들곤 했다. 국천은 창하가 사라진 은 공방으로 들어갔다.

공방의 주인으로 보이는 초로의 사내가 국천을 향해 인사를 건넸다. 국천은 시치미를 떼고 주인에게 물었다.

"조금 전 사내들이 보았던 물건을 나도 좀 사고 싶은데…."

주인이 이상하다는 듯이 고개를 갸웃하며 국천을 보며 이야기했다.

"예? 방금 손님들이 보신 물건이요? 그걸 다요?"

"아, 보고 간 물건이 많은가?"

주인이 뭔가 미심쩍단 눈빛으로 국천을 바라보았다. 국천은 주인의 의심을 거두려 말을 둘러댔다.

"언뜻 보았는데 이곳의 물건에 매우 만족하는 듯하여…."

"만족은 무슨. 제대로 보지도 않고 공방의 모든 은을 다 사가겠다 하셨구만."

"…?"

"공방의 모든 물건은 방금 손님들이 다 사셨으니, 팔 물건도 없습니다."

"아, 그러한가. 알겠네. 다음에 다시 오겠네."

공방을 나온 국천이 창하가 사라진 길목을 바라보며 생각에 잠겼다.

***

　침상에 누워 있던 아련이 벌떡 일어나 처소를 나왔다. 아련이 향한 곳은 진양신을 모시는 신당이었다.

　국천과 괜한 감정싸움을 벌인 게 아닌가 후회되었다. 국천이 아련에게 하는 모든 말과 행동은 그녀를 위한 것임을 모르지 않았다. 하지만 그게 오히려 그녀를 불안케 했다.

　아련은 제멋대로 날뛰는 마음을 진정시키고자 진양신의 신당을 찾아 기도라도 할 작정이었다. 마음이 복잡하고 어려울 때 조용히 기도를 하고 있노라면 스스로 위안이 되곤 했다.

　월국과 달리 태국의 신당에는 무녀들이 없었다. 진양신의 신탁은 여왕에게 내려지는 것으로서 왕이 사제의 역할까지 도맡았다. 그것은 태국 왕실의 오랜 전통이었다.

　아련이 신당으로 들어서는 순간, 아련은 뭔가 이상함을 느꼈다. 높은 천장 아래 위용을 뽐내듯 세워진 진양신 상의 빛깔이 전과 달랐다. 본래 노란 햇살처럼 황금빛을 내던 신상에 거무죽죽한 반점이 여기저기 돋아난 채 기괴한 형상을 하고 있었다.

　그리고 신당 구석에 검은 망토를 뒤집어쓴 자가 무릎을 꿇고 앉아 무언가를 끊임없이 중얼거렸다. 아련은 갑자기 숨이 막혀오는 것을 느꼈다. 뒷걸음질로 신당을 벗어나려 했지만 몸이 말을 듣지 않았다.

　검은 망토를 입은 자가 스르륵 자리에서 일어났다. 그의 몸 주위로 시커먼 연기가 피어올랐다. 아련은 다리가 묶인 듯 움직이지 못하고 그의 모습을 보고만 있었다.

 궁으로 돌아온 국천은 아련이 왕자궁에 없다는 걸 알고 그녀의 행방을 찾았다. 신당에 기도를 하러갔다는 단심의 말에도 마음속에 피어오르는 불안은 여전했다. 국천은 신당에 아무나 출입할 수 없다는 단심을 뿌리치고 아련을 찾아 나섰다.

 그때, 아련이 준 팔찌가 국천의 팔목을 조이는 듯 떨려왔다. 뭔가 이상했다. 국천의 걸음이 초조함으로 더 빨라졌다.

 신당 안에는 시커먼 연기가 자욱했다. 아련은 신당 구석에 웅크리고 있던 자가 자신을 향해 태연하게 걸어와도 몸을 움직일 수 없었다.

 아련은 그자의 얼굴을 보려 온 힘을 다해 눈을 부릅떴다. 그런데 망토 안으로는 아무것도 보이지 않았다. 사람의 형상대로 망토가 둘러져 있었건만, 그 안에는 검은 어둠만이 가득했다.

 눈도, 코도, 입도 보이지 않는 암흑뿐이었다.

 아련은 믿을 수 없는 광경에 제 눈을 의심할 지경이었다. 당장 신당을 벗어나야 했다. 하지만 꼼짝도 할 수 없었다. 그저 망토 속 암흑을 홀린 듯 바라보았다. 아련의 귀에 쇳소리처럼 거친 음성이 들려왔다. 눈앞의 존재로부터 들려오는 것이 분명했다.

 아련의 옆구리에 난 '태양의 반점'이 타는 것처럼 뜨거워졌다.

"어찌하면 좋을까. 이렇게 성성하고 고귀한 태양이 내 눈앞에 있는데, 그냥 이 자리에서 거두어 없애는 편이 좋을까, 조금 더 살려 나를 위해 쓰는 것이 좋을까."

아련은 느낄 수 있었다. 얼굴조차 없는 암흑의 사내는 분명 웃고 있었다. 아련이 제 손 안에 든 장난감이라도 된다는 듯 즐거워하고 있었다.

망토의 소매에서 가느다란 연기가 검은 실처럼 빠져나와 아련의 손목을 휘감기 시작했다. 놀란 아련이 팔을 휘둘러보았지만 연기는 팔뚝을 감으며 더욱 조여왔다. 망토의 사내가 무언가 기척을 느낀 듯 킬킬거리며 웃었다.

"또 월국의 졸개가 납시었군."

"…!"

아련을 찾는 국천의 목소리가 들려왔다.

"아련! 대답해!"

망토의 다른 소매에서 검처럼 뾰족한 연기가 빠져나왔다.

"저놈이야 생각할 것도 없이 당장 처리하는 게 편하겠지."

그 말에 반응하듯 아련의 눈빛이 벌겋게 충혈되기 시작했다. 더는 국천을 끌어들이고 싶지 않았다. 자신을 위해 망토의 사내에게 목숨도 내놓겠다 덤빌 국천을 보고 싶지 않았다.

그때였다.

아련의 몸에서 검붉은 화염이 화르륵 일더니 그녀를 감싸고 있던 연기들이 순식간에 사라져버렸다.

"닥쳐라. 태양의 아이를 욕보이고, 내 사람을 해치려는 자, 내 직접 태워 죽이고 말 것이야."

아련은 제 입에서 무슨 말이 흘러나오고 있는지도 알지 못했다. 그저 국천을 지키고 눈앞에 존재를 부숴버리겠다는 살의만이 그녀의 본능을 움직였다.

그녀가 망토의 사내를 향해 성큼 다가섰다. 망토의 사내는 조금도 겁내지 않았다. 그의 몸에서 빠져나온 연기가 신당의 문을 끼익 밀어 열리는 순간이었다.

"멈추지 못할까!"

아련의 일갈에 열리던 문이 쾅 닫히고, 신당 주변은 뜨거운 열기가 가득해졌다.

아련은 망토 사내의 소매를 콱 움켜잡았다. 연기처럼 실체가 없을 것만 같았던 사내의 팔뚝이 아련의 손아귀에 잡혔다. 아련에게 잡힌 망토가 타들어갔다.

고통스러운 듯 연기가 아련의 온몸을 휘감아 옥죄었다. 그중 비죽 튀어나와 날카로운 송곳의 형태를 한 연기 덩어리가 아련의 심장을 향해 꽂히는 순간이었다. 시간이 멈추기라도 한 것 같았다. 송곳 같던 연기가 아련의 심장 근처에서 그대로 정지한 채 움직이지 않았다.

질끈 감겼던 아련의 눈이 번쩍 뜨였다. 그녀가 몸부림치자 연기는 그 자리에서 비명을 지르며 사라지고 말았다.

아련은 여전히 뛰고 있는 가슴을 손으로 만져보았다. 무언가 잡히는 것이 있었다. 국천이 아련에게 선물했던 목걸이였다. 하늘에서 떨어진 '별의 조각'으로 만들었다는 월국의 별똥별이었다. 아

련은 점점 눈앞이 흐려지는 것을 느꼈다. 제발, 지금은… 결코 정
신을 잃어선 안 되는데….

쾅!

문이 거칠게 열리며 국천이 신당 안으로 뛰어들어왔다. 아련은
희미해지는 의식 속에서 자신을 와락 껴안는 팔뚝의 청량한 냉기
를 느꼈다. 불과 얼음이 만나 비로소 적당한 생의 온도를 찾은 듯
했다.

"정신 차려, 아련!"

아련의 뺨을 더듬는 국천의 손에 얼룩덜룩한 상처가 가득했다.
센 불에 크게 데이기라도 한 것처럼 그의 손은 군데군데 피부가
벗겨져 빨간 생살을 드러내고 있었다.

"미안해요….”

"내가 미안할 일이야. 얄팍한 마음에 그대를 혼자 두었어.”

"나 때문에… 당신이… 또 다쳤어."

아련의 눈가에 눈물이 글썽거렸다. 국천이 아련을 보며 고개를
저었다.

"무사했으니 다행이야. 대체 신당에서 혼자 무슨 일이 있었던
거야?"

혼자? 아련은 가까스로 몸을 일으키며 주위를 둘러보았다.

신당 안은 아무 일도 없었다는 듯 고요했다. 거무죽죽한 반점으
로 가득했던 진양신의 상 또한 본래의 금빛을 발하며 멀쩡히 서
있었다.

아련은 꿈이라도 꾼 것처럼 혼란스러웠다. 하지만 팔뚝에 새겨

진 흉터만은 사라지지 않았다. 아련의 상처를 본 국천이 옷을 찢어 팔에 감아주었다.

"당신이… 내 곁으로 오지 않길 바랐어요. 나 때문에 다치지 않길 바랐을 뿐인데."

"그대가 나를 지키려 하는 만큼, 나 또한 그대에게서 멀어질 수 없어. 그것이 나 지국천의 운명이야."

"나를 감싸는 태양의 불길이… 그 불길을 탐하는 자들이… 언제 당신을 해할지 몰라요. 그래서 겁이나요."

국천이 아련을 세게 끌어안았다. 더는 피할 수도, 물러설 수도 없는 일이었다. 함께 나아가는 것만이 남은 길이었다. 국천은 아련의 마음을 다독여주려는 듯 그녀를 품에 안고 등을 쓸어내려 주었다.

"그대가 곁에 있어야 내가 살 수 있어. 그것이 그대가 나를 지키는 유일한 길이야."

국천의 품 안에서 갈데없이 날뛰던 아련의 마음이 서서히 진정되어 갔다. 그녀는 조금 전 벌어졌던 일을 국천에게 설명해주기 시작했다. 아련을 위협했던 검은 연기부터, 자신의 목숨을 살린 별똥별의 힘은 물론 홀연히 사라져버린 암흑의 사내까지 모두.

아련은 목에 걸린 별의 조각을 손에 꼭 쥐어보았다. 가장 위험한 때 그녀의 목숨을 살린 것은 결국 국천이었다. 목걸이를 쥔 그녀의 손이 더욱 뜨겁게 느껴졌다.

국천과 아련이 몸을 추스르고 있는데 단심의 애타는 목소리가 들려왔다.

"왕자님! 왕자님! 여기 계셔요?"

신당을 나서자 단심이 숨이 넘어갈 듯 발을 동동 구르고 있었다. 그녀의 눈에는 불안과 당황스러움이 가득했다. 아련은 단심을 진정시키며 물었다.

"어찌합니까. 큰일이 났습니다…."

"무슨 일이냐? 차분히 말을 해보거라!"

"여왕 폐하께서 쓰러지셨답니다!"

"뭐라고?"

국천과 아련의 눈빛이 부딪쳤다. 국천은 올 것이 왔다는 듯 입술을 깨물며 아련의 팔을 꽉 잡았다.

"자세한 것은 쇤네도 모릅니다. 여왕 폐하께서 갑자기 정신을 잃으신 후 대전이 발칵 뒤집어 졌다는 것밖에는…."

"가봐야겠어!"

아련이 먼저 달려가려 하자 국천이 그녀의 팔을 잡았다. 아련은 국천의 눈 속에 깃든 뜻을 읽고 고개를 끄덕였다. 이제부터는 함께 가야 할 길이었다.

***

여왕은 발은 숨을 뱉으며 침상에 누워 있었고, 그 옆에는 대승상 유정이 고개를 조아린 채 서 있었다.

유정이 아련과 함께 온 국천을 보며 불편한 기색을 내비쳤다.

"여왕 폐하께서는 잠시 기가 쇠하여 의식을 잃으신 것이라 합니다. 의원이 시료를 하였으니 크게 염려치 마소서."

유정은 여왕의 보호자라도 되듯 이불을 당겨 덮어주었다. 그의 소매가 슬쩍 걷히는 순간, 아련은 보았다. 그의 팔에 선명한 화상 자국을.

국천 또한 유정의 화상 자국을 보았다. 여왕이 쓰러진 것은 분명 신당에서의 일과 관련이 있는 것이리라.

아련은 치밀어 오르는 분노를 애써 누르며 유정을 노려보았다.

하지만 유정은 차분히 국천을 보며 말을 이었다.

"여왕 폐하의 와병은 감히 월국인이 보아서도, 알아서도 안 될 일일진대, 왕자마마께서는 어찌 신중치 못한 동행을 하시나이까?"

아련은 더는 화를 참지 못하고 버럭 소리를 질렀다. 그녀의 작은 주먹에 힘이 들어갔다.

"대승상은 진정 그리 말할 자격이 있는가!"

"여왕 폐하께서는 절대적인 안정이 필요하십니다. 고성을 삼가 주시지요."

태국 왕실의 왕위 서열 1위인 왕자에게 유정은 조용히 하라 명령을 하고 있었다. 아련은 참을 수 없었다.

"똑똑히 말해보시오. 대승상은 조금 전까지 어디에 계시었소. 신당에 있지 않았는가?"

"소신, 종일 여왕 폐하 곁을 떠난 적이 없사온데, 무슨 말씀을 하시는지…."

"거짓말!"

"대전의 궁인들을 추국하여 진실을 밝히소서. 소신은 금일 대전을 떠난 일이 없사옵니다."

아련의 분기가 하늘을 찌를 듯했다. 여왕의 수발을 들기 위해 대전으로 들어선 궁녀 하나가 아련의 눈치를 보느라 납작 엎드려 이러지도 저러지도 못했다.

"대승상이 대전에 있었다는 것이 사실이냐?"

"예, 여왕 폐하께서 조반을 드신 후 계속 두통이 심하다 하셔서 대승상께서 줄곧 곁을 지키셨사옵니다."

아련의 이가 빠드득 갈렸다. 유정이 가진 힘이라면, 태궁의 누구라도 홀려 자신의 뜻대로 만드는 것이 가능할 것이었다. 이대로는 유정을 잡아 벌할 수 없었다. 대전을 지키는 군사들 또한 자신의 편인지 믿을 수 없었다. 아련은 누워 있는 여왕을 보며 막막함을 느꼈다.

"여왕 폐하께서 쾌차하시기 전까지 내가 폐하를 대신해 국사를 맡도록 하겠다."

"여왕 폐하께서 국사를 돌볼 수 없을 때에 왕위 서열 1위의 왕족이 대리청정을 하는 것은 당연한 일이지요."

"그것을 아는 자가 내 앞에 이리 경거망동하는가?"

유정은 아련 앞에 고개를 더욱 깊이 숙이며 음흉한 목소리로 고했다.

"허나 여왕 폐하께서 내린 교지가 있사옵니다. 태국의 앞날을 위해, 여왕 폐하께서 내리신 결단이옵지요."

고개 숙인 유정의 입가에 잔인한 미소가 드리웠다. 대전 안으로 여왕의 친위대가 우르르 들어섰다. 그들은 아련과 국천을 빙 둘러

서서 압박해왔다. 아련은 마치 자신을 추포할 기세를 보이는 군사들을 성난 눈빛으로 노려보았다.

도무지 이해가 되지 않았다. 어찌 여왕의 친위대가 여왕이 몸져 누운 대전에서, 왕자를 상대로 이럴 수 있단 말인가. 대전 안은 숨 막히는 긴장감으로 가득했다. 오직 대승상 유정만이 더 없이 평온한 얼굴로 품에서 교지를 꺼내어 들었다.

국천은 군사들의 면면을 살피며 궁리했다. 그들의 눈에도 불안과 아슬아슬한 긴장감이 서려 있었다. 여왕의 뜻에 따라 유정의 말을 따르고는 있으나 그에게 완전히 종속된 늑대들은 아닌 듯 보였다.

하지만 여왕에 충성을 맹세한 용맹한 군사들이었다. 유정이 들고 있는 '여왕의 결단'에 따라 그들이 언제 어떻게 나올지 짐작할 수 없었다. 국천은 자신들이 한순간도 안심할 수 없는 살얼음 같은 생과 사의 기로에 서 있음을 확신했다.

유정은 교지를 쥔 손끝에 전율이 흐르는 것을 느꼈다. 알량한 달빛도 들지 않는 월국의 흑산에서 처절하게 살아남았던 늑대의 왕 이귀가, 감히 우러러볼 수도 없을 만큼 눈부신 태양의 나라 가장 높은 곳에서 모두를 밟고 섰다.

긴 세월 정체를 숨기고 계획했던 유정의 욕망, 큰 뜻이 어쩌면 이제 곧 이루어질지도 모른다. 그저 인간의 삶을 엿보며 금기를 탐하였던 굶주린 늑대가 장벽을 부수고 양국의 모든 인간들을 발아래 둘 수 있는 그날이 가까이 오고 있었다.

물론 마지막 순간까지 방심은 금물이었다. 오랜 세월 단 한 번도 늑대들의 편을 들어준 적 없는 교활한 신들의 방종을 잘 알고 있는 유정에게 저절로 이루어지는 일이란 없었으니까. 신과 하늘은 오직 인간들을 위해서만 존재하는 편협한 것들이었으니까.

유정은 들끓는 심정을 가라앉히며 근엄한 대승상의 태도로 헛기침을 했다. 그때 높은 단 위에 누워 있는 여왕의 얼굴 근육이 괴로운 듯 미세하게 떨렸다.

"대전 안의 군사들은 모두 물러나도록 하라. 그리고 대전 밖의 신하들을 들이도록 하라."

아련은 왕이라도 된 듯 하명하는 유정의 모습에 기가 찼지만 그가 하려는 말의 끝을 알아야만 했다. 유정의 명에 따라 군사들이 물러가고 대전 앞에서 기다리고 있던 신하들이 안으로 들어와 줄지어 섰다.

"폐하의 교지를 전하겠소."

고개를 조아리고 여왕의 교지를 기다리는 신하들 사이에서 국천과 아련 또한 고개를 숙일 수밖에 없었다.

"진양신의 후예이자 태국의 군주로서 전한다. 막을 수 없는 세월에 쇠해가는 육신에게 허락된 생이 얼마나 될까 싶은 염려로서 남기는 것이니 바로 듣길 바란다."

아련은 미동도 없이 누워 있는 여왕을 보았다. 유정이 전하는 교지를 한마디도 놓쳐선 안 되었지만, 자꾸 정신이 아득해졌다. 그런 아련의 혼란을 눈치 챈 국천이 아련에게 나지막이 속삭였다.

"내가 여기 있어. 털 끝 하나 그대에게 해를 가할 수 없을 테니 두려워 마."

"…"

교지를 읽어가던 유정이 갑자기 말을 멈추고 큰 숨을 쉬었다. 유정의 침묵에 모두가 더욱 집중했다.

"왕자 아우라에 대해… 태양의 아이에 대한 진실을 밝힌다."

아련의 눈이 커졌다. 국천 또한 긴장을 감추지 못하고 저도 모르게 그녀 곁으로 한 걸음 다가가 섰다.

"왕자는 어릴 적 그의 누이가 참혹하게 죽던 그날, 죽었다."

신하들이 술렁거리며 아련의 눈치를 보았다. 그들은 상황 파악이 되지 않는 듯 웅성거렸다. 모든 이가 당황한 것 같았다. 신하들의 동요에도 유정은 개의치 않고 말을 이어나갔다.

"작금의 만백성이 왕자라 믿고 있는 이는 어릴 적 죽었다고 알려진 왕자 아우라의 누이 공주 아련이다. 민심의 동요를 막고 왕실의 안정을 위해 이 몸이 직접 내린 필사의 결정이었다."

갑작스레 터져 나온 폭로에 아련은 할 말을 잃었다.

"허나 쌍생아였던 공주 아련에게 생긴 태양의 반점이 그 존재를 증명하였고, 공주가 태양의 아이로서 운명을 받아들인 것 또한 자명한 사실임에 온 백성과 신하들은 공주를 모시는 데 있어 어떤 의심도 없어야 할 터이다."

아련은 유정의 검은 속내가 무엇인지 짐작하려 생각하고 또 생각했지만, 답이 나오질 않았다. 대체 지금 이 시점에 단지 그녀가 왕자가 아닌 공주란 것을 밝히는 것이 어떤 의미가 있는지 알 수 없었다.

"하늘의 기운이 어지럽고 태국과 월국의 정세마저 수상한 이때, 쇠해가는 육신의 유한함을 한탄하기만 할 수는 없으므로 나의 후계에 대해 분명히 하고자 모두에게 전한다."

유정은 가장 중요한 교지의 마지막 구절에 한 글자 한 글자 힘을 주어 읽어내려 갔다.

"왕자가 죽고 왕실의 유일한 후계는 공주뿐임이 분명하나 태국의 모든 운명을 맡기기에 공주에게 지워야 할 짐이 너무 크다. 이에 이 몸은 대승상 유정을 공주의 부군으로 삼아 후사를 도모하고자 하니 공주는 대승상과 몸과 마음으로 합일하여 국사를 돌봄에 전념토록 하라."

유정이 말을 마치고 교지를 높이 들어 대전 안의 모두에게 보였다.

교지에 쓰인 글씨는 여왕의 필체였으며, 아래에 찍힌 인장은 왕실의 인장이 분명했다. 유정은 아련에게 다가가 한쪽 무릎을 꿇고 맹세라도 하듯 그녀를 올려다보았다.

"여왕 폐하의 명으로 소신 공주마마를 도와 평생 태국의 안녕과 번영만을 위해 살 것을 맹세하옵니다."

아련은 치욕스러움에 사지가 부들부들 떨려왔다. 유정이 아련 앞에 무릎을 꿇자 모든 신하들도 아련 주위로 엎드렸다. 여왕이 이대로 일어나지 못한다면, 태국의 새로운 통치자는 여왕 아련과 그녀의 부군 유정이 될 것이었다.

어쩔 수 없이 아련 곁에 몸을 숙이고 무릎을 꿇은 국천의 눈빛이 흔들렸다. 유정의 속내가 훤히 드러났다. 흑산의 늑대로서 장벽을 넘어 인간의 생을 탐하고, 이제는 태국 여왕의 부군이 되어 태국 전체를 집어삼키려는 것이 분명했다. 게다가 이미 아련을 죽이려다 실패한 적이 있는 유정이었다. 그녀를 꼭두각시 삼아 권력을 쥐는 것뿐 아니라 여왕이 된 그녀를 없애고 스스로 왕이 되려 할지도 모르는 일이었다.

대전 안에 꼿꼿이 서 있는 이라곤 아련 한 사람뿐이었다.

지금 이 상황에서는 국천조차 그녀를 지켜줄 수 없었다. 아련은 완전히 혼자가 된 기분이었다. 어지럽던 그녀의 머릿속이 조금씩 비워져갔다. 그제야 그녀의 눈에 국천의 단단한 눈빛이 들어왔다. 그녀를 바라보는 저 눈빛과 함께라면, 두려울 것이 없었다.

"여왕 폐하의 깊은 뜻에 감복하는 바입니다. 내가 왕자가 아니라 공주란 것이 그대들에게 큰 혼돈을 줄 수도 있겠소만, 폐하의 뜻 그대로 받아들여 주시길 바라오."

아련은 조금의 흔들림 없이 모두의 앞으로 걸어 나갔다. 그리고는 여왕 곁으로 가 그녀의 손을 꼭 잡았다. 기도라도 하는 것처럼 여왕의 손을 잡고 잠시 침묵하던 아련이 몸을 돌려 신하들에게 일갈했다.

"여왕 폐하의 뜻을 거스를 자가 이 태국에 있을 수 있겠습니까? 더욱이 태양의 아이인 내가 이 나라의 영원한 평화를 위해 목숨을 바치는 것 또한 당연한 일. 허나!"

온화한 미소로 아련을 바라보던 유정의 표정이 굳었다.

"여왕 폐하께서 와병 중인 이때 벌써부터 나의 혼사를 논하는 것은 시기상조라 생각합니다. 폐하의 쾌차가 우선이거늘… 공들의 생각은 어떻소?"

"왕자, 아니… 공주마마의 말씀이 맞사옵니다."

신하들은 새로운 권력을 향해 온전히 몸을 돌린 채 입을 모았다. 대승상 유정의 득세가 불편한 것이 국천과 아련만은 아닌 모양이었다. 바라지 않던 전개에 유정의 입꼬리가 비틀어졌다. 당장의 사태를 피하려는 아련의 꼼수가 우습기도 했다.

아련은 여왕이 있는 단상을 내려오며 신하들을 향해 부드럽게 이야기했다.

"모든 것이 당황스럽고, 불안하게 느껴질 수도 있겠지만 왕실의 유일한 후계자로서 단단히 이르는 것이니 무엇도 변하는 것은 없소. 내가 태양의 아이라는 것, 부디 잊지들 마시오."

"예."

"여왕 폐하께서 절대 안정이 필요하시니 이제 그만 물러들 가시오."

신하들이 모두 물러가고, 유정과 국천, 아련만이 대전에 남았다. 아련은 유정을 더러운 버러지 보듯 했다.

"대승상께선 어찌 물러가지 않소? 혹시 벌써 나의 부군 행세라도 하려는 것이오?"

아련의 도발에도 유정은 눈 하나 깜짝 않고 여유 있는 태도로 일관했다.

"그럴 리가 있겠사옵니까? 다만 월국인이 태국의 국사에 이리 깊이 관여하고 있는 것이 심히 저어되어 한 말씀 올리고자 합니다만."

"내 목숨을 지키는 호위무사와 다름없소. 이 자리에서 분명히 밝혀두는데, 내가 가는 곳 어디라도 이자는 나와 한 몸처럼 다닐 것이니 더는 토 달지 마시오."

"미개한 월국의 사내와 한 몸 같다니 참으로 엉뚱하십니다."

"그만하라지 않나!"

"…."

유정은 더는 아련의 심기를 건드려 좋을 것이 없으리라 판단했다. 그는 어쩔 수 없이 걸음을 돌렸다. 유정마저 자리를 뜨자 아련은 그제야 긴장이 풀리는 듯 자리에 주저앉고 말았다.

국천 또한 긴 숨을 내쉬며 아련의 손을 잡아 그녀를 보듬었다.

"이대로 가다간 살인마 같은 부군에 시집 가게 생겼네요."

"못 하는 소리가 없군. 내가 그리 되도록 둘 줄 알고?"

"휴…. 같이 도망이라도 쳐요? 다 내팽개치고?"

"못할 것도 없지."

국천은 여전히 잠든 듯 누워만 있는 여왕에게 다가갔다.

"월국의 왕으로서, 태국의 여왕께 간절히 청하니 부디 두 나라의 평화를 지키고 백성을 구할 수 있도록 힘을 내주십시오."

아련도 국천의 손을 감싸 쥐며 여왕의 곁에 섰다. 마주 잡은 국천과 아련의 손에 열기가 가득했다. 그때였다. 여왕의 눈꺼풀이 파르르 떨리며 그녀의 입에서 작은 신음이 흘러나왔다.

"…!"

"여왕 폐하, 정신이 드십니까? 아련이어요!"

여왕은 악몽이라도 꾸는 듯 미간을 찌푸리며 괴로워했다. 가위에 눌린 사람처럼 사지를 꼼짝 하지 못한 채 무거운 눈꺼풀을 뜨려 애를 쓰고 있었다.

미세하게 떨리던 입가와 눈가의 경련이 잦아들더니 여왕이 아주 가늘게 눈을 떴다. 그녀의 눈이 허공을 보았다.

"제가 보이셔요? 여왕 폐하, 여왕 폐하!"

"아련아….'"

아련이 그녀의 입에 귀를 가져다댔다. 끊어질 듯 이어지는 여왕의 숨과 음성이 조금씩 아련의 귀로 흘러들었다.

"바타… 창하를 찾아 물어라."

"무엇을 물어야 합니까? 말씀해주셔요."

"…최초의 늑대."

"…?"

"창하를 찾되… 그를 믿어선 안 될 것이니…."

모든 기력이 쇠한 듯 여왕은 다시 눈을 감았다. 놀란 아련이 그녀를 부둥켜안았다.

국천이 맥을 짚어 보았다. 다행히 숨이 끊어진 것은 아니었다.

여왕은 다시금 깊은 잠에 빠져들었다. 아련은 수수께끼 같은 여왕의 말을 되새기며 국천을 바라보았다.

창하, 그를 만나야 했다.

〈2권에서 계속〉